物語の〈皇女〉

もうひとつの王朝物語史｜勝亦志織｜笠間書院

物語の〈皇女〉——もうひとつの王朝物語史——　目次

第四章　王朝物語享受の一端――『源氏物語』「梅枝」巻から

物語の〈皇女〉

――もうひとつの王朝物語史――

序章

王朝物語とは何か

――王朝物語及び〈皇女〉の定義、〈皇女〉を研究する意図

本書は、全体を通して、中古から中世にかけての王朝物語において、天皇や皇女がどのような視点で描かれたのか、また物語が実際の「天皇家」(注一)に何をもたらしたのかについて、物語史の中で考察するものである。その中でも、特に〈皇女〉の位相について中心的に考察する。

ここ二十年来、物語研究において、王権論や天皇制をめぐる考察や議論が繰り返されてきた。現在、そうした議論はすでに過去のものになりつつあるが、しかし、王権論や天皇制論がいかなる結果をもたらしたのか、その整理は未だついていないといえるだろう。

もちろん、王権論や天皇制論が多くの物語の読解に益を与えたことも事実である。だが、そうした議論の多くが取りこぼしてきたものの一つに皇女や女院といった女性たちの存在がある。それは、歴史学において女院及び女院領をめぐる考察が近年幅広く成されてきたことと関わりがあるだろう。

本論は、そうした研究史の流れをふまえ、王朝物語の〈皇女〉に焦点を当てたい。王権論や天皇制論が取りこぼしてきた女性の問題とともに、今、現代における「天皇家」のあり方に続く問題として、〈皇女〉を読み解くことに本論文の意義があると考える。

また、物語研究に対して、物語史の流れの中で描かれる〈皇女〉たちの様相を見ていくことに意義があろう。これまでの議論の中で、例えば『源氏物語』などの一つの物語の皇女のみを考察しているものは多くあった。しかし、波乱の中世においても王朝物語は書き続けられ、近世においても多くの王朝物語が発見され、享受されてきた。さらに現代に至っても、「天皇家」は多くの関心を集める存在であり、「物語」ではなくとも、様々に取り上げられる。時代を超えて関心を持たれ続ける「天皇家」が、如何にして物語史の中に定位されてきたのか、答えを出さなければならないだろう。

平安時代以来、「天皇家」、特に「皇女」や「后」たちは帝の政治体制を保証する姿が物語に描かれ、またその作成に関与してきた。日本古典文学における女性の有様は多様であるが、男性と同様に律令制にのっとり位を授けられたごく一部の女性たちが、我々の知る王朝時代の女性像の一典型でもある。本論文では、「書かれた」物語に拠ることで、王朝物語生成の意味を〈皇女〉という観点からあぶり出したい。

では、王朝物語とは一体何か。そもそも王朝とは何なのか。まずは言葉の定義をしておきたい。日本における王朝の意味を考えるならば、それは天皇が政治を執り行う時代ということになるだろう。日本の天皇の政治とは、神話の時代から現在まで続くと捉えることも可能であろうが、本論で問題としたい王朝とは、七九四年平安遷都以後の京都の地と天皇を中心とした政治体制と捉えたい。その上で、王朝を舞台にし、王朝で生きる人々を描き、王朝にまつわる人々の中で享受された物語を「王朝物語」と定義しておく。

次に、本論文で主として論じる〈皇女〉を定義付けておきたい。通常、皇女といえば天皇の娘をさす。しかし、数ある王朝物語の中には、天皇の孫にあたる女性（親王の娘、いわゆる女王）もまた皇女の枠組みに入り込むことがある。そのため、本論文では単に天皇の娘のみならず、女王も含めた女性たちを〈皇女〉とし、考察の対象とする。(注二)

王朝物語に〈皇女〉が登場しないことはほとんどない。摂関家を中心とした物語の中でも、〈皇女〉は登場する。その役割の大小はあるが、天皇に関わる女性たちの一人として、〈皇女〉は様々な意味を持って登場してくる。それは、日本古典文学だけにおける現象とは言いがたい。現代、「天皇家」の意味も存在も平安時代からは大きくかけ離れつつも、現在の「天皇家」の動向は、マス・メディアによって過剰なまでに報道され、明治・大正・昭和といった近代天皇制を作り上げた天皇の后や〈皇女〉はすでに多くの研究の対象とさえなっている。(注三)本論では、そうした現代に通じる問題としても〈皇女〉に焦点を当てたい。

天皇の血を引く〈皇女〉。それゆえ、神話の時代から巫女的な役割が付され、男たちの羨望の的でもあり、多大な権力と財産を手にする可能性を秘めた存在でもあった。単に高貴な女性というだけではなく、位を持つ可能性も、また半面そこから転落する可能性も持つ〈皇女〉は、非常に物語的である。だからこそ、多くの物語に登場するのであり、時代の変遷の中でも描かれうる意味を保持していた。歴史的な〈皇女〉の意義の変遷を考えれば、物語の中に描かれる〈皇女〉を研究する意義はあると考えられる。物語内容に、歴史が常に重なるわけではないが、実際の制度と物語がどのように関与し、また利用されたのか見ていく必要はあろう。以下、〈皇女〉を媒介とすることで、「天皇家」ひいては王朝とは何たるかを考えていきたい。

最後に、本書で考察の対象とする主な物語、及び〈皇女〉を表にまとめておく（次頁参照）。

（注一） 一、本論文で言う「天皇家」とは、近代的な家父長を中心とした「家」の概念ではなく、天皇を中心とし、血脈で結ばれた共同体を指す。その範囲には、皇子・皇女をはじめとして、天皇の子女によって構成される宮家・臣籍降下による源家など、「后」を媒介とした摂関家（主に藤原氏）などまでも含む場合がある

（注二） なお、ここで定義したものについて、本論全体を通して〈皇女〉と〈 〉付きで表記し、一般的に使用されている意味においては、〈 〉を付さない。また、特に注意を促す意味で「 」を付すこともあるが、その場合は後者の意味とする。

（注三） 記憶の新しいことでいえば、二〇〇六年九月六日の秋篠宮家の男子（悠仁親王）誕生は皇室典範の改正論議とあいまって、日本中の関心事となった。また最近の研究書では昭憲皇后・貞明皇后・香淳皇后の三代の皇后について述べられた、片野真佐子著「皇后の近代」（講談社、二〇〇三）などがある。

本書で対象とする〈皇女〉一覧

物語	皇女	母	后腹第一皇女	一品宮	降嫁・入内など
うつほ物語	嵯峨院姉妹の女源氏(俊蔭母)	女御腹			俊蔭に降嫁
	嵯峨院女一宮(源正頼に降嫁)	大后の宮	○		正頼に降嫁
	嵯峨院女三宮(藤原兼雅妻)	大后の宮			密通→降嫁
	嵯峨院小宮(今上帝の妃の宮)	大后の宮			朱雀院に入内
	嵯峨院女宮(源祐澄に降嫁)	梅壺の更衣			祐澄に降嫁
	朱雀院女一宮(藤原仲忠妻)	仁寿殿女御			仲忠に降嫁
	朱雀院女二宮(弾正の宮・祐澄らに懸想される)	仁寿殿女御			
	朱雀院女三宮	后の宮	○		
	朱雀院女四宮	仁寿殿女御			

源氏物語	先帝の四の宮(藤壺の宮)	后の宮			桐壺院に入内・女院
	桐壺院女一宮	弘徽殿大后	○	○	
	桐壺院女二宮	弘徽殿大后			
	桐壺院女三宮	弘徽殿大后			斎院
	桐壺院の皇女(源氏・朱雀院の藤壺女御)	更衣			
	朱雀院女一宮・女四宮	不明			
	朱雀院女二宮(落葉の宮)	一条御息所(更衣)			
	朱雀院女三宮	藤壺女御			源氏に降嫁・二品宮
	冷泉院女一宮	弘徽殿女御			
	今上帝女一宮	明石中宮	○	○	
	今上帝女二宮(薫の妻)	藤壺女御			薫に降嫁
夜の寝覚	朱雀院姉妹の女二宮	女御			斎宮
	朱雀院女一宮	大皇の宮	○	○	
	冷泉院女一宮・女二宮	梅壺女御			
	冷泉院女三宮(まさこ君との密通)	承香殿女御			
狭衣物語	古先帝の姉妹、大宮(堀川の上)	不明			堀川大臣に降嫁・斎宮
	古先帝の女宮(源氏の宮)	中納言の御息所			斎院
	一条院女一宮(狭衣に降嫁)	后の宮	○	○	狭衣に降嫁・斎院
	嵯峨院女一宮	皇太后宮			後一条院に入内・斎院
	嵯峨院女二宮(狭衣により密通)	皇太后宮			密通・出家
	嵯峨院女三宮	皇太后宮			斎宮
いはでしのぶ	女宮(左大臣の妻)	不明			降嫁
	一条院女一宮	故后			斎院・密通
	白河院女一宮	貞観殿女御			密通→降嫁
	白河院女二宮	皇后	○	○	密通→降嫁→女院
	白河院女三宮	皇后			斎院
	白河院女四宮	白河院の御息所			
	嵯峨院女一宮(実際の父はいはでしのぶの中将)	伏見の大君(後、皇后宮)			入内→中宮
	嵯峨院女二宮	麗景殿女御			
	嵯峨院女三宮	伏見の大君(後、皇后宮)			
	嵯峨院女四宮	中宮	○		密通
	二品宮(今上帝妹)	白河院女二宮(女院)			降嫁

第一章

平安王朝文学における〈皇女〉

第一節　『源氏物語』以前——『うつほ物語』の女一宮を中心として

はじめに

物語史上における〈皇女〉を考えた時、後世への影響を考えると、『源氏物語』以前における〈皇女〉の様相こそ重要である。『源氏物語』以前の物語には、『竹取物語』『伊勢物語』『うつほ物語』などがあげられるが、平安初期の物語における〈皇女〉のあり方は『うつほ物語』に代表される。

なお、『竹取物語』では、〈皇女〉という存在はない。ただし、後の物語において、〈皇女〉をはじめとして女性の表現形式の一つとして「かぐや姫」が利用されることになる。その代表例は「手に入らない」ことを意味するが、「かぐや姫」のように帝であっても手に入れられなかったことが重要視されているのであり、この点のみ特に注意しておきたい。
次に『伊勢物語』では、周知のように斎宮をめぐる章段がある。〈皇女〉を考えるとき、斎宮や斎院の存在は重要であり、この点については第三章において具体的に論じる。その他にも実在の皇女の名が登場するなど、〈皇女〉が物語に関与するが、本章では後の物語への影響を考え、長編物語における〈皇女〉について考えてみたい。

さて、その平安前期における長編物語である『うつほ物語』には多くの皇女が登場する。主要人物の母や妻の多くが皇女であり、それはつまり、各代の帝が皇女を多く持っていたことになる。例えば、俊蔭の母は嵯峨院と兄妹である「女源氏」であった。正頼の妻の一人は嵯峨院の女一宮（大宮）であり、兼雅の妻の一人も嵯峨院の女三宮である。また、仲忠の妻も朱雀院の女一宮である。こうしてみると、嵯峨院には少なくとも、四人の皇女（大宮・女二宮・女三宮（兼雅室）・小宮）が、朱雀院にも四人の皇女（女一宮～女四宮）がいることが確認できる。

その上にまた、系譜のわからない「女源氏」も登場し、源氏となった皇女も含めると多数の皇女が登場し、その大半が婚姻によって様々な系譜とつながるのである。これほどまでに皇女が登場し、物語の中で必要な存在とされるのは、平安から鎌倉時代までの物語史上でも非常に珍しいことである。

物語は、確かに嵯峨院等を中心とした「天皇家」(注一)と、正頼を中心とした源氏、忠雅・兼雅・仲忠らを中心とする藤原氏の三者により成り立っており、そこに皇女が媒介として存在することは不思議ではない。しかし、『うつほ物語』より後の物語では皇女の婚姻はむしろ禁止されていた。『うつほ物語』に続く『源氏物語』(注二)は落葉の宮や女三宮降嫁について、一条御息所や朱雀院がしきりに皇女は結婚しないほうがよいと説いていた。その説明は確固たるものであり、この二つの物語の中にある差異はどこから来るのであろうか。

もちろん、歴史的な影響もあるだろう。しかし、現存する作り物語のうち、『源氏物語』に先行する『うつほ物語』が、なぜここまで多くの皇女を登場させ、また臣下と婚姻を結んだのか。皇女の問題を全て単に物語成立時点の影響と片付けるわけにはいかない。本節では物語史の観点から、特に二人の「女一宮」（大宮と朱雀帝女一宮）に限定して考察していきたい。

一　后腹皇女の婚姻——大宮と正頼の婚姻

『うつほ物語』における皇女の婚姻のうち、后腹であるかどうか、という点に注目してみると、『源氏物語』以降の物語があまり描くことのなかった后腹皇女の婚姻がはっきりと描かれていることに気づく。その筆頭が正頼の妻である大宮である。

昔、藤原の君と聞こゆる、一世の源氏おはしましけり。童より、名高くて、顔かたち・心魂・身の才、人にすぐれ、学問に心入れて、遊びの道にも入り立ち給へる時に、見る人、「なほ、かしこき君なり。帝となり給ひ、国領り給はましかば、天の下豊かなりぬべき君なり」と、世界挙りて申す時に、よろづの上達部・親王たち、「婿に取らむ」と思ほす中に、時の太政大臣の、一人娘に、御冠し給ふ夜、婿取りて、限りなく労はりて、住ませ奉り給ふほどに、時の帝の御妹、女一の皇女と聞こゆる、后腹におはします、父帝、母后にのたまふ、「この源氏、ただ今の見る目よりも、行く先なり出でぬべき人なり。わが娘、この人に取らせてむ」とのたまひて、婿取り給ふ。

（藤原の君・六十七頁）

后腹の皇女、それも第一内親王が源氏である正頼に父帝裁可のもと降嫁[注三]する。さらに、母后の所有していた広大な三条の宮に大殿の君（太政大臣の娘）もろともに住むことになる。屋敷の伝領については、この物語の多くがそうであるように母方からの伝領であり、この三条の宮が、今後の正頼一族の繁栄の基盤となる。

ここで問題となるのが、皇女である大宮と源氏である正頼の血縁がどうであったのか、ということである。物語は正頼らの源氏がどの帝の子どもであったのかを明示しない。嵯峨院よりも前の帝であることは推測できても、嵯峨院の皇女である大宮と正頼は皇族という点で血縁上つながるも、その実体はわからないままである。『うつほ物語』において、叔父―姪または叔母―甥での婚姻は普通に描かれ、他の用例を見ても大宮と正頼の婚姻が近い血縁関係であっても物語内では普通のこととしてとらえられよう。ただし、朱雀院が自身の女一宮の降嫁を考える際に、「「涼に」と思へど、族の源氏なり」（内侍のかみ、三八四）と、叔父―姪であっても同姓間の結婚を避けようとする意思も見られ、そこから考えると正頼は嵯峨院と兄弟である可能性は低く別の系統の帝の子どもとなる可能性が高くなるだろう。

しかし、なぜ物語の始発に、后腹の第一皇女が降嫁する必要があるのだろうか。例えば『源氏物語』の今上帝女一宮を考えれば、后腹の第一皇女は懸想の対象とはなっても、密通はおろか婚姻に発展することはなかった[注四]。その後の平安後期物語にしても、后腹の第一皇女が降嫁するのは、『狭衣物語』の一条院の女一宮（一品宮）だけであり、この婚姻は狭衣との噂から成立した特殊なパターンである。つまり、平安時代の物語において后腹の女一宮（第一皇女）と確認できる皇女が臣下に降嫁した例[注五]は、この大宮だけなのである。

この大宮と正頼の婚姻によって何が生まれたのか、それは「天皇家」と源氏の強い結びつきであり、物語の政治体制は正頼を中心に動いている。源氏の一族は正頼の兄季明を筆頭として、数多く登場する。その中でも、正頼は自身の婚姻関係（大宮・大殿の上）によって、「天皇家」と藤原氏双方とつながっている。それだけが源氏（特に正頼）台頭の要因とは言い切れないが、しかし、物語の初めは藤原氏が太政大臣であり、その娘が朱雀院の后の宮でもあり、摂関政治の観点から物語を読めば、太政大臣の息子である忠雅や兼雅が后の宮と連携しながら、父の後を継いでいてもおかしくない状況である。(注六)それにもかかわらず、物語は父帝裁可のもとに后腹の女一宮を源氏である源正頼に降嫁させる。

物語における源氏・藤原氏の勢力分布を考えると、藤原氏の太政大臣をそのままにしながら（なお、この人物については早い段階で故人となったと推定され、その後、太政大臣は闕官であった）も、源氏の左大臣を登場させ、物語が進行すると源季明を左大臣、藤原氏の忠雅を右大臣にする。その後、「沖つ白波」巻の除目で季明は太政大臣、忠雅は左大臣、正頼は左大将兼右大臣となる。源氏と藤原氏では、藤原氏の太政大臣亡き後、源氏の側の昇進が優勢であり、そうした面は物語後半においても見られる。(注七)政治や後宮政策では、藤原氏よりも源氏が優勢であり、その結果が除目や官位に反映されていることになろう。

しかしながら、正頼の官位が大宮との婚姻によって格段にあがったかというとそうでもなさそうである。婚姻時の官位は不明だが、大君である仁寿殿の女御が三十一歳の段階で、(注八)左大将兼大納言である。後に、朱雀院が自身の女一宮を中将であった仲忠に降嫁させようとするとき、今は身分が低いけれど、若いのだから問題ないと、降嫁をしぶる仁寿殿の女御を説得するが、そうした状況と同様のことを想像することは難くない。その後の昇進は先ほど述べた通り、同時期に大将であった兼雅より一歩リードする形で進んでいく。

では、この大宮の降嫁が正頼に何をもたらしたのであろうか。それは、未来の政治を任せるべき人物であることを「帝」が認めた、ということである。もちろん、先学の指摘通り、「「…帝となり給ひ、国領り給はましかば、天の下豊かなりぬべき君なり」と、世界挙りて申す」という世論を抑えるための意味もあろう。(注九) だが、それならば、皇女降嫁という手段ではなくてもよいのではないか。先の引用にある、嵯峨院の「この源氏、ただ今の見る目よりも、行く先なり出でぬべき人なり。」という言葉は実際にその後の物語が証明しているが、何よりも、物語の後半、正頼と仲忠が「世をば、左大臣、仲忠の朝臣となむまつりごつべき」（国譲・下、七五二）と、同等の政治能力をを持った人物として規定されることで、父帝裁可の皇女降嫁の意味が改めて問い直されることになる。

正頼と仲忠の差異をどこに求めるのか、また、降嫁した皇女が后腹か否かという問題は、朱雀院の女一宮を詳細に見た後に、もう一度考察することとして、朱雀院女一宮の仲忠への降嫁の様相を見て行きたい。

二　父帝鍾愛の皇女の婚姻――朱雀院女一宮と仲忠の婚姻

前節では、嵯峨院皇女の大宮を考察してきたが、ここでは朱雀院と仁寿殿の女御の娘である女一宮に焦点を当てる。朱雀院には仁寿殿の女御以外にも后の宮との間に姫宮（女三宮）がおり、后腹の皇女という点ではこの后の宮腹の女三宮が該当する。しかし、朱雀院にとって鍾愛の皇女であるのが、仁寿殿の女御腹の女一宮である。

女一宮の登場は、「藤原の君」巻において正頼邸に住んでいることの紹介から始まる。正頼と大宮の住む三条の宮に、仁寿殿の女御の子女たちは住んでおり、母方の里邸にて養育されていることがわかる。具体的に登場するのは仲忠との降嫁の話が全面に押し出されてきてからだが、それ以前にも「今宮」として主にあて宮とセットで登場する。

①ここは、大将殿。あて宮・今宮、物参る。（藤原の君、九一五）

②今宮、

七夕の会ふ夜と聞くを天の川浮かべる星の名にこそありけれ

あて宮、

七夕の会ふ夜の露を秋ごとにわがかす糸の玉と見るかな

など、これかれ御琴遊ばしなどするを、（中略）ここは、河原に、御髪洗ましたり。あて宮琴の御琴、今宮箏の御琴、御息所琵琶、大宮大和琴調べ給へり。（藤原の君、一〇六）

③よろづ面白き夕暮れに、八の君、今宮、姫宮、御簾巻上げて、出でおはしまして、例の、御琴ども弾き合はせて遊び給ふを聞きて、（嵯峨の院、一六五）

④仲頼、「いかにせむ」と思ひ惑ふに、今宮ともろともに、母宮の御方へおはする御後ろ手、姿つき、譬へむ方なし。（嵯峨の院、一九二）

⑤月の面白き夜、今宮・あて宮、簾のもとに出で給ひて、琵琶・箏の琴、面白き手を遊ばし、月見給ひなどするを、仲忠の侍従、隠れ立ちて聞くに、「調べより始め、違ふ所なく、わが弾く手と等しく」と聞くに、静心なし。（祭の使、二三五）

⑥（嵯峨院后の宮の六十賀において）后の宮、女一の宮より始め奉りて、大将殿の君たちに、御琴弾かせ奉り給ふ。（菊の宴、三一八）

いずれの引用も、あて宮と共にすごしている場面であり、特に共に合奏する場面が四箇所見える。姉妹のようにあて宮と過ごす様は、場面としては多くはないが確かに描かれているのである。加えて、例えば「春日詣」巻の春日詣でや、「菊の宴」巻の難波での上巳の祓には女一宮の参加は確認できず、一方、嵯峨院の后の宮の六十賀については、「御装ひ、大宮、女一の宮、今宮までは、赤色に葡萄染めの重ねの織物、唐の御衣、綾の裳。若宮は、十一、同じ赤色の織物の五重襲の上の御衣、白き綾の上の袴。」（菊の宴、三一四）と、そこにいたはずのあて宮の描写はなく、大宮・女一宮（今宮）、女二宮（若宮）といった皇女たちの衣装が特化して述べられている。このように丁寧にみると、藤原氏の女であるあて宮と皇女である女一宮は描き分けもなされているのである。

従来、女一宮の存在は〈吹上の宣旨〉以降、仲忠への降嫁、いぬ宮出産と、琴の一族の後継者を生むための存在として、物語中盤になってから急にクローズアップされたと考えられてきた。（注十）女一宮の存在はあて宮の陰に隠れ、ストーリー展開上の要請によってその意味を与えられたのだという。しかし、細かな描写を追うと、常にあて宮とともにいた女一宮が、あて宮求婚譚終焉後の物語においてもう一人のヒロインとして登場することは、何ら不思議ではない。「内侍のかみ」巻以降のことさらな女一宮格上げは、むしろ視点の変更によるものであり、正頼及びあて宮の求婚者たちの視点には、あて宮を超えられなかった女一宮も、朱雀院側からの視点でみれば、今までの状態からの殊更な格上げを期したものではなく、あくまでも父帝鍾愛が強調された皇女の描写といえないだろうか。（注十一）以下、「内侍のかみ」巻以降に見える、女一宮の描写を確認してみたい。

①その今宮をやは取らせ給はぬ。天下に言ふとも、えまさることあらじ。あやしく、見るに心行く心地して、世間のこと忘るる人になむある。（内侍のかみ、三七九）

②おとど、「上も、と思ほして、御心とどめて、物のたまふにこそあめれ。うるさき人の幸ひなりや。同じき

皇女たちと聞こゆる中にも、心殊に思ほしたりつるを。源氏の中将も、殊に劣らぬ人にしも。かたちも才も、官爵も同じごと。ただ、勢ひなるのみなむ、思ふにはあらぬ。すべて、女子の多かるは、すべきことぞ多かるや。…」（沖つ白波、四四六）

③かくて、一の宮もさまこそ君も、御かたちもし給ふわざも、あて宮に殊に劣り給はず、（沖つ白波、四五一）

④上、「この皇女を、久しく見ぬかな。いかが生ひなりにたらむ。かの人と着き並びたらむには、よに似げなうは見えざりしを」。御いらへ、「人は、いかが見奉るらむ。まことなるにや、御髪も、御覧ぜしよりは、桂に多くあまり侍り、おほかたも、見る効なくはものし給はず」。上、「さて、二の皇女は」。女御、「君に似給ひて、それも殊に劣り給はず。ふくらかに、気近きこと添ひてなむ」。上、「なほ、所栄せ、女子生ほし立てらるる所なれば、この皇女たちも、ほのかには似ずかし。さらば、平らかにて。思ふやうにて、御子を、あまた、平かに持給へる肖物は、そこにもけしうはあらじかし」とのたまへば、まかで給ひぬ。（蔵開・上、四七二）

⑤女御の君、中のおとどに渡り給ひて、見奉り給ひて、「いたくぞ面痩せ給ひにける。上の、さばかり後ろめたがり聞こえ給ふものを」とて見奉り給ふに、面白く盛りなる桜の、朝露に濡れ合へたる色合ひにて、御髪は、瑩しかけたるごとして、隙なく揺り懸かりて、玉光るやうに見え給ふ。御衣は、赤らかなる唐綾の袿の御衣一襲奉りて、御脇息に押しかかりておはす。（蔵開・上、四七二～四七三）

⑥女御の君、「何か、さらずとも、心もとなからぬ御髪なれば」。尚侍のおとど、「髪は、多く長き、あまたあるべしや。筋・有様こそ難けれ。これは、ありがたくぞ」などて、掻い分けつつ見奉り給ふ。艶やかにめでたし。殊に損はれ給はず。少し青み給へれど、いと貴に気高く、さすがに匂ひやかにおはします。

（蔵開・上、四八一～四八二）

仲忠への降嫁から、いぬ宮の出産までの女一宮の描写である。①が朱雀院、②が正頼、（③は地の文）、④⑤が仁寿殿の女御、⑥が俊蔭女からの視点による描写を取り上げた。「内侍のかみ」巻における朱雀院の女一宮降嫁の話から、このような女一宮の詳細な描写が多くなるのだが、この時点で実際にその姿を見た上での記述は母である仁寿殿の女御と、いぬ宮の出産に立ち会った俊蔭女だけである。それでもなお、朱雀院によって鍾愛の皇女であることが繰り返されているのは、この女一宮が朱雀院にとって最初の娘であること、そして、女一宮の母である仁寿殿の女御は正頼の大君であり、女一宮は「天皇家」と正頼一族を結ぶ駒の一つであり、双方の「家」にとって婚姻政策上重要な女性であるからとも読める。

「天皇家」と正頼一族を結ぶ存在であるということは、次のような描写からもわかる。

①（女一宮降嫁の話を帝が仁寿殿の女御に話して）御息所、「今、よく思ひ給へ定めてを。里になど許し申さればば」。上、「その御里こそ、よにそしり給はざらめ。さては頼もしかなり」など聞こえ給ふ。

（内侍のかみ、三八〇）

②「…内裏より、日を取りて、下し賜はせて、責めさせ給ふことをば、はかなき私事にて破るべきにてあらず」とて、一の宮の住み給ひし中のおとどに、造り磨き、御座所をしつらはれたること、綾・緋どもして飾り、候ふべき人、皆、髪長く、かたち・心は定められて、八月十三日に婿取り給ふ。十五夜の夜、三日にあたるに、その夜、内裏より、大将殿に「その婿たち率て参れ」とあり。

（沖つ白波、四四七～四四七）

③「さて、奉らずや。かの持給へる人は、正頼が子にて養ひ奉るぞかし。見奉り給ふに、効なくは、よにも」
(国譲・中、六八六)

④北の方(俊蔭女)「いでや。宮は、いとめでたくおはするものを。さるかたち族にて、皇女たちにさへおはすれば、色合ひ・御髪筋などは、いかでかは。また、さるは見ぬ。かの限りはこそ、飽き給へらずなりにしかば、いかでか、参りて見奉らむ」。
(蔵開・下、六〇〇)

①は女一宮の降嫁が、仁寿殿の女御の里、つまり正頼の許可が必要だということを示していよう。②は女一宮の降嫁が、正頼邸に「婿取る」形で進められ、その準備を全て正頼が行なっている。③は、明確に「正頼が子」であることが示される。④は兼雅と俊蔭女と仲忠が会話する中に、女一宮が正頼の一族であり、その一族は皆、美人であることが述べられている。

以上のことをかんがみると、皇女ではあっても仁寿殿の女御の実家である正頼邸に住む女一宮は、正頼一族の中に数えられていることになろう。『うつほ物語』において、正頼の孫に当る皇子・皇女は皆、正頼邸で育てられていると思われる。その上、なかなか父帝と会う機会を持たなかったことも、朱雀院が女一宮や女二宮にしきりに会いたいと希望する場面からも理解される。

確かに、史上のみならず物語においても、皇子・皇女が里方で育つことは『源氏物語』の今上帝女一宮や匂宮の例を思い出せば不思議ではない。しかし、その婚姻について、朱雀院が外祖父の意向を気にするのはなぜだろうか。それは、女一宮の降嫁の相手が仲忠という琴の一族の流れをくむ人物であるからに相違あるまい。外祖父だからという理由以上に、仲忠の相手として女一宮を降嫁させることの是非を朱雀院や仁寿殿の女御が気にしているのだと、ここでは考えたい。

事実、正頼は、仲忠にはあて宮にも劣らないとされるさま宮と婚姻させようと思っていた。それが、朱雀院の「なほさまこそは涼の朝臣にものせられよ。仲忠はわれ思ふことなむある。涼にと思へど族の源氏なり。同じくは仲忠をとなむ思ふ」（内侍のかみ、三八四）という発言により、さま宮との婚姻は涼に変更せざるを得なくなった。この段階での朱雀院の発言は具体的に女一宮を出すことなく、「思ふこと」があるという程度だが、それでも正頼は「『それもこの筋は離れじ』とこそ思ほゆれ」（内侍のかみ、三八五）と、朱雀院の言う「思ふこと」に仁寿殿の女御腹の皇女が想定されていることは承知している。

そうした細かな描写を追えば、皇女を降嫁させることよりも、仲忠を婿にすることに対して、朱雀院・正頼双方が問題としているのであり、だからこそ、朱雀院が仁寿殿の女御に「その御里こそ、よにそしり給はざらめ。」と、正頼こそ仲忠を「うつほ育ち」と謗ることはなく、むしろ自分の婿としたいほど仲忠を高く評価しているだろうと念押しするのである。ここでは、朱雀院も正頼も琴の一族とのつながりを持つことを求めているのである。琴の一族とつながることが、政治を直結するかどうかという問題もあるが、仲忠が正頼同様に今後の政治を担う存在であり、彼の最大の美質である「琴の一族」へのあこがれを朱雀院も正頼も断念することができないのであろう。事実、正頼は大宮の話した言葉の中に「娘一人取らせて、子出で来ば、琴継いでもせさせむ」（沖つ白波・四四六）とあり、朱雀院はいぬ宮への秘琴伝授を聞き、「いとうれしく、一の宮の御もとに、この手のとまるこそ本意叶ふ心地すれ。」（楼の上・上、八五七）と述べている。（注十二）

一方、帝にとって最初の娘であった女一宮が重要な存在であったことは、物語の後半、女一宮の宮の君出産に際し、仁寿殿の女御が以下のように発言することからもわかる。

「あまたおはすれど、この宮をば、小さくより、上の、限りなく愛しきものにし給ひて、『宝持ちたる心地こそすれ』とのたまひつつ、『年ごろ、見ぬこと』と思ほし嘆きて、迎へ奉り給ひしにも、参り給はざりしを、『いとくちをし』と思ほしたりしものを、『今一度見せ奉らずなりぬるにやあらむ』と思へば、いみじう悲しくなむ。この宮により奉りてこそ、おのれをも、人とも思したれ。片時も見奉らでは、いかがはあらむ」と泣き惑ひ給ふ。（国譲・下、八一〇）

傍線部にある通り、第一皇子を出産できず、自身の皇子の立坊を望めなかった仁寿殿の女御にとって、第一皇女を産んだということが一つの矜持であり、朱雀院が女御を寵愛する理由でもあった。

「父帝鍾愛の皇女」ということが、女御腹の皇女であっても朱雀院にとって意味のある皇女となりえていることが、この仁寿殿の女御の言葉からもわかる。朱雀院の皇女は何人もいるが、帝が鍾愛しているということが女一宮の存在意義の一つであり、こうしたあり方が、ひいては『源氏物語』の柏木による朱雀院鍾愛の皇女である女三宮への強烈な思慕へとつながると考えられる。

また、同じく「国譲・下」巻において、朱雀院の后の宮が、自分の生んだ姫宮を降嫁させることによって、梨壺の生んだ皇子の立坊に協力するよう忠雅らに進言する。(注十三)「国譲・下」巻における后の宮の立坊争いにおける役割は注目すべきものであるが、ここでも「皇女」が政治の駒として利用される様子がわかる。特に、朱雀院の女三宮は后腹であり、本来的には女一宮よりも重要視される皇女である。その后腹の皇女を母后自らが正頼の娘たちに対抗して降嫁させようと言い出すことは、それだけ后腹の皇女が価値のあることだと自負していることがわかる。

つまり、『うつほ物語』における皇女は、政治上の婚姻政策の重要な存在であり、それは一代の帝だけの問題ではなく、次代の帝の問題でもあるのだ。だが、同じような皇女降嫁であっても、朱雀院による女一宮降嫁と后の宮による女三宮降嫁では、その志向する先が異なる。朱雀院は琴の一族とのつながりのため、后の宮は摂関体制を補完するために降嫁を利用しようとしたのである。

さて、女一宮について、あて宮に劣らない存在として描きだそうとすることについて、それは視点の相違だと先述した。それは同時に、物語の流れの変化でもある。「俊蔭」巻より始まり、「藤原の君」巻で正頼一族が紹介され、以後、「あて宮」巻まであて宮求婚譚が展開される。あて宮求婚譚における「天皇家」の存在は薄く、最後に東宮があて宮を得ることになったのも、「吹上・下」巻における帝の神泉苑での紅葉賀の際の宣旨を大幅に無視した方向で決まる。これが、結局は〈吹上の宣旨〉をめぐる作品上の大きな解釈の別れ道となるのだが(注十四)、朱雀院と東宮の間における問題は、帝の宣旨にそむくことを恐れる正頼に対し、東宮の「何か、そは。罪あらば、奏せさすばかりにこそはあなれ。な思しわづらひそ」。(菊の宴、三〇二)という強引な一言によって、あて宮入内が決定の方向に向かう。

そうした、東宮は登場しつつも正頼一族を中心とした世界に対し、「内侍のかみ」巻以降は今後待ち受ける立坊争いの問題をはらむこともあり、「帝」を中心とした世界へと移行する。室城秀之氏は「内侍のかみ」巻の朱雀院の有様を「ことばの主宰者としての帝」であると述べておられるが(注十五)、言葉のみならずその場の空間を支配する朱雀院の台頭をもう少し肯定的に捉えても間違いではあるまい。仁寿殿の女御との会話をはじめ、仁寿殿の女御と兼雅、梅壺の女御と兵部卿宮の恋を語る朱雀院の姿は、朱雀院後宮のある意味非常に安定した様子を映し出す。朱雀院が二人の女御の密通めいた恋を語っても、それは戯れにすぎない。「帝」の戯れが何の現実味も持たず戯れのままに終わり、むしろ、その戯れこそ後宮内が秩序立った体制であるからこそ可能となるのである。

それは、俊蔭女に対する内侍督任官も同様である。人妻である俊蔭女に弾琴の禄としてではあるが内侍督に任命し、「私の后」と公言することが可能であるのも、朱雀院後宮はすでに女性たちの勢力争いが終わり、俊蔭女の参入程度では揺るがない状況であったことを示してはいないだろうか。東宮の後宮に比べ、朱雀院後宮は非常に安定し、かつ安定しているからこそ様々な朱雀院の戯れが可能となる空間なのである。もちろん朱雀院の後宮を中心とした世界の展開は、物語に新しい一面を呼び起こすことにはなっていよう。

『うつほ物語』における、琴をめぐる俊蔭系の世界と、あて宮求婚譚を中心とする正頼系の世界が並存することとは自明のことだが、そこには深く「天皇家」の問題が関連してくることが「皇女」や「后」を見ていくことでも明らかになる。さらには、物語を導く存在として、帝のみならず后・女御たちが動きまわる様相は、物語に俊蔭系・正頼系と同様に天皇を中心とする後宮が一つのストーリー展開上の軸を形成しているといえないだろうか。

三　降嫁後の女一宮——あて宮・女二宮・いぬ宮との関係から

さて、本説では話を女一宮に戻し、降嫁後の女一宮についてみていきたい。「蔵開・上」巻以降、特に顕著に現れるのが、あて宮による女一宮賞賛である。このあて宮による女一宮賞賛も、結果的には女一宮の格上げとなるわけだが、それもあて宮が入内し不自由な立場に立たされたからに他ならない。

「(女一宮は) なかなか、いとよしや。よに心憎く思ひたる人につき給ひて、一所、心安く。おのれこそ、かかる大集りに出だし放たれて、よには憂くまがまがしきことを聞き、見給ふ人は、殊にはなやかにも見え給はず。…」

（蔵開・上、五一二）

このようなあて宮の述懐は何度か繰り返され、その最たるものが、「楼の上・下」巻にある。

あて宮、いみじうねたううらやましう思したるに、一の宮おはせぬをぞ、少し、うれしう思す。藤壺に、大殿参り給へる、あて宮、「一の宮、何ごとを思すらむ。女皇子おはせましかば、うらやましからまし」と聞こえ給へば、うち笑ひたまひて、「春宮のおはしますよりほかに、うらやましきことや思すべき。…」

（楼の上・下、八八七）

女一宮へのあて宮の意識は複雑である。女一宮が仲忠の琴を聴くことができることについて、かねてよりうらやましく感じていたあて宮が、秘琴伝授にいたっては女一宮が伝授の場にいないことを「少しうれしう」思うほどになっている。ここでは、もはやあて宮の言葉は女一宮を賞賛する余裕を持ち得ない。正頼がいくら「春宮がいる」＝国母であることの幸いを述べても、あて宮には響かないのである。

しかし、今上帝の愛を独占するかたちで立坊から立后へと進むあて宮の存在とは、物語の流れから考えれば最も幸福な女性であるはずだ。中世へと続く物語史の流れにおいて、自身の皇子の立坊、自身の立后は女性の最大級の栄誉であり、多くの物語が薄幸の女性が入内し后、女院となる道程を描くのに対し、この『うつほ物語』のあて宮が降嫁した女性を羨むという構図は興味深い。「后」と「皇女」の問題は、母娘関係で問題にすることが多いが、こうした同年代の女性による対応関係は今後見直していく必要があるだろう。

一方、女一宮は直接あて宮に対するよりも、むしろ、仲忠を介するかたちをとることが見受けられる。あて宮とはいぬ宮出産の後、正頼邸に退出してきたあて宮と対面するなど、姉妹のような関係は大きく変化しない。しかし、次の引用場面などのように、仲忠のあて宮に対する態度に女一宮は反応を示す。

（あて宮からの文を見て）宮、見給ひて、うち笑ひ給ふ。中納言、「何ごとならむ。見給へばや」と聞こえ給ふ。「あらずや」とて見せ給はず。手を擦る擦る聞こえ取りて見るに、心魂惑ひて、いとをかしく思ふこと昔に劣らず、思ひ入りて物も言はず。宮、「をかし」と思ほして、御返り聞こえ給ふ、「日ごろは、げに、おぼつかなきまでなりにけることをなむ。いでや、筑波嶺は、『蔭あれども』となむ見ゆる」とて、

峰高み夢にもかくはしら雲を今も谷なる物とこそ見れ

と聞こえ給ふ。（沖つ白波、四五二）

この場面は降嫁直後であるが、このように女一宮はあて宮からの手紙を見た仲忠の反応を「をかし」と思い、二重傍線部の『蔭あれども』とは古今和歌集の「筑波嶺のこのもかのもに蔭はあれど君が御蔭にます蔭はなし」を引歌として、あて宮に仲忠は今でもあなた以上の方はないと思っているのだと伝えている。女一宮が仲忠があて宮の求婚者であったことを認識していたことがわかる場面であるが、だからこそ、その後の仲忠はあて宮ではなく女一宮のことを大切にしている、ということを示していくことになる。

（いぬ宮の出産に立ち会った典侍が「三条殿の北の方ぞ一、藤壺二、宮三にこそおはすめれ」と言った言葉に対して）中納言、宮に、「いみじうも、物言ふものかな。わいても、里人を褒むるぞ、空目なる。藤壺の御方まかで給はば、必ず見せ給へ。『典侍の言ひつること、まことか』と、見比べ奉らむ」。宮、「まことぞ、いとよく物言ふ姥。この君は、見るままによくなりまさり、我は、日々にあやしくぞなるや。昔だに、こよなかりけり」。中納言、「さも、いみじき御方端にもあるかな。見なしにやあらむ、御前をも、『いと恐ろしげにおはす』とは見奉らぬを。さなることは、必ず見せ奉らせ給へ」。宮、「いで、そこ、ただにはあらじ。こと引き出でて騒がれば、聞きにくからむ」。君、「『よし』と見奉るとも、今は、何ごとにか。昔だに、引き出でずなりにしことを。上達部の御娘の、許し給はぬことを、しひて、取りも、いかにもしたる人をば、朝廷は何の罪にか当て給ふ。また、殿も、仲忠を殺し給はでやみ給はずはこそあらましか。それも、琴一声搔い弾きて聞かせ奉らましかば、憎みも果て給はざらまし。さりし時だに、過たずなりにしものを。いとよく、さりぬべき折も、ありしかば、帝の御娘も賜はらずやありける」。宮、「それは、わが人にもあらねば、御子の数にも思さで、『ただに捨つ』とこそは思しけめ。昔は、鬼にもこそは賜ひけれ。ただ人なれど、この君は、親の、さばかり思ひかしづき給ひしを、天下に思ふとも、何わざかせまし」。「そは、傾き娘をこそ、かかることし給ひけれな。さらば、ただ捨てられ給へるなり。さても、心ざし浅きにはあらざなりな。捨てさせ給ふ好む鼠もあなり。……」

（蔵開・上、五〇九～五一〇）

長い引用となったが、あて宮と降嫁に対する女一宮と仲忠の意見が表れている箇所である。「あて宮を見たい」とする仲忠に、「あて宮は昔から自分より優っていたから、見たらあなたは何もせずにすむはずがない」と女一宮は述べる。それを受けて、仲忠は「昔も何も事を起こさなかったのだから、帝の娘＝女一宮を得た今は何も起こすはずがない」（引用、二重傍線部）と弁明する。ここで、注目したいのは女一宮が自身の降嫁は父帝に「ただに捨つ」と思われたからであり（引用、傍線部）、一方、あて宮を「ただ人」ではあるが、親が大切にしていたと述べる点である。ここでは仲忠との会話での言葉であるから、これを簡単に女一宮の本心と取ることはできないが、女一宮の自己認識の中に、皇女の自分と「ただ人」のあて宮の差異があることがわかる。また、仲忠は自己卑下の女一宮の言葉を逆手にとって女一宮を大切にしていることを示す。このような仲忠と女一宮の掛け合いは、この場面にとどまらないが、「国譲・上」巻におけるあて宮と女一宮の対面場面では、仲忠への女一宮の〈皇女〉ぶりを示し圧巻である。

宮中より退出してきたあて宮と対面する女一宮のもとを、仲忠は女一宮の迎えとして訪れる。二人が琴を合奏するのを立ち聞きしたり、文を何度も届けたり、さらには「宿直しよう」と言い出す仲忠に、「あな見苦しや。狭き所に。いぬのもとに往ね」（国譲・上、六六八）と女一宮は告げる。それ以前から女一宮の仲忠への言葉に敬語がないことは指摘されているが、女一宮の仲忠への態度が、あて宮がそばにいることでより強い態度に変容しているといえようか。あて宮・女一宮・仲忠の三人の関係がこのように示されることは、あて宮と女一宮の差異を強調することにつながるが、その後、女一宮がつれない態度を取ったことについて仲忠が恨んだことが「国譲・中」巻になって明かされる。

御方、「宮との御仲は、いかがある」と。典侍、「いかばかりめでたき仲ぞ。そは、先つ頃、こなたにおはしけるに、参りけれど、物聞こえ給はざりければ、五日六日、入り臥し給ひてこそは恨み奉り給ひしか。

……」

（国譲・中、六九六）

いぬ宮誕生の折にも登場した典侍が、ここではあて宮の今上帝第四皇子出産の折にも参上して、あて宮の問いに答えている。そして、女一宮があて宮のもとから帰った後に、仲忠が五日も六日も御帳台に入り臥して恨み言を述べたことが明かされる。この典侍によって、仲忠にはあて宮の美しさが、あて宮には仲忠・女一宮夫妻の仲がそれぞれ伝わるのだから、一つ前の引用部の中で「まことぞ、いとよく物言ふ姥。」と女一宮が述べたのは的を得ていることになる。この典侍の存在自体も注目すべきであるが、このように女一宮を中心にして仲忠とあて宮がそれぞれ意識しあっていることがわかるのである。

さて、一方、あて宮について直接何かを思考したり発言したりはあまりしない女一宮であるが、妹である女二宮について、非常に能動的に行動する。女二宮は、「国譲・上」巻で仁寿殿の女御と大宮が、祐澄・近澄・五の宮が女二宮に懸想し、その略奪を狙っていることを心配しているが、その計画は「国譲・下」巻において現実化する。女一宮の宮の君出産が難産で「人々、騒ぎて、静心あらじ」と考えた祐澄・近澄、一方、五の宮は「かしこの人、多く騒ぎ居たらむ。この折は、盗み出でむ」と考え、いずれも日が暮れるのを待った中、女一宮は次のような行動を取る。

女御の君より始めて、宮に懸かり奉り給ひて惑ひ給ふに、二の宮は、何心もなくて、西の方に、人少なにておはす。一の宮、まかで給ひし夜のことを聞き給ひにしかば、さるいみじき御心にも、「二の宮に、『おはして、我を見給へよ』と聞こえよ」とのたまへば、さ聞こゆ。宮の御方々を恥ぢ聞こえ給ひて、惑ひて、泣く泣く入り給へり。「こち寄り給へ。わがもと、な退き給ひそ」とて据ゑ奉り給へるに、心知りたる人々は、いみじく泣く。（国譲・下、八〇九）

つまり、女一宮が女二宮が盗まれるのを察知して、仁寿殿の女御をはじめ大宮・俊蔭女・民部卿の北の方・大殿の北の方など多くの人々が近くに居り、また簀子には左右大臣、その子どもたちや読経の使いなどの男性が多く並ぶという、絶対に安全な自分のそばに呼んだのである。宮の君出産は予定より遅れ難産となり、仲忠はもちろんのこと仁寿殿の女御や俊蔭女が泣き惑い、臥しまろぶほどの騒ぎであり、大宮や正頼がようやくなだめているほどであった。

その中で、最も冷静に女二宮のことを考え行動した女一宮は〈皇女〉という枠を越えて突出した存在ともいえるだろう。このように、妹宮の身を守るというような行動をとる皇女は他の物語には管見の限り見えない。二児の母となろうとしている女一宮が、女二宮に対しても母のように守ろうとしているといえようか。ここでは、かつて兼雅が嵯峨院女三宮を「盗みもて来た」という事例が思い出されるが、〈皇女〉が盗み出されるのを女一宮は阻止したのである。なお、「蔵開・中」で朱雀院はこの女三宮をはじめとして嵯峨院の皇女たちがみな不幸せになってしまっていることを嘆いており、女一宮は女二宮が嵯峨院女三宮のようになる可能性を断ち切ったのである。では、実子であるいぬ宮にたいして、女一宮はどのような存在であるか、次に見てみたい。

女一宮といぬ宮は、仲忠が異常なほどにいぬ宮養育に力をいれており、女一宮は養育そのものには興味を示さない。ただ、皇女のみならず当時の貴族の子どもの養育は通常は乳母が行なうものであり、いぬ宮への態度は一般的に考えて母性を疑うほどのものではない（注十六）。むしろ、ここではいぬ宮が女一宮の娘であることの意義を考えておきたい。秘琴伝授が終わり、楼の上のクライマックスである秘琴披露の際のいぬ宮は次のように描写される。

左のおとど、几帳に添ひて、はつかに、いぬ宮の御様体を見給ふに、いみじくうつくしげにめでたう見え給ふこと、あて宮の稚児におはせしにこよなうまさり給ひて、貴になまめかしう、見驚くばかりいみじきものかな、ここばくの君たち、一、二の宮ばかりこそは、品まさりて見え給ひしかど、まだ小さきほどに、いとかうは見え給はざりき。これは、ゆゆしく、変化の者と見え給ふ。

（楼の上・下、九二三）

左のおとど＝正頼の視点から見たいぬ宮の描写である。いぬ宮については、誕生直後より仲忠が厳しく他人の目に触れることを禁じており、母方の曽祖父母である正頼や大宮も同様であった。その正頼から、いぬ宮は傍線部にあるように、あて宮よりも優り、二重傍線部にあるように、皇女である女一宮や女二宮よりも品あることが述べられる。それゆえ「変化の者」とまで言われるのだが、物語内で最大の美女であるあて宮よりも、そのあて宮と優るとも劣らない存在とされた母である女一宮よりも美しく品のあるいぬ宮は、あて宮・女一宮世代を超越した存在となる。

これは、いぬ宮が、父方から琴の一族と藤氏の血を、母方から「天皇家」と源氏の血を受け継ぐ、稀有な存在だからに相違ない。その一方で同じ血をひく宮の君が物語のなかで主要な位置を与えられないという問題はあるが、しかし、いぬ宮の存在の大きさは秘琴伝授において決定的になり、父仲忠、母女一宮を位階の面からも格上げさせることになる。

いぬ宮や俊蔭女による秘琴披露により、俊蔭女は正二位に、女一宮は四品になり、仲忠には大臣の宣旨が下りそうになるが、それを俊蔭に贈位の中納言が、京極邸に冠を賜うこととなる。物語のクライマックスに、女一宮が何を感じ、どう動いたのか、物語はほとんど語らないが、ここで女一宮は降嫁した身でありながらも四品に叙されるのである。

なぜ、女一宮が「四品」なのか。『うつほ物語』では、叙位される皇女はこの女一宮だけであり、その比較対象はいない。加えて、叙位の際に「男になずらへて」とあり、内親王に対する叙位が特殊であることの表明されている。『源氏物語』以降の物語に「一品」に叙された宮が登場してくることとの差は大きい。だが、一品はいずれも未婚の内親王に対するものであり、降嫁した内親王には、『源氏物語』の朱雀院女三宮に対する二品が限界であったのも事実である。しかし、このように〈皇女〉に対する叙位あるいは昇叙が今後の物語において利用されていくことの先例となる可能性はあっただろう。そして、いずれ入内するであろういぬ宮に対しても、母宮の位階が上がることが何らかの影響を及ぼすことも想定できるかもしれない。

以上、あて宮・女二宮・いぬ宮との女一宮の関係を論じてきた。それぞれ立場の違う三人との関係であり、そこに何か統一した見解が見えるわけではないが、女一宮の様々な側面は見ることができたのではないだろうか。

おわりに

后腹の第一皇女であった大宮と、女御腹であっても父帝鍾愛の皇女であった女一宮。いずれも臣下に降嫁し、摂関政治的な物語内の政治体制の中に組み込まれていく。大宮が多くの子女をもうけ、朱雀院・今上帝の二人に娘を入内させたのに対し、女一宮はいぬ宮一人が多くの美質を荷って、おそらくはあて宮腹の東宮への入内につながる。二人の政治的な意味合いでの差異はほとんどなく、女一宮の后腹ではないという負の面は、おそらく父帝鍾愛であるということで彼女に別の価値が見出されていると考えられ、朱雀院の娘であっても正頼邸に仲忠が婿取られることや、女一宮を「正頼が子」とする記述からは、女一宮が朱雀院・正頼の二人にとって仲忠を婿取るための重要な女性であったことがわかる。そして、何よりも最大の差異はいぬ宮という存在を生んだということであろうか。

女一宮の生んだいぬ宮が、物語において最も美しい女性として造形されていることは、先ほども述べたが、物語に登場するおよそ全ての血筋を引き継いだいぬ宮の入内は、「天皇家」における血統の統合につながる。物語はそこまでを描きえず、「楼の上・下」巻での大団円で終了するわけだが、そこでも、女一宮の存在は無視されていない。『うつほ物語』において〈皇女〉が物語の初めから終わりまで必要とされていることはいえるのではないだろうか。

しかし、それにしても『うつほ物語』はなぜこれほどまで〈皇女〉を必要としたのだろうか。多くの〈皇女〉が登場するということは、その存在が多様になるのは当然のことである。しかも、単に内親王だけではなく、源氏となった者もいる。例えば平安時代初期の史上の天皇との比較は容易である。桓武帝の皇女のうち三人は、平城・嵯峨・淳和の各天皇に入内した。自身の血を引く三人の帝に同じく自身の血を引く皇女を入内させることで、桓武皇統の安定化を期したものであり、三人の皇女はいずれも、何らかの付加価値を持った人物ではあった(注十七)。しかし、この皇女を入内させる形式は古代的な流れであり、桓武独自の意味合いは薄い。

そして、その後の皇女の入内は減り、臣下への降嫁の初例は嵯峨帝の皇女、源潔姫が藤原良房に降嫁したものである。その後、醍醐帝に至り、十七名を越える皇女のうち、六名に婚姻が確認できる。そのうち十六番目の皇女である中宮穏子腹の康子内親王（后腹第一皇女）が藤原師輔に降嫁した話は『大鏡』などを通して有名であるが、康子内親王の降嫁時には父帝はすでに死去した後の出来事であり、物語の大宮や女一宮の姿を重ねることは難しい。次いで村上帝の時代では、十人を越える皇女のうち、降嫁が確認できる皇女は数例である。それ以降の帝は皇子女の数が激減するため、皇女の降嫁は見えなくなる（入内した例はある）。

以上、史上には物語のように父帝が在位中に后腹の皇女や鍾愛の皇女の降嫁を許した例はほとんど見られないのである。もちろん、ある程度は成立の背景を確認する必要もあり、例えば桓武帝や醍醐帝のような後宮の様子が反映されている可能性もあろう。しかし、『うつほ物語』の主要な皇女の降嫁は父帝の裁可の上で成立しており、『うつほ物語』はむしろそうした歴史上の降嫁の例に対抗した形で成立しているともいえる。『うつほ物語』の大宮と女一宮の降嫁は「婿取る」と表され、それは「天皇家」によって婿として待遇されることを意味しよう。そこには兼雅の妻である嵯峨院の女三宮をはじめとする、その他大勢の源氏や皇女の降嫁とは位相を異にする。物語中には、源氏や藤原氏などの他氏の血統に、何人もの〈皇女〉が降嫁し子女をもうけていることが確認できるが、(注十八) それらに比べ、大宮・女一宮の降嫁は別格である。物語のヒロインあて宮も嵯峨院の皇女である大宮の娘であることが一つの価値であるし、いぬ宮も同様である。「婿取った」帝側の問題のみならず、「皇女」の子どもであることが意味を持つのである。

一方、多くの〈皇女〉が登場しながらも、〈皇女〉のみが与えられる「斎王」という役割を与えられた者は主要人物におらず、嵯峨院の皇女である斎宮の帰京が描かれるのみである。しかし、逆に斎王が描かれないことで、物語が必要とする〈皇女〉は父帝裁可によって降嫁する皇女であり、その栄華であることが如実に示されることにもなる。

以上、『うつほ物語』における〈皇女〉像の一例として、大宮と女一宮を提示した。二人の女一宮は父帝が降嫁を決めるということで意味を持ち、自身の夫や子女たちが「天皇家」にとって必要な価値あるものであることを示した。嵯峨院の降嫁した皇女のうち、大宮以外はみな不幸せとなり、朱雀院の皇女のうち、降嫁したのは女一宮一人という物語状況は、やがて「女一宮」に降嫁しても幸せな皇女というイメージを持たせることになるのだろうか。これらをふまえ、次節では『源氏物語』における女一宮を見ていくこととしたい。

（注一）『うつほ物語』でいう「天皇家」は嵯峨・朱雀・今上・東宮と続く天皇の系譜に付随する后・皇子・皇女を含むこととする。

（注二）『源氏物語』での記述は以下の通り。

朱雀院の考え：「皇女たちは、独りおはしますこそは例のことなれど、さまざまにつけて心寄せたてまつり、何ごとにつけても御後見したまふ人あるは頼もしげなり。」（若菜・上④二九）や、「皇女たちの世づきたるありさまは、あはあはしきやうにもあり、また高き際といへども、女は男に見ゆるにつけてこそ、悔しげなることも、めざましき思ひもおのづからうちまじるわざなめれと、かつは心苦しく思ひ乱るるを、またさるべき人に立ち後れて、頼む蔭どもに別れぬる後、心を立てて世の中に過ぐさむことも、昔は人の心たひらかにて、世にゆるさるまじきほどのことをば、思ひ及ばぬものとならひたりけむ、今の世には、すきずきしくみ乱りがはしきことも、類にふれて聞こゆめりかし。昨日まで高き親の家にあがめられかしづかれし人のむすめの、今日はなほなほしく下れる際のすき者どもに名を立ちあざむかれて、亡き親の面を伏せ、影を辱むるたぐひ多く聞こゆる、言ひもてゆけば、みな同じことなり。（若菜・上④三二〜三三）とある。

一条御息所の考え「皇女たちは、おぼろけのことならで、あしくもよくも、かやうに世づきたまふことは、心にくからぬことなりと、古めき心には思ひはべりしを、いづ方にもよらず、中空にうき御宿世なりければ、何かは、かかるついでに煙にも紛れたまひなむは、この御身のための人聞きなどはことに口惜しかるまじけれど、さりとても、しかすくよかにえ思ひ静むまじう、悲しう見たてまつりはべるに」（柏木④三三〇〜三三一）とあり、皇女は結婚しないほうがいいとする考えが示される。ただし、朱雀院は「いにしへの例を聞きはべるにも、世をたもつ盛りの皇女にだに、人を選びて、さるさまのことをしたまへるたぐひ多かりけり。」（若菜・上④四八）とも言い、皇女降嫁の前例があることを示し、一方では前述の一条御息所の言葉の中には皇女降嫁を厭うのを「古めき心」とするように、皇女降嫁の認識が物語内で揺れているのも事実である。それは登場人物相互の関連性からくる矛盾ともいえ、皇女降嫁に対する認識を『源氏物語』のみで把握しようとするこれまでの研究のあり方には問題があり、先行する『うつほ物語』を考察することは重要な作業である。

なお、『うつほ物語』、『源氏物語』、『狭衣物語』の女一宮について考察した、一文字昭子「平安時代の女一宮―史実と物語（『うつほ物語』『源氏物語』『狭衣物語』）から―」（「国文目白」三十七号、一九九八年二月）では、「『うつほ物語』成立当時は降嫁の風潮が進み、第一内親王を降嫁させるという設定以外に登場人物の優遇を際立たせることができなかった」とするが、それでは『うつほ物語』固有の問題は見えてこない。また、氏の論考は歴史事象に重きが置かれており、その点において本論とは視座を異にする。

（注三）『うつほ物語』では、皇女たちの結婚を描く場合、ここでの引用にあるように「婿取る」とする。「降嫁」という概念とずれる可能性も考えられるが、他の物語との比較の都合上、本論では「降嫁」と記述する。なお、大宮の降嫁については、西本香子「源正頼の結婚」（『講座平安文学論究第十二輯』一九九七年、風間書房）に詳しい。本論と重なる部分もあるが、本論では特に「女一宮」という属性に注意しており、論旨は異なる。

（注四）『源氏物語』の今上帝女一宮については、本章第二節において詳述。

（注五）『夜の寝覚』の女一宮も后腹第一皇女であるが、その婚姻の課程がわからないためここでは除外する。もちろん、后腹の女一宮（第一皇女）が降嫁する物語は中世になると、物語引用あるいは享受といったあり方で利用され発展される。その典型例には『恋路ゆかしき大将』などがある。なお、『恋路ゆかしき大将』については、第三章第二節にて詳述。

（注六）「国譲・下」巻において描かれる立坊争いでは、后の宮が藤原氏の血を引く皇子を立坊させようと、忠雅、兼雅らを説得しようとする場面が描かれる。可能性として常に潜在していた藤氏摂関体制を后の宮が領導しようとした場面といえよう。

（注七）「蔵開・中」巻において、兼雅が官位についての不満を次のように述べる箇所がある。

「大臣、闕の侍らざらむには、いかでかは。」父おとど「などかは、その闕のなからむ。この頃こそ、かく金釘のように固まりためれ。そこを御婿にして、中納言になさると空けられし闕には、親とてあるおのれをこそなされましか。仁寿殿を思して、その親を引き越してなされたるは、さるべきことかは。おのづから、右のおとど参り給ひて、心に任せて給びてむ。（蔵開・中、五六八）

ここでは、仁寿殿をはじめとする正頼の娘たちが問題とされているが、正頼の昇進が自身より早いことについての不満が述べられている。

（注八）ここでの仁寿殿の女御の年齢は物語内での異同があり、いささか不審であるが、いずれにしても仁寿殿の女御が成人し数多くの皇子・皇女を産む程度の年齢は重ねている頃と捉える。

（注九）室城秀之「あて宮東宮入内決定の論理―うつほ物語の表現と論理」（「国語と国文学」一九八一年十月、後『うつほ物語の表現と論理』若草書房、一九九六年に所収）では、「帝の側から見れば、そのような人望を集めている正頼を婿として取り込むことによって、皇位継承に関する世の批判を封じる必要があったと、想像をたくましくすることもできるだろう。」とする。

（注十）坂本信道「仲忠・あて宮・女一宮―『うつほ物語』栄華の方法と論理―」（「女子大国文」第百十三号、一九九三年六月）、大井田晴彦「仲忠と藤壺の明暗―「蔵開」の主題と方法―」（『うつほ物語の世界』二〇〇二年、風間書房）また、例えば新編全集の頭注の解説文では「これまで人物像に言及されることのなかった女一の宮が、求婚譚後の物語世界を担う仲忠の結婚相手として、あて宮に匹敵する存在に語り直されようとしている。」（内侍のかみ②一六五）とする。

（注十一）事実、吹上の宣旨によって、仲忠と女一宮との降嫁が決まった後、仲澄は仲忠に向かって次のように述べている。「かの人（女一宮）は、ただ今の世の一にて、内裏にもここにも、雲居より降りたるよりも、殊に思ひ聞こえ給ふ人を。…」（菊の宴、三〇八）女一宮の存在が、あて宮求婚譚の背後にありながらも「ただ今の世の一」と称されるだけの存在であったことがわかる。

（注十二）なお、この朱雀院の言辞について、西山登喜「『うつほ物語』擦り寄る朱雀帝と仲忠―笑いを媒介に―」（「物語研究」第八号、二〇〇八年三月）において「朱雀帝は精神的にも現実的にも〈琴〉を懐柔し掌握したと認識する」とする。

（注十三）なお、この后の宮の計略については、大井田晴彦氏が「「国譲」の主題と方法―仲忠を軸として―」（『うつほ物語の世界』二〇〇二年、風間書房）において、「正頼の婚姻政策を模したものであることは明らかだ」とする。確かに自身の娘との婚姻によって相手を味方に引き入れようという意思は共通するが、やはり、ここも「皇女」であることの意味を考察する必要はあろう。

（注十四）〈吹上の宣旨〉については、早く「内侍のかみ」巻の成立の問題によって議論されてきた。その詳細は、室城秀之「作られた過去〈「内侍のかみ」の巻における「吹上の宣旨」をめぐって〉」（「国語と国文学」一九九一年十一月。後、『うつほ物語の表現と論理』（若草書房、一九九六年）に所収）に詳しく、室城氏は宣旨を「作られた過去」として、「内侍のかみ」巻において故意に作られたとする。

（注十五）室城秀之『うつほ物語の表現と論理』（若草書房、一九九六年）の第一章の8、「「内侍のかみ」の巻の表現―その会話文をめぐって―」において指摘されている。

（注十六）女一宮の母性については西山登喜「『うつほ物語』宮の君登場の理由―女一宮の〈母性〉を問う」（「物語研究」第七号、二〇〇七年三月）に詳しい。

（注十七）平城帝に入内した朝原内親王は、祖母に井上内親王、母に酒人内親王といういずれも斎宮となった皇女の血を引き、自身も斎宮であった。嵯峨帝に入内した高津内親王は母が坂上田村麻呂の同母妹であり、淳和帝に入内した高志内親王は母が皇后藤原乙牟漏であり、皇后腹の第一皇女であった。

（注十八）　俊蔭の母が嵯峨院姉妹、俊蔭の妻は一世の源氏、源祐澄の妻は嵯峨院の梅壺更衣腹の皇女、さらには源仲頼の母が「宮」であったことがわかる。

第二節　『源氏物語』——今上帝女一宮を中心として

はじめに

ここでは文学史上、大きな作品である『源氏物語』について見ていきたい。『源氏物語』には、代表的かつ多様な〈皇女〉像が見える。先帝の四宮である藤壺の宮、桐壺帝の姉妹である大宮（女三宮）や桐壺帝の三人の皇女、朱雀院の皇女は四人確認でき、その中でも柏木に降嫁した女二宮（落葉の宮）、密通事件を起こす女三宮が重要となろう。そして、第三部に至り、冷泉帝の女一宮及び今上帝の二人の皇女（女一宮・女二宮）もまた薫や匂宮と関わる。〈皇女〉という枠組みから考えれば、前坊と六条御息所の娘である秋好中宮や桃園式部卿宮の娘である朝顔斎院も入る。

彼女たちは入内・降嫁・斎宮・斎院・一品宮など、種々様々な形式をとり、『うつほ物語』以上にあり得べき「姫宮」像を形成したともいえるだろう。

一方、『源氏物語』に登場する〈皇女〉の中で、正編・続編ともに登場する人物は少なく、朱雀院の女三宮と今上帝女一宮くらいである。その中でも、女三宮の重要性はいまさら述べるまでもないが、今上帝女一宮については未だ考察の余地が残されているように思う。今上帝女一宮は明石中宮を母とし、紫の上に養育された皇女である。宇治十帖に入り、六条院春の町の主人として新たに登場するこの皇女の有様は、これまで様々に論じられてきた。冷泉院女一宮とのかかわりから構想論で問題にされ、薫による恋慕、女二宮・浮舟との関わりもまた言うまでもない。(注一)

しかし、もう一度、ここで女一宮とは何ものだったのか。問題視してみたい。宇治十帖に登場する皇女は、例えば正編での藤壺の宮や朱雀院女三宮のように、物語の中心にたつことはない。しかし、同時にその存在を消すこともできない。だからこそ、後続の物語においては皇女、特に女一宮の持つ意味は大きくなっていくのである。まずは、今上帝女一宮を考察することによって、宇治十帖に描かれる皇女の姿―今上帝女二宮や冷泉院女一宮の存在もまた浮かび上がってくるだろう。

一　正編での女一宮

女一宮の登場は、若菜下巻、女三宮の降嫁後の紫の上のもとで養育されるところである。

Ⅰ　対の上、かく年月に添へて、かたがたにまさりたまふ御おぼえに、「わが身はただ一所の御もてなしに、人には劣らねど、あまり年積もりなば、その御心ばへもつひに衰へなむ。さらむ世を見果てぬさきに、心と背きにしがな」と、たゆみなく思しわたれど、さかしきやうにや思さむとつつまれて、はかばかしくもえ聞こえたまはず。（中略）春宮の御さしつぎの女一の宮を、こなたに取り分きてかしづきたてまつりたまふ。その御扱ひになむ、つれづれなる御夜がれのほども慰めたまひける。いづれも分かず、うつくしくかなしと思ひきこえたまへり。

（若菜下④一七七～一七八）

紫の上によって養育されたということは、宇治十帖での女一宮の造形に深い意味を持つが、正編における女一宮の存在は、引用文に明らかなように紫の上の苦悩を顕在化させるものである。女三宮降嫁による身辺の変化、それによって生じた苦悩を消し、源氏に代わる自身の愛情の拠り所としての女一宮がいる。そして、続く源氏の女子教育論（後掲引用III）は、紫の上の女性としての自己を浮き彫りにさせてしまう。女一宮を通して、紫の上は何を見たのであろうか。いずれ当代の一の姫宮となり、自身が受けた苦悩とは無縁に生きていくだろう女一宮。その幼い存在を通して、紫の上は自己の苦悩を見つめていくことになるのである。

以下、正編における女一宮の登場場面を確認したい。

II　女御の君も渡りたまひて、もろともに見たてまつり扱ひたまふ。「ただにもおはしまさで、ものけなどいと恐ろしきを、早く参りたまひね」と、苦しき御心地にも聞こえたまふ。若宮の、いとうつくしうておはしますを見たてまつりたまひても、いみじく泣きたまひて、「おとなびたまはむを、え見たてまつらずなりなむこと。忘れたまひなむかし」とのたまへば、女御、せきあへず悲しと思したり。（若菜下④二一五）

III　女子を生ほし立てむことよ、いと難かるべきわざなりけり。宿世などいふらむものは、目に見えぬわざにて、親の心に任せがたし。生ひ立たむほどの心づかひは、なほ力入るべかめり。よくこそ、あまたかたがたに心を乱るまじき契りなりけれ。年深くいらざりしほどは、さうざうしのわざや、さまざまに見ましかばとなむ、嘆かしきをりをりありし。若宮を、心して生ほし立てたてまつりたまへ。女御は、ものの心を深く知りたまふほどならで、かく暇なき交らひをしたまへば、何事も心もとなき方にぞものしたまふらむ。御子たちなむ、なほ飽く限り人に点つかるまじくて、世をのどかに過ぐしたまはむに、うしろめたかるまじき心ばせ、つけまほしきわざなりける。限りありて、とざまかうざまの後見まうくるただ人は、おのづからそれにも助けられぬるを」など聞こえたまへば、「はかばかしきさまの御後見ならずとも、世にながらへむ限りは、見たてまつらぬやうあらじと思ふを、いかならむ」とて、なほものを心細げにて、かく心にまかせて、行なひをもとどこほりなくしたまふ人々を、うらやましく思ひきこえたまへり。

（若菜下④二六三～二六五）

Ⅳ「女ばかり、身をもてなすさまも所狭う、あはれなるべきものはなし。もののあはれ、折をかしきことをも、見知らぬさまに引き入り沈みなどすれば、何につけてか、世に経る映えばえしさも、常なき世のつれづれをも慰むべきぞは。おほかた、ものの心を知らず、いふかひなきものにならひたらむも、生ほしたてけむ親も、いと口惜しかるべきものにはあらずや。心にのみ籠めて、無言太子とか、小法師ばらの悲しきことにする昔のたとひのやうに、悪しきこと善きことを思ひ知りながら、埋もれなむも、いふかひなし。わが心ながらも、良きほどには、いかで保つべきぞ」と思しめぐらすも、今はただ女一の宮の御ためなり。

（夕霧④四五六～四五七）

Ⅴ取り分きて生ほしたてまつりたまへれば、この宮と姫宮とをぞ、見さしきこえたまはむこと、口惜しくあはれに思されける。

（御法④五〇三）

以上、引用Ⅰと合せ、正編における登場箇所は五回である。大まかに分類すれば、紫の上の死にまつわるものと女性の生き難さを示すものとに分けられよう。引用Ⅱ・Ⅴが前者、Ⅰ・Ⅲ・Ⅳが後者に分類できる。特に、Ⅳは落葉の宮の醜聞を聞いた折の苦悩であり、自身を含めた女性一般の苦しみはさることながら、落葉の宮と同じ皇女として生きる女一宮へ最終的には視点が向けられている。自分が育てた姫宮が、何の憂いもなく成長していくことができるのか、しかし、その行く末までは見ることができない嘆きが紫の上の自己の苦悩とあいまっていくようでもある。

そしてそれは、引用Ⅲの傍線部にも見えるように、出家の望みにつながっていく。出家したいけれどもできないというジレンマの中で、紫の上の苦悩は深くなる。女一宮の登場場面には、女子はこの世に生き難いものであり、かつ女子を育てることも難しいことが示されているが、紫の上はその両方を体現している。紫の上のかたわらに女一宮が存在することで、紫の上は女一宮を通して二重の苦しみを見つめていることになるだろう。

自ら体験し見聞したような女性の苦悩とは無縁であるように願いながらも、どんなに立派に育て上げても所詮女子であれば「身をもてなすさまも所狭う、あはれなるべきもの」でしかないのだ。確かに引用Ⅲで源氏が言うように、女一宮に「世をのどかに過ぐしたまはむに、うしろめたかるまじき心ばせ」を備えさせることが重要ではあるが、物事の道理がわかっていても、引用Ⅳに見えるようにただ心に籠めてしまうのでは生きる意味さえない。どのようにすれば、女一宮の未来が苦悩とは無縁であり、かつ生きる意味をもったものとなるのか。紫の上が匂宮と女一宮の行く末が見られないことを嘆いたのも、そうした自身の疑問に対する答えを見ることができないからであったとも読めるだろう。

そして何よりも、正編において重要な皇女は常に密通の対象となっていることが問題である。藤壺の宮をはじめとして、女三宮、落葉の宮もその範疇に入るだろう。女性の生きがたさ、特に皇女のそれは、朱雀院が女三宮をしっかりとした後見を目当てに結婚しても、結局は密通されてしまったことを『源氏物語』の享受者たちは知っている。紫の上が女一宮を心配すればするほど、女一宮密通の可能性が潜在されていくことにならないだろうか。そうした物語の伏線がどう結実するのか、続編への期待は自ずと高くなる。

では、そうした紫の上の苦悩を映す存在だった女一宮が、続編においてどのように描かれるか、次節以降において見ていきたい。

二 続編における女一宮①——薫と女一宮

続編での登場は、はやく匂宮巻において「女一の宮は、六条院南の町の東の対を、その世の御しつらひ改めずおはしまして、朝夕に恋ひしのびきこえたまふ。」(匂宮⑤十八) と、紫の上存命中と変わらず六条院に住んでいることが示される。まるで続編のヒロインのような登場ぶりであり、その辺りが構想論において問題視されてきたところでもあろう。

しかし、すでに「光隠れたまひにし後」である以上、六条院の深窓の姫宮は主人公となるはずもないことは、予想されえたのではないだろうか。光源氏亡き後の六条院の衰退ぶりは、夕霧が落葉の宮を六条院に住まわせることで、どうにか保ったことが述べられていることに明らかである。だが、六条院の深窓の姫宮である以上、女一宮の尊貴性もまた保証されているともいえる。かの光源氏の血を受け継ぎ、紫の上の養育によって育った当代の后腹の姫宮、物語の要素としてこれ程までに完璧な設定の姫宮はいないだろう。そのような女一宮の存在を、物語はすでに必要としていないことが、続編での女一宮の存在の問題点である。

女一宮の存在について、次に述べられるのが椎本巻の薫の述懐である。宇治の姫君たちを垣間見た薫によって、「女一宮も、かうざまにぞおはすべきと、ほの見たてまつりしも思ひ比べられて、うち嘆かる。」(椎本⑤二一八) と、女一宮が思い出されている。ここは、冷泉院の女一宮か今上帝の女一宮か判断が難しい箇所でもあるが、蜻蛉巻において重ねてかつて薫が女一宮を「見たてまつりし」ことがあったと記述されることから、今上帝女一宮として解釈しておく。

ここでの女一宮は実体はなくあくまでも薫の想像の中の存在である。宇治の姫君たちの存在から女一宮が想起されているにすぎない。だが、ここで注意しておきたいのは、この垣間見られている姫君たちが喪服に数珠を持っている姿であることだ。この場面を始発にして、続編の女一宮は仏教的なイメージの中で述べられていく。特にそれは薫とのかかわりにおいて顕著である。総角巻において、明石中宮との対面から女一宮を思い出す場面においても、場面の切り替わる直前、取ってつけたかのように「立ちてもゐても、ただ常なきありさまを思ひありきたまふ」（総角⑤二七九）と、仏教的無常観が示される。

そうした中でも、もっとも顕著に示されるのが蜻蛉巻の法華八講の場面である。

蓮の花の盛りに、御八講せらる。六条の院の御ため、紫の上など、皆思し分けつつ、御経仏など供養ぜさせたまひて、いかめしく、尊くなむありける。五巻の日などは、いみじき見物なりければ、こなたかなた、女房につきて参りて、物見る人多かりけり。五日といふ朝座に果てて、御堂の飾り取りさけ、御しつらひ改むるに、北の廂も、障子ども放ちたりしかば、皆入り立ちてつくろふほど、西の渡殿に姫宮おはしましけり。（蜻蛉⑥二四七）

蓮の花の盛り、つまり季節は夏に移行し、それまでの浮舟失踪から四十九日の法要までの一連の出来事が終わった後に、明石中宮主催の法華八講が行なわれる。舞台が一転して都に移ったことになるが、薫の女一宮の垣間見から物語が動き出し、都における中心として女一宮が存在していたことになるだろうか。（注二）続いて、薫による女一宮垣間見の場面が描かれるのであるが、おそらく法華八講の片付けのため本来の居住場所とは違う西の渡殿に女一宮が離れていたことが、この垣間見を成立させてしまった要因といえよう。

もの聞き極じて、女房もおのおの局にありつつ、御前はいと人少ななる夕暮に、大将殿、直衣着替へて、今日まかづる僧の中に、かならずのたまふべきことあるにより、釣殿の方におはしたるに、皆まかでぬれば、池の方に涼みたまひて、人少ななるに、かくいふ宰相の君など、かりそめに几帳などばかり立てて、うちやすむ上局にしたり。

「ここにやあらむ、人の衣の音す」と思して、馬道の方の障子の細く開きたるより、やをら見たまへば、例さやうの人のゐたるけはひには似ず、晴れ晴れしくしつらひたれば、なかなか、几帳どもの立て違へたるあはひより見通されて、あらはなり。氷をものの蓋に置きて割るとて、もて騒ぐ人びと、大人三人ばかり、童と居たり。唐衣も汗衫も着ず、皆うちとけたれば、御前とは見たまはぬに、白き薄物の御衣着替へたまへる人の、手に氷を持ちながら、かく争ふを、すこし笑みたまへる御顔、言はむ方なくうつくしげなり。いと暑さの堪へがたき日なれば、こちたき御髪の、苦しう思さるるにやあらむ、すこしこなたに靡かして引かれたるほど、たとへむものなし。「ここらよき人を見集むれど、似るべくもあらざりけり」とおぼゆ。御前なる人は、まことに土などの心地ぞするを、思ひ静めて見れば、黄なる生絹の単衣、薄色なる裳着たる人の、扇うち使ひたるなど、「用意あらむはや」と、ふと見えて、「なかなか、もの扱ひに、いと苦しげなり。ただ、さながら見たまへかし」とて、笑ひたるまみ、愛敬づきたり。声聞くにぞ、この心ざしの人とは知りぬる。

（蜻蛉⑥二四七〜二四九）

この場面に特徴的なことは、女一宮の実体についての描写があることだ。もちろん、総角巻においても匂宮の視点から見た女一宮の「限りもなくあてに気高きものから、なよびかにをかしき御けはひ」や、「うつぶして御覧ずる御髪のうちなびきて、こぼれ出でたるかたそばばかり、ほのかに見たてまつりたまふが、飽かずめでたい様子が述べられたことはあった。しかし、それ以上に立体的な描写がここにある。それは、これまで薫や匂宮によって想像されるだけであった女一宮が、急に垣間見という直接的な視線にさらされることとなったことを意味する。続く引用文では、さらに女一宮の「声」までも描写されることとなる。(注三)

心強く割りて、手ごとに持たり。頭にうち置き、胸にさし当てなど、さま悪しうする人もあるべし。異人は、紙につつみて、御前にもかくて参らせたれど、いとうつくしき御手をさしやりたまひて、拭はせたまふ。「いな、持たらじ。雫むつかし」とのたまふ御声、いとほのかに聞くも、限りもなくうれし。「まだいと小さくおはしましほどに、我も、ものの心も知らで見たてまつりし時、めでたの稚児の御さまや、と見たてまつりし。その後、たえてこの御けはひをだに聞かざりつるものを、いかなる神仏の、かかる折見せたまへるならむ。例の、やすからずもの思はせむとするにやあらむ」と、かつは静心なくて、まもり立ちたるほどに、こなたの対の北面に住みける下臈女房の、この障子は、とみのことにて、開けながら下りにけるを思ひ出でて、「人もこそ見つけて騒がるれ」と思ひければ、惑ひ入る。(中略)かの人は、「やうやう聖になりし心を、ひとふし違へそめて、さまざまなるもの思ふ人ともなるかな。そのかみ世を背きなましかば、今は深き山に住み果てて、かく心乱れましや」など思し続くるも、やすからず。「などて、年ごろ、見たてまつらばやと思ひつらむ。なかなか苦しう、かひなかるべきわざにこそ」と思ふ。

（蜻蛉⑥二四七〜二四九）

氷に騒ぐ女房たちと、その中心にいながらも氷を厭う女一宮の様子が、長恨歌伝をふまえながら描写されている。あくまでも薫の視点から描かれたものではあるが、女一宮の存在そのものに惹きつけられたがゆえの詳細な描写となっている。顔、髪、手、声。およそ全てがあらわになっていることが、描写された部分からよくわかる。

女一宮そのものがどのような姿であったのか、この引用場面には「白き薄物の御衣」としか記されていないが、直後にある女二宮に対する記述からは薄物の単の御衣に紅の袴であったことがわかる。姿そのものを考えれば非常にエロティックな垣間見ということになるが、問題はそこではない。この場面における薫の精神状態についてすでに多くの論考があるが（注四）、氷を持つことによって雫に濡れるのをいやがる女一宮は、薫の欲望を受け止めえない存在ではあることは先学の指摘通りであろう。では、なぜそうした女一宮像が示されなければならなかったのだろうか。直後の場面で妻である女二宮との比較が成されることは、薫の都での栄達を示しつつも、薫の現世的欲望の存在を如実に示す格好の場面である。しかも、結局は大君以上の女性はいない、という繰り返しともいえる結論が導き出されるだけであり、物語中における女一宮・女二宮の挿話はあだ花的な印象を持たずにはいられない。

そもそも、この法華八講の場面にいたって、薫の女一宮思慕が全面に述べられることになるのだが、薫の垣間見が法華八講の果ての日であったことは興味深い。前の引用の二重傍線部にある薫の心情にあるとおり、「ややう聖に」なった心を女一宮は乱してしまう。その乱れぶりは、翌日に妻である女二宮を女一宮と同じ姿にして氷を持たせるという行動を取るほどであり、奇異とも取れるこの薫の行動はこれまでも多数論じられてきた。だが、この場面でおそらく問題であるのは、法華八講の後という大きな仏教行事、それも后主催であろう大きな行事の後ということである。明石中宮の弟として存在する薫がこの法華八講において何の役割もなかったとは考えにくく、何かしらの大役が任せられていたはずであり、その直後にこうした垣間見、それもここまでの物語において主たる筋とはいえない女一宮との挿話を取り上げる意味とは何であろうか。

これまで見てきたように、女一宮の周囲に仏道修行のイメージが付与されていることを思い出せば、結局は大君思慕に落着いてしまう薫の心情を理解しやすくなるのではないだろうか。法華八講の果ての日、蓮の盛りの暑い日にまさしく蓮の花のような女一宮が存在しているのである。大君はおろか浮舟さえも失った後の厭世観の中で「やうやう聖になりし心」とはいいつつも、薫は女一宮を垣間見ることで、現世離脱はおろか泥にまみれた現世に執着することになる。その執着が、翌日に女二宮を女一宮と同じ姿をさせるという行動に続くわけだが、結局はそれは女二宮付きの女房たちからすれば「をかし」く見えるのであり、女二宮との関係は良好なように見えてしまうのである。そうした意味で、女一宮は薫を現世につなぎとめる存在といえよう。

『源氏物語』正編において、女性の形容に頻繁に使用された花の喩は、続編においては減少し、またほとんど意味を成さない場合が多い。(注五)だが、ここであえて、女一宮にとっての花の喩を考えれば、まさしくここでの女一宮は蓮の花の暗喩であり、現世の愛欲にまみれた薫の欲望によって汚されることはない。薫の視点から、女一宮の周囲の女房たちが「まことに土などの心地ぞする」と見られるのも、長恨歌伝の引用であることは確かではあるが、泥の中から一輪の花を咲かせる蓮の花をイメージしていることになるだろう。

加えて、女二宮とのやり取りの最中、「昨日かやうにて、われもまじりゐ、心にまかせて見たてまつらましかば」と薫の希望が半実仮想の形で述べられるわけだが、垣間見場面との記述と重ね合わせれば、自身も泥の中に交じり女一宮を見つめていたいということになる。現世離脱を望む薫にとって、蓮の花になぞらえられる女一宮は最も得難い存在でありながら、一方で求めてやまない存在であることを表象していると読めるのではないだろうか。

では、蜻蛉巻以降の女一宮はどのように描かれるのだろうか。手習巻において女一宮は病に伏し、その祈禱のため横川の僧都が宮中に呼ばれる。この横川の僧都こそ浮舟を助け、かつ間接的ではあるが薫に浮舟の生存を伝える人物である。本来ならば「山籠りの本意深く、今年は出でじ」と思っていた横川の僧都が宮中に伺候するのも当代の一の姫宮のためであり、そうした存在の大きさが示されつつも、女一宮がやはり仏教的な表象に囲まれていることがわかる。女一宮の病は横川の僧都の霊験によって治癒されるが、同時にまた、小野の時間軸を女一宮が規定していることにもなろう。なお、かつて「橋姫」巻において、冷泉院女一宮の病が宇治にいる薫が帰京する理由として述べられていた。宇治における薫の時間軸もまた、「女一宮」が規定していたことになるだろうか。

三　続編における女一宮②——女一宮と匂宮

前節では、続編における女一宮と薫の関連を述べたが、本節では匂宮との関係について考察する。女一宮と匂宮は正編からセットで取り上げられることが多いが、続編における総角巻の場面は近親恋愛的な擬似恋愛が描かれる箇所である。薫にとっての女一宮と匂宮にとっての女一宮はその存在意義に差異があることは当然であるが、一方でともに女一宮を相手にした「特殊な場面」が描かれてもいる。薫にとってのそれが蜻蛉巻の垣間見から続く一連の場面であり、匂宮にとっては、次の引用箇所である。

限りもなくあてに気高きものから、なよびかにをかしき御けはひを、年ごろ二つなきものに思ひきこえたまひて、「また、この御ありさまになずらふ人世にありなむや。冷泉院の姫宮ばかりこそ、御おぼえのほど、うちうちの御けはひも心にくく聞こゆれど、うち出でむ方もなく思しわたるに、かの山里人は、らうたげにあてなる方の、劣りきこゆまじきぞかし」など、まづ思ひ出づるに、いとど恋しくて、慰めに、御絵どものあまた散りたるを見たまへば、をかしげなる女絵どもの、恋する男の住まひなど描きまぜ、山里のをかしき家居など、心々に世のありさま描きたるを、よそへらるること多くて、御目とまりたまへば、すこし聞こえたまひて、「かしこへたてまつらむ」と思す。

在五が物語を描きて、妹に琴教へたる所の、「人の結ばむ」と言ひたるを見て、いかが思すらむ、すこし近く参り寄りたまひて、「いにしへの人も、さるべきほどは、隔てなくこそならはしてはべりけれ。いと疎々しくのみもてなさせたまふこそ」と、忍びて聞こえたまへば、「いかなる絵にか」と思すに、おし巻き寄せて、御前にさし入れたまへるを、うつぶして御覧ずる御髪のうちなびきて、こぼれ出でたるかたそばかり、ほのかに見たてまつりたまふが、飽かずめでたく、「すこしもの隔てたる人と思ひきこえましかば」と思すに、忍びがたくて、

「若草のね見むものとは思はねどむすぼほれたる心地こそすれ」

御前なる人びとは、この宮をばことに恥ぢきこえて、もののうしろに隠れたり。「ことしもこそあれ、うたてあやし」と思せば、ものものたまはず。ことわりにて、「うらなくものを」と言ひたる姫君も、されて憎く思さる。紫の上の、取り分きてこの二所をばならはしきこえたまひしかば、あまたの御中に、隔てなく

思ひ交はしきこえたまへり。世になくかしづききこえたまひて、さぶらふ人びとも、かたほにすこし飽かぬところあるは、はしたなげなり。やむごとなき人の御女などもいと多かり。御心の移ろひやすきは、めづらしき人びとに、はかなく語らひつきなどしたまひつつ、かのわたりを思し忘るる折なきものから、訪れたまはで日ごろ経ぬ。

（総角⑤三〇三〜三〇五）

この場面についてはすでに、〈妹恋〉という方法が女一宮と大君の関係を明らかにすることにつながることが述べられているが（注六）、だが、なぜ「在五が物語」を全面的に引用し、あまつさえ「妹に琴教へたる」という場面を出してきてまで、同腹の姉弟の擬似恋愛を描かなければならなかったのか、問題は残る。

そもそも、現存の『伊勢物語』には「人の結ばむ」の歌がある四十九段には「妹に琴教へ」たという記述はない。古注においても、『河海抄』が『大和物語』にある可能性を述べているが、しかし現存の『大和物語』には同じ話はなく、ましてや琴を教えるという記述はない。

『伊勢物語』四十九段

むかし、男、妹のいとをかしげなりけるを見をりて、

うら若みねよげに見ゆる若草を人のむすばむことをしぞ思ふ。

と聞えけり。返し、

初草のなどめづらしき言の葉ぞうらなくものを思ひけるかな

現存の『伊勢物語』ではない「在五が物語」や、在原業平の伝承の一つとして「妹に琴を教えた」話が流布していた可能性や伝本の問題もあるが、ここでは「琴を教える」という点に注目し違う解釈をしてみたい。平安時代の物語を鑑みた時、先行する『うつほ物語』にまさに「妹に琴を教える」男がいる。同腹の妹であるあて宮を思慕し最終的には焦がれ死にしてしまう源仲澄である。この仲澄こそあて宮に近づく口実が次の引用のように「琴を教える」ということであった。

①この侍従も、あやしき戯れ人にて、よろづの人の「婿になり給へ」と、をさをさ聞こえ給へども、さもものし給はず、「この同じ腹にものし給ふあて宮に聞こえつかむ」と思せど、あるまじきことなれば、ただ、御琴を習はし奉り給ふついでに、遊びなんどし給ひて、こなたにのみなむ、常にものし給ひける。

（藤原の君、七八）

②「姫君はいづくにかおはします」。たてき、「侍従の君と、御琴遊ばす」。

（藤原の君、九七）

③侍従の君、御琴遊ばすついでに、

人を思ふ心いくらに砕くれば多く忍ぶになほ言はるらむ

例の聞き入れ給はず。

（藤原の君、一〇二）

④「何かは、知り給へれば。まだ小さかりし時、箏の琴習はしし頃なむ、あやしく、思はぬやうる気色なむ見えし。……」

（蔵開・上、五一四）

仲澄の近親恋愛は『うつほ物語』の中でも異色のものであり、その後の物語に与えた影響も大きい。もちろん、この総角の該当場面は仲澄のことが直接的に引用されているわけではない。だが、『うつほ物語』を知っている読者からすれば、「妹に琴を教える兄」という造形に仲澄を思い起こす可能性は低くないだろう。つまり、「在五が物語」にも「妹に琴を教える兄」にも、近親恋愛のイメージが深いのであり、ここではそうした二重の意味を読み取る必要があるのではないだろうか。

仲澄の恋に『伊勢物語』が引用されることはないが、『源氏物語』では、『伊勢物語』・『うつほ物語』の両者を引用することで近親恋愛的な場面をこれみよがしに創り上げているといえないだろうか。つまり、この場面では『伊勢物語』の近親恋愛はもとより、『うつほ物語』の近親恋愛も引用されてきているのであり、それによって、匂宮と女一宮の危うい関係構造を創り出そうとしているのである。

匂宮の行動は結局女一宮の「ものものたまはず」という態度によって拒否されてしまうが、それでも「紫の上の、取り分きてこの二所をばならはしきこえたまひしかば、あまたの御中に、隔てなく思ひ交はしきこえたまへり。」と、お決まりのように「紫の上」を登場させて話をつなぐ。紫の上がこの二人を特に可愛がって育てたから、この二人はこのような（近親恋愛のような）関係であるとするのである。「紫の上」がこの場面での「免罪符」であり、正編世界を持ち出すことによって場面を成り立たせているといってもよい。つまり、匂宮と女一宮は「紫の上」という付加価値の上に成り立っているともいえよう。匂宮がなぜ女一宮を思慕するのか、今上帝には他にも皇女がいるわけで、ことさらに姉宮を慕う必要はない。だが、紫の上に養育された二人という価値が続編世界でも必要とされているのであろう。

おわりに

だが、ここではもう一つ重要な問題点がある。正編における皇女は常に密通の危機にさらされていた。しかし、続編の〈皇女〉、特に女一宮はそうした密通の可能性がことさらに述べられながらも、結局は密通されることがない。薫にとっても匂宮にとっても「女一宮」は得難い存在であり、だからこそ、その思慕を明確にする場面が用意される。もし正編世界であったなら、二人のうちのどちらかに密通されてもおかしくない状況を物語は用意している。しかし、薫に対しては道心を、匂宮に対しては近親恋愛のタブーをもって、密通の可能性は閉じられていく。

正編世界においても続編世界においても、〈皇女〉は常に尊貴であるがゆえに思慕の対象であった。そして、続編においてこそ后腹の第一皇女が具体的に登場し、正編世界同様に密通への期待が膨らみ、一方では、先行する『うつほ物語』の「女一宮」のように降嫁し幸福な人生を送ることも想定されえた。薫や匂宮との密通の可能性が物語の展開に大きな影響を与えるというより、むしろ違和感とともに描写されるのも、『うつほ物語』の「女一宮」のような存在を物語は手放さなかったと考えればわかりやすくなる。しかし、『うつほ物語』で示された父帝裁可の皇女降嫁は、女一宮ではなく、今上帝女二宮にずらされることとなる。ここにおいて、后腹の第一皇女が不婚であり、思慕の対象となるも密通の危険は回避されるという、〈皇女〉としてあるべき姿が提示される。そして、薫や匂宮が求めても手に入れられないことや、宇治の姫君たちと比較することから、さらにその存在の尊貴さと美しさが強調されたのである。

もちろん、思慕の対象であってもそれが成就しない道が選ばれることで、〈皇女〉は単に尊貴な存在として崇められるだけになってしまった面も否めない。だが、今上帝女一宮が崇められることで、正編世界の女三宮や落葉の宮において、降嫁する〈皇女〉を否定してきた論調と重なり、〈皇女〉は結婚しないほうが良いという認識を確定させるに至ったのではないか。今上帝女二宮が、『うつほ物語』で重要視された父帝鍾愛の皇女であり父帝裁可の降嫁であっても、その存在は女一宮にかなわない。そのように女一宮と女二宮を対比的に描くことで、降嫁していない〈皇女〉こそ重要であると規定されよう。つまり『源氏物語』はそれまで流動的であった〈皇女〉の婚姻の問題について、不婚であることがよいと明確化したのである。皇女不婚の原則が物語内で自明のこととしてあるのではなく、『源氏物語』が皇女不婚の原則を明晰にしてしまったのである。

この造型こそ『うつほ物語』以上に後の物語を規定し、あらたな〈皇女〉の物語の生成へとつながる。次節では、『源氏物語』以後の平安時代後期の物語における〈皇女〉を考察することで、平安時代の王朝物語における「女一宮」の存在について考えてみたい。

（注一） 構想論の問題を論じたものとしては、小山敦子「女一の宮物語と浮舟物語―源氏物語成立論序説―」（『国語と国文学』一九五九年五月）、藤村潔「蜻蛉巻について」「女一の宮物語と宇治の物語との関係」（『源氏物語の構造』桜楓社、一九六六年）など。また、小嶋菜温子「女一の宮物語の彼方へ―源氏物語〈負〉の時間―」（『国語と国文学』一九八一年八月、後に同氏『源氏物語批評』有精堂出版、一九九五年に所収）などがある。また、以下の注に掲載していないもので、今上帝女一宮を論じたものとして、工藤進思郎「『源氏物語』蜻蛉の巻についての一試論―今上の女一の宮をめぐって―」（『日本文芸論考』第三号、一九七〇年六月）、待井新一「源氏物語の「女一宮」考」（『相模国文』第四号、一九七七年三月）、原陽子「女一の宮物語のゆくえ―蜻蛉巻」（『源氏物語講座』四、勉誠社、一九九二年）、

赤迫照子「匂宮の〈はは〉恋―紫の上追慕と今上帝女一宮思慕との連関―」(『古代中世国文学』十三、一九九九年七月)、同氏「〈匂宮の琵琶〉と〈女一宮の筝の琴〉―繋がりあう宇治十帖の音楽―」(『古代中世国文学』十五、二〇〇〇年七月)、越野優子「女一宮試論―役割と象徴性の狭間から―」(『上智大学国文学論集』三十三、二〇〇〇年一月)などがある。赤迫氏の一連の論考や越野氏の論と本節は重なる部分もあるが、基本的な論旨は異なる。

(注二) 宮川葉子「女一宮の物語―匂宮巻と蜻蛉巻の関連において―」(『解釈』四三一号、一九九一年二月)や助川幸逸郎「宇治大君と〈女一宮〉―〈妹恋〉の論理を手がかりとして―」(『中古文学』第六十一号、一九九八年五月)などに指摘がある。

(注三) 吉井美弥子「物語の「声」と「身体」―薫と宇治の女たち」(叢書・文化学の越境1、小嶋菜温子編『王朝の性と身体―逸脱する物語』森話社、一九九六年、後に、吉井美弥子『読む源氏物語 読まれる源氏物語』森話社、二〇〇八年に所収)

(注四) 三田村雅子「濡れる身体の宇治―水の感覚・水の風景―」(『源氏研究』第二号、翰林書房、一九九七年四月)では、「薫における「濡れる」共感への執着と幻想を印象づける」とし、神田龍身「さかしまの主人公―浮舟登場」(『源氏物語―性の迷宮へ』講談社選書メチエ、二〇〇一年)では、橋姫巻の垣間見場面と比較し「垣間見だというのにここでの薫はなぜか匂っていないし、濡れてもいない。しかし、それは興奮してないのでなく、あまりの衝撃のためにその身は凍てついてしまったということなのだ。」とする。また、女一宮を「クリスタルな女」ととらえその高嶺の花をも「泥土に化さんとする幼児の破壊衝動が確かにここに働いている」とする。また、女一宮と氷の関係を論じたものに、太田敦子「女一宮と氷―『源氏物語』「蜻蛉」巻における薫の垣間見をめぐって―」(『古代中世文学論考』第十八集、新典社、二〇〇六年)がある。

(注五) 河添房江「源氏・寝覚の花の喩」(『日本文学』一九八二年九月。後に、同氏『源氏物語の喩と王権』(有精堂出版、一九九二年)に所収。)では、花の喩は「第三部世界では遠く手放されて、その展開の可能性の環もまた閉じられたといえるだろう。」とする。

(注六) 前掲(注二)助川論文。

第三節　『源氏物語』以後——後期物語における女一宮

『源氏物語』における今上帝女一宮は、後の物語に一つの先例として引用されていく。それは平安後期物語から中世王朝物語まで幅広い。ここでは後期物語に限って、「女一宮」という記号がどのように変奏するのかを確認し、そこから振り返って「女一宮」とはどのような存在であるのかについて考えてみたい。おそらく『源氏物語』の熱心な読者であったろう後期物語以降の作者たちが、どのように「女一宮」を捉えていたかを探ることは物語の読解に無益ではないだろう。

一　『夜の寝覚』における女一宮

平安後期の物語のうち、「女一宮」が登場するのは『夜の寝覚』『狭衣物語』（『とりかへばや』にも女一宮が登場するが、古本の内容がわからないため、ここでは割愛する。）がある。そのうち、「女一宮」に対する密通または婚姻話がでない話はない。『夜の寝覚』の女一宮は、中間欠巻部において大将との婚姻があったため、その詳細は不明であるが、「この人（寝覚の上）ゆゑこそ、もし姥捨ならぬこともやと、思ひ寄りきこえさせしか。」（巻四・四二三）とあり寝覚の上とのことがうまくいかなかったがために、女一宮との婚姻が成立したことが男君によって回想される。

また、女一宮側では「人やはつらき。昔より、かかる本意深き人とは聞こえき。また、え去らず添ひたる人ありしを、あながちにおぼし寄りもてなさせたまへたる怠りにこそあめれ」と人やりならず心憂くて、おぼし乱れたる御気色」（巻五・五〇五）とあり、女一宮側からの要請によって婚姻が成り立ったことが示されている。この婚姻が父帝によるか不明だが、大皇の宮が降嫁に積極的に動いたことは巻三以降の大皇の宮の姿から想像しやすい。

巻三以降、大将との結婚は常に女一宮の母である大皇の宮の存在が大きく、女一宮自体が描かれることは多くない。しかし、寝覚の上を悩ませた生霊事件が、女一宮の病の際であったことは興味深い。病に伏す「女一宮」とその病ゆえに情報が伝播するあり方は、今上帝女一宮と浮舟との状況と重なる。『夜の寝覚』では、生霊を持ち出してくることで単に情報を行き来させるだけではなく、寝覚の上の苦悩を深くする原因にもなっており、より特殊な形を作り出しているのである。

結局、巻五では大将（物語当時は内大臣）が「宮の御方に二夜、こなたに一夜」とするもてなしで女一宮と寝覚の上の両方を大事に扱うことにはなるが、『夜の寝覚』の女一宮は大皇の宮や乳母たちが望むような皇女の待遇にはならず、「女一宮」の降嫁が幸いとならなかったことを示している。そこには、『うつほ物語』の嵯峨院の皇女たちに見られるような、降嫁によって不幸せになった先例をふまえるものとなる。

二　『狭衣物語』における女一宮

次に『狭衣物語』である。『狭衣物語』には二人の「女一宮」が登場する。一条院女一宮と、嵯峨院女一宮であり、共に斎院経験者である。一条院女一宮は狭衣との偽の密通により降嫁、嵯峨院女一宮は狭衣や堀川大臣の後見により後一条帝に入内する。ここで注目したいのは、『源氏物語』の今上帝女一宮と同様に「一品宮」になる一条院女一宮の降嫁である。

一条院女一宮は、斎院退下後に弟である後一条院により一品の位を授けられる。

(帝は) 月日過ぐれば、故院に、あさましくおぼつかなながら、別れきこえたまひにしことを忘れがたく思しめさるれば、「御代わりには、女院、姫宮などを、常に見たてまつらん」とのたまひて、藤壺に御局しつらはせたまひて、おぼつかなからぬほどに参らせたまひけり。姫宮は一品になしたてまつらせたまへり。

(巻三②七五)

引用部にあるように、藤壺に局を用意し、一品に叙すことは、すでに父帝の亡くなった皇女にとっては特別な待遇であるが、同母の兄弟である帝から一品に叙されることは史上の一品宮にも例 (例えば、村上帝の同母妹である康子内親王は村上帝の即位と同時に一品に叙されている) がある。そうして高貴な立場に置かれながらも、狭衣との密通の噂により降嫁することとなる。退下後すぐに出家する意志があったことが述べられるが、そうした意向とは逆に、飛鳥井の女君の遺児である飛鳥井の姫君を手元にひきとったことから狭衣が近づくこととなり密通という噂が立つこととなる。この噂については、一品宮側に落ち度があるはずもなく、むしろ狭衣の身勝手な論理が見える箇所でもある。しかし、狭衣と一品宮の婚姻は次のように描写される。

一品の宮の御事は、八月十日のほどと定まりぬ。さばかりの御中に、思しいそがせたまへば、世の中ゆすりて、あらまほしき御事に、世の人さへ思ひたり。かかる御事により、かく、今まであやしかりつる御独り住みなりと、疎きも親しきも思ひ合せ、つきづきしう言ひならしける。

(巻三②九二〜九三)

つまり、これまで狭衣が結婚しなかったのも、一品宮を思っていたことが理由であったとされ、この婚姻の「あらまほし」さが述べられているのである。この「あらまほしき」ことが、実はこの婚姻が狭衣・一品宮双方共にまったく予想外の出来事であったこととの差がここで明示される。当人たちがどんなに婚姻を嫌がっていても、一品に叙された皇女の婚姻相手には、確かに二世の源氏ではあるが出自・器量ともにそろった狭衣が相手ならば誰もが納得するものとなってしまう。一品宮との婚姻が狭衣の美質を保証することとなっているのである。

また、婚姻の場面において一品宮の具体的な容貌が語られる。

待ちきこえたまふ宮のありさま、世の常ならんやは。女宮は、三十歳にも当らせたまひぬれば、大人しう、飽かぬところなく、ねびととのほらせたまひて、恥づかしげに気高き御ありさまなど、ただほの見たてまつり聞きしに違はず。（巻三②一〇五）

その後も何度か容貌について描かれるが、そのほとんどが女二宮や源氏宮、嵯峨院女一宮と比較され、より劣った容貌であることが述べられている。しかし、考えてみると『源氏物語』の今上帝女一宮も、薫や匂宮より年上であり、宇治十帖での登場場面ではおそらく二十代後半である。三十歳とまではいかなくても、大した年の差ではないはずなのに、この一品宮と今上帝女一宮の落差は激しい。

『源氏物語』の今上帝女一宮も先に見てきたように一品の位に叙され、並ぶもののない高貴な姫宮として造型されている。同じように、並ぶもののないような位置に遇されている『狭衣物語』の一品宮は、しかし不幸な結末を迎える。いずれも一品宮ではあっても、この差を生み出したところに『狭衣物語』の意義がある。この一品宮に対して、歴史的な背景から「よりリアルな現実的な女一宮」像となったことが指摘されているが、(注一)『狭衣物語』の一品宮の描き方は少し度を越しているだろう。ことさらに劣った容貌と年齢が示されるのは、狭衣との対比が問題だからである。

常に源氏宮を思慕し、手の届かない女性を追い求める狭衣にあって、手の届いてしまった一品宮が源氏宮を超える存在になるわけにはいかない。物語は(あるいは狭衣は)、源氏宮を筆頭に、皇女ヒエラルキーともいえる女性たちの序列構造を作る。源氏宮、一品宮、嵯峨院の三人の皇女(女一宮、女二宮、女三宮)がそれぞれに比較され序列化される。その筆頭が源氏宮であり、その最も下位におかれるのが一品宮なのである。

三 『源氏物語』と平安後期物語の女一宮

『源氏物語』においては、女一宮は今上帝、冷泉帝いずれの帝の姫宮であっても至高の存在であり、誰も手に入れられない存在であった。だが、そこには常に密通の可能性がほのめかされ、薫・匂宮の両方に密通の端緒となるような場面が用意されていた。そうしたプレテクストを利用し、『夜の寝覚』は降嫁を、『狭衣物語』は密通を描いた。もちろん、物語固有の論理がそこにはあり、『うつほ物語』の〈皇女〉像の影響も見える。だが、『源氏物語』の女一宮造型から発展させた形としての、降嫁・密通があるのではないだろうか。

そして、その結果がいずれも不幸な形に終わったことが、ひるがえって『源氏物語』の「皇女不婚」の原則を強化させたともいえるのではないだろうか。今上帝女一宮にまつわる世界が作り出した「女一宮」像が直接には影響されていなくとも、しかしその反発としての造型がこの二つの物語に表れているのである。

院政期から中世にかけて、物語はだんだんと〈皇女〉を必要としなくなる。その中で、それでも〈皇女〉が必要とされたとき、そこには『うつほ物語』や『源氏物語』のみならず、『夜の寝覚』、『狭衣物語』に描かれた皇女から発展させられた姿が垣間見られる。そのような様相は次章にて確認するが、そこでもやはり「女一宮」は別格であり、特に后腹の第一皇女の持つ意味は大きいのである。

おわりに

以上、これまで『うつほ物語』、『源氏物語』、『夜の寝覚』、『狭衣物語』と、特に「女一宮」である〈皇女〉を中心として考察してきた。この平安時代の王朝物語における「女一宮」は、見てきたように非常に多様である。しかし、「女一宮」に限ってみると、降嫁や入内せず、独身を通しているのは『源氏物語』だけであることがよく分かる。『源氏物語』の中の〈皇女〉全体を見れば、左大臣に降嫁した大宮（桐壺院の妹・女三宮）、先帝の姫宮であった藤壺の宮、朱雀院女三宮、今上帝女二宮と、ほぼ各世代に降嫁あるいは入内した〈皇女〉が存在する。それにもかかわらず、女一宮だけは常に安定した後見のある后の娘として登場してくる。特に、今上帝女一宮は、『うつほ物語』の朱雀院女一宮が正頼の血をひく女性として重要であったように、源氏の血をひき、さらには「紫の上による養育」という付加価値がつく。ここに『源氏物語』が「女一宮」という幻想を創り上げたといえよう。そして、この女一宮のように、皇女とは不婚であることが望ましいとする皇女不婚の原則を強化してしまった。

そうした「女一宮」像を再度、政治の駒として利用しようと位置付け直したのが『夜の寝覚』と『狭衣物語』であるといえよう。『夜の寝覚』の作り出した構造は、源氏・藤原氏・「天皇家」の三者間の構造であり、これは正しく『うつほ物語』の構造と重なる。もちろん、正頼と広沢入道ではスケールに大きな違いがあり、「天皇家」の〈皇女〉生産力もより現実的なものになっている。その上、結果的に女一宮は『うつほ物語』で示されたような皇女降嫁による効果は得られず、むしろ『うつほ物語』における大宮以外の嵯峨院の降嫁した皇女たちのようである。物語の関心が寝覚の上という「源氏の女」にある以上、〈皇女〉、特に帝の実の娘が物語の中に必要とされないのであろうが、それでも、先の三者構造の中における〈皇女〉を物語に登場させないわけにはいかなかったであろうことはいえよう。

続いて、『狭衣物語』であるが、物語内の〈皇女〉を考える際に、その成立背景が常に問題になり、〈皇女〉の数も多さも、登場する〈皇女〉の全てが斎王であることも、みな成立に還元させられてしまいがちである。斎王については、第三章で詳述するためここでは省くが、各帝の〈皇女〉たちの動向を描き、『源氏物語』と比較すれば軽々しいと思われるほど、降嫁の話が繰り返される枠組みは、『うつほ物語』と重なる。『うつほ物語』が描いた「琴」による原動力は、『狭衣物語』においては「神意」に変更され、(注二)それが全ての〈皇女〉を斎王と設定している理由と考えられよう。「神意」は、ひいては「帝」の力に連なり、〈皇女〉に対しては禁忌の二重化となるのである。

『源氏物語』の創り上げた「女一宮」幻想は、このように解体／補完されるのであるが、何よりも、『夜の寝覚』や『狭衣物語』の皇女の結婚が不幸に終わることによって、『うつほ物語』での皇女降嫁よりもむしろ『源氏物語』の今上帝女一宮の不婚のまま一品宮として遇される姿が最も「あらまほしい」皇女の生き方とする考えが定着したといえよう。もちろん、「女一宮」のあり方はそれぞれの物語の要請によって変容も受ける。その変容の最たるものが『狭衣物語』の一条院女一宮の造型である。若くもなく容貌も衰え、狭衣をかたくなに拒む一条院女一宮は、『源氏物語』における女一宮像と対極にあるがゆえに、これもまた一つの「女一宮」幻想となるのである。

そうした二つの二極化した幻想は中世王朝物語になって花開くのであるが、では、平安王朝物語における〈皇女〉像は時代の流れの中で如何に変容してくのであろうか。第二章において中世王朝物語の一つである『いはでしのぶ』における〈皇女〉の姿をみることで考えていきたい。

（注一）　一文字昭子「平安時代の女一宮—史実と物語（『うつほ物語』『源氏物語』『狭衣物語』）から—」（『国文目白』三十七号、一九九八年二月）

（注二）　狭衣が即位するためには、斎院・斎宮ともに託宣などで、それぞれの神から「神意」が提示されていた。

第二章

中世王朝物語における〈皇女〉

――『いはでしのぶ』を中心にして

第一節　『いはでしのぶ』における一品宮

はじめに

平安時代から続く物語の流れは、室町に入り御伽草子へ変貌していく。歴史の変遷とともに「物語」そのものが変容しているのならば、その中で「中世」の「王朝」の「物語」は、そしてその物語に登場する〈皇女〉は一体どのような意味をもつのか、中世王朝物語の一作品である『いはでしのぶ』を中心に見ていきたい。そして、こうした中世王朝物語が志向する「王朝物語」である『源氏物語』や『狭衣物語』へと問題点を還元していくことによって、中古と中世を結ぶ物語史の真の姿が浮かび上がるのではないだろうか。

加えて、先述の通り、歴史の変遷という点を見逃すことはできない。例えば『いはでしのぶ』は朝廷にはもはや政治的実権は無く、鎌倉幕府の管理下に置かれた時代に成立したと考えられる物語なのである。そこでもなお王朝物語が作られていくことは、実は「文化」においては「天皇家」が頂点なのであるという、政治的戦略であるとも解釈可能ではないだろうか。物語を生成していくことと歴史がどのように関わり、どのような意味をもって私たちの前に立ち現れてくるのか、この大きな問題に少しでも近づくべく考察を加えたい。なお、平安時代から中世にかけての物語に登場する〈皇女〉については、第一節の最後に表にまとめた（85頁以降参照）。

本章で取り上げる『いはでしのぶ』は、文永八年（一二七一）成立の『風葉和歌集』以前に成立した中世王朝物語の一作品である。物語後半部が残らない本文状況ではあるが、『風葉和歌集』への入集歌は三十三歌に及び（入集歌数順では第五位）、中世王朝物語の中でも主要な作品の一つといえよう。その『いはでしのぶ』は、すでに指摘のあるように「天皇家」を中心とした物語である。（注一）物語の登場人物のほとんどが天皇の血を引く人物であるわけだが、その中心となるヒロイン一品宮は白河院の鍾愛の姫宮であり、その名が示すように皇女の中では最上位に位置する姫宮である。（注二）

本章は、この一品宮について「皇女降嫁」と「女院」の二つの視点から論じてみたい。皇女の枠組みが大きく変化した鎌倉時代を背景に、なぜ、一品宮が女院という位へと移行したのか、物語にそって考えてみたい。そこから、平安王朝物語とのかかわりについても見ていきたいと思う。

一　〈皇女〉としての一品宮──桜と宮中思慕

多くの皇女が登場するこの物語の中で、一品宮は一条院内大臣のもとへ降嫁することになる。一条院、白河院二つの皇統の問題を提示することで始まる物語にとって、その融合に果す一条院内大臣と一品宮の降嫁の役割は大きい。皇統を語る物語の中心には絶えず「天皇家」の娘＝「皇女」としての一品宮が存在しているのである。

一品宮は物語の冒頭、一条院において桜を眺める姿が描出される。すでに、この冒頭は『狭衣物語』の影響が言われ、（注三）「狭衣型」といわれる冒頭表現となっている。しかし、ここで問題なのは庭の桜を見つめる存在が一品宮という女性であり、彼女は狭衣大将が源氏宮を思慕していたのと相違して、宮中を恋い慕うということである。さらに、『狭衣物語』では狭衣大将から源氏宮へ藤と山吹が贈られるが、『いはでしのぶ』では宮中から南殿の桜が贈られてくる。その『いはでしのぶ』の冒頭をあげておく。

Ⅰ　ゆふべの雨も吹く春風も、猶見る人からにわきける心の色にや、外の梢よりは匂ひことなる花のにしきも、ただおちこちにかひなき御ながめにて、雲井になれし春の恋しさ、南殿の桜の盛りには、必ず上の御局にて見せさせたまひしものを、などおもほしつづくるに、かへらぬいにしえのみしのばしく、常より殊に物悲しき折りしも、通ふ御心にやあらむ、二位中将、その花の枝を持て参りたまひつつ、御簾をひききたまへれば、大将は見えたまはず。（中略）

「何事の御消息にか。」とて、うち置かれたるを取りて見たまへば、紅の薄やうのいろのもつやもなべてならぬに、

「九重の匂ひはかかひもなかりけり雲井の桜君が見ぬまは

昔の春は恋しうこそ。」と。

まことに同じ心なるべきを、「あな、むつかしの御物いひや。」と、うちつぶやきたまへば、中将のほほ笑み

つつ見やりたまへる御気色のきびはなるべき程ともなく、いとなまめかしう心はづかしげなるにつけて、この君の心の内までつつましうのみおぼされて、しだいにすべり入らせたまふに、大将の、「たなびく山の桜花」と、ながやかにうちずんじたまへるも、まことに、さこそ見れどもあかず思ひ聞えたまふらめと思ひやるは、胸いたき心地ぞしたまふ。（巻一・一三五）

この冒頭での一品宮は、桜を媒介にして宮中への思慕に明け暮れている。しかし、ここで重要なのは「いにしえ」・「昔の春」とされるように、一品宮の思慕は、現在の宮中でも、南殿の桜でもなく、自身が宮中にいた折の春の南殿の桜への懐旧なのである。冒頭の表現形式そのものは『狭衣物語』に拠ったものであることは疑いないが、しかし、『いはでしのぶ』のこの冒頭には一品宮の〈皇女〉として存在したという物語前史が多分に含まれた形として始発する。

また、それぞれに花は異なるが、貴公子から恋しい女性のもとに花が届けられる。『狭衣物語』が「藤」と「山吹」という花を選択した所に、山吹の「くちなし色」から「たえ忍ぶ」、「くちなし＝言わず」の恋という表象が浮かび上がってくるのであるが、(注四)『いはでしのぶ』の「桜」は何を表しているのであろうか。それは、先行研究では皇統譜の喩としてあると論じられている。(注五)その中で注目しておきたいことは、一品宮が桜を見る人として存在することだ。桜は眺める人の存在によって美しさを見出されているのである。

一品宮が不在であるから南殿の桜は「かひなき」ものであり、一品宮が存在するから一条院の桜は一条院内大臣にとって宮中の桜を凌駕するものとして捉えられているのである。それは、引用部に続く本文で、一条院内大臣が宮中の桜に対抗し、一条院の桜を宮中にもたらしていることからわかる。ここでは、桜のみでは完全でなく、桜を見る人の存在が大きく関わっているのである。つまり、皇統譜という桜は、一品宮という皇統を象徴する人によって補完され、一品宮を手に入れた者が皇統を継ぐという論理が見え隠れする。まさに「見る人からわきける」花なのである。

それはこの物語の始発点に、一条院皇統と、白河院皇統の対立という問題をはらんだ形となって提示されているが、ここで重要なのは、男たちにとってまさに「たなびく山の桜花」であり、同時に桜を見る人である一品宮にとって、一条院の桜は「かひなき御ながめ」である、ということである。一品宮にとって、宮中の桜こそ憧憬の対象であり、父白河院と自らが皇女としてあった昔を象徴するものなのである。「一品」という最高の位を与えられた「皇女」、一品宮。物語史の中に立ち現れる「一品宮」の持つ意味をふまえつつ、『いはでしのぶ』の一品宮を考えてみたい。

二 「一品宮」の持つ意味――物語史から

物語の中で「一品宮」はどのように描写されているであろうか。「一品宮」という皇女が物語史的にどのように描かれてきたのか、「一品宮」とはそもそも何なのか、第一章と重複する内容もあるが、確認しておきたい。位階の上で考えるならば、「一品宮」とは、親王の中で一位の位を与えられた者、ということになる。歴史的に内親王の一品宮は、基本的には后腹の第一皇女に与えられており、一代の帝に対して「一品宮」は原則一人しかいない。

物語の中で「一品宮」が登場してくるのは、『源氏物語』の桐壺院皇女、女一宮（母は弘徽殿大后）と、第三部に入って今上帝女一宮（母は明石中宮）である。桐壺院女一宮の場合はほぼ名のみの登場であり、その状況をうかがい得ないが、今上帝女一宮は、薫や匂宮から崇拝され、まさしく手に入らない皇女の典型として描かれていく。『源氏物語』では一品宮が不婚のままでいることが徹底して描かれ、また、冷泉院の女一宮も「一品宮」とは描かれていないが、冷泉院がどんなに薫を大事にもてなしていても、この女一宮にはけっして近寄らせなかった。女一宮—一品宮という皇女は神聖不可侵のものと造型されているのである。

ついで、「一品宮」を考える物語史の中で重要であるものが『狭衣物語』の一条院一品宮である。一条院一品宮は、父、一条院の崩御により斎院を辞し、弟帝により一品宮として待遇される。一品宮本人や身近な人物により、繰り返し一品宮の「大人しき」ほどが描写され、高貴で気高く、結婚など思いもよらなかった年かさの姫君というのが、『狭衣物語』の一品宮なのである。この一品宮が「なかった密通」の結果、降嫁することの意味は大きいが、この問題は後述する。では、この『狭衣物語』以後、「一品宮」はどのように描かれていくのだろうか。

『堤中納言物語』「はなだの女御」では一品宮を「下草の竜胆は、さすがなんめり」として竜胆によそえている。これは、『枕草子』に「竜胆は、枝ざしなどもむつかしけれど、こと花どもの霜枯れたるに、いとはなやかなる色合ひにさし出でたる、いとをかし。」（『枕草子』六五段「草の花は」）と表現されているのを受けたものではないだろうか。一品宮の存在を象徴的に表現していて興味深い。

平安後期物語ではこの他に例を見ない（『夜の寝覚』の女一宮が欠間部の推定で一品宮と表記されることもあるが、現存本文の中には見えない）が、中世王朝物語においては、多くの一品宮の存在がある。そして、これら中世王朝物語の中で描かれる「一品宮」は大きく二つに分類できる。それは、自身の皇統の要となるべく存在する「一品宮」と、他の姫君と相対させられる「一品宮」である。主に前者は「天皇家」を主とした物語に、後者は「摂関家」を主とした物語に現れる。物語別に分類すると、前者には『雫ににごる』『我身にたどる姫君』『海人の刈藻』『風に紅葉』、後者には『苔の衣』『恋路ゆかしき大将』がある。

例えば『雫ににごる』の一品宮は弟帝の後見役であるが、摂関と共に政治を掌るまでの存在であり、父から弟へ続く皇統にとってその間を埋め、皇統を支える皇女である。また『我身にたどる姫君』の一品宮は、物語前半の女主人公我身姫と我身帝の女一宮で、母の皇太后宮の位を譲られ一品宮から皇太后宮となる。(注六)この作品の中で唯一「一品宮」と呼ばれる彼女は、甥に当たる悲恋帝から思慕を寄せられ、(注七)密通の果てに自死を選ぶ。その様は、『狭衣物語』の嵯峨院女二宮がよそえられていて興味深いが、一品宮は他の姫宮とは別格の手に入らない皇女として造型されていると言えるだろう。

『海人の刈藻』の一品宮は本文にあまり登場しないが、系図上で考えてみると自身が后腹であるのは当然のこと、同母の兄弟二人が帝位についており、彼女の尊貴性はこれ以上ないものと造型されている。『風に紅葉』では、その描写が『いはでしのぶ』の一品宮を引用している節があり、高貴な皇女としての「一品宮」として造型されている。しかし、夫である内大臣の手引きによって、中将と通じ、男子出産のため急逝するという悲劇的な結末を迎えることになる。

一方、『苔の衣』に登場する一品宮は、朱雀院の姫宮で、「夏巻」に登場し、苔衣の大将が通ってくる設定になっているが降嫁ではない。中納言の視点によって、物語中最上の姫君「西院の姫君」と対比させられる。一品宮という高貴な姫宮よりも優れた姫君を造型するところに、この朱雀院の一品宮の意味があったのであろう。『恋路ゆかしき大将』の「一品宮」は、前斎宮として登場してくるが、端山に密通され盗み出されてしまう。この一品宮は、物語の中で最上の姫宮という造型ではなく、異母妹の女二宮より劣っていることが繰り返し明言されている。この一品宮には『狭衣物語』の一条院一品宮の影響が強いように考えられるが、密通され夫のもとに行くも、親の下に戻される筋書きは『いはでしのぶ』の一品宮の影響であろう。

以上のように見てくると、『いはでしのぶ』以前・以後を通して、王朝物語の「一品宮」は重要な皇女として描かれていると同時に、密通の可能性を秘めた存在と言えるだろう。密通が描かれるのは、密通される女性が簡単に手に入らないことを示している。〈皇女〉そのものがなかなか手に入らない女性であることに加えて、「一品」とされた〈皇女〉は、さらに不可侵であるべき女性であった。つまり、密通によってであろうと神聖不可侵の一品宮を得た臣下は素晴らしいことになる。また「一品宮」との比較により、「一品宮」よりも優れている姫君の美質は計り知れないことになる。「一品宮」とは、皇統のみならず彼女を巡る周辺の価値基準となっているのである。

三 『いはでしのぶ』の一品宮——雲居の月と降嫁

では、本物語の一品宮は他の物語と比べどうであろうか。冒頭の場面でも彼女はどこの桜と共にあるかによって、価値基準となりえていたが、もう少し具体的にみていきたい。

II げにそもいとことはりに、限りなき姫宮の御有様なるや。これは、大臣の御妹、今の中宮の御腹、春宮の御次にいできたまへりし女二宮にておはします。一品の宮とぞきこゆる。(中略)ゆきかわる折ふしの花紅葉も、なずらひに聞えぬべきもなし。ただ照る月の光のみや、春の夜の霞の下におぼろに見ゆる影よりはじめ、もりくる月は心づくしに、曇らぬ中ばの秋の光にも、ことならず。大方家々の思は、折ふしの心かはるとも、ただこの光ばかりぞ、つれなく見えし有明までも、よそへられぬべき御有様なりける。

されば御門・后の思聞えさせたまふ様なのめならず、又世になからむ例をも取いでて、いかにもてなし聞えんとのみおぼされしに、絶ぬ思ひの行方は、いかなる関守のうちぬる宵の隙にか、去年の秋頃、あさましき夢の通ひ路、露に濡れさせたまひしそのままに、起きもあがらせたまはず。せき返す程の御涙ならば、袖のもらさん浮名ばかりをこそ、つつましうもおぼさるべきに、御子達と聞ゆる中にも、なのめならず奥深き御もてなしにそへて、御心がらなども、あまりなるまでおほどかにのみおはしましに、さこそは心憂く、つらしいみじとおぼされけめ。

（巻一・一五二〜一五三）

ここではまず、「世になからむ例をも取いでて」という部分に注目したい。皇女の行く末として「世になからむ例」とは一体何であろうか。通常、皇女は生涯独身を通し、不婚であることが言われる。それ以外の道としては、帝との婚姻、また「斎宮」や「斎院」などに卜定され神に仕えるか、稀に臣下へと降嫁する場合もあった。種々の物語にはそうした皇女の姿が描かれているが、実際には不婚のまま一生を過ごした皇女が圧倒的である。

そのような中で、「世になからむ例」として考えられるものとしては「女帝」があげられる。すでにその可能性が指摘されているが（注八）『今とりかへばや』の女東宮、『我が身にたどる姫君』の女帝、さらに『浅茅が露』の一品宮が東宮に立っており（この一品宮は女東宮の可能性がある）、同時代の文学作品には「女東宮」―「女帝」の可能性が描かれている。それは、史実において八条院暲子が女帝に立てられそうになった話に影響を受けている（注九）のであろう。

では、本物語において「世になからむ例」はどのように受け取ればいいのだろうか。ここでは、白河院・后の掌中の珠である一品宮というイメージを増大させるため、それを強調して描いている、ということだけは言える。

実際に「世になからむ例」が何であれ、一品宮の重要性は、ここで様々な想像をかきたたせられることで一段と上がってくるのである。

また、煩雑となるため引用は避けるが、物語の中で一品宮だけに特異な表現がなされている。(注十)その一番の表現としてクローズアップされてくるのが、引用IIにあるように「月」の喩である。(注十一)そして、「月」以前に「光」の表現が多いことにも気付かされる。引用は省くが「光ことに」や「光かかやく」等の表現が散見できる。

「月」・「光」、これらは物体として手に取れるものではなく、また一つのものとして不動のものでもない。特に月は、日々により時刻により様々に変化していくものである。月の喩は、固定した美しさではなく、変幻自在の美しさを一品宮に与えており、それと同時に、月という手の届かない、手にとることができないものとして、一品宮が造型されているともいえる。白河院の鍾愛の皇女であった彼女はまさに「雲井の月」なのである。

それは、兄嵯峨院の「おもひきや雲井に月の影たえて霞のをちをながむべしとは」(巻一・二三六)という和歌に表象されている。雲井の月＝一品宮、それは雲井＝宮中の輝く月であり、本来、そこにあるべきものとして、嵯峨院によって認識されている。こうした、手に届かない女性を月に喩えることを、本物語以前の物語では見ることができない。(注十二)まして、雲井の月というイメージを付与された人物も見出すことはできなかった。試みに、和歌の世界での「雲井の月」を見てみても、「雲井の月」を人物に喩える例は少ない。(注十三)

一品宮はまさに雲井の(宮中の)手に届かない月(皇女)そのものである。散逸物語の一つに『雲居の月』という作品の存在が知られているが、それもまた、皇女を象徴するものであったと推定されており、(注十四)「雲井の月」と皇女との関わりは無視できない。

では、こうした雲居の月であった一品宮が降嫁に到った経緯を見ていきたい。

III　こなたもかなたも（一条院内大臣も一品宮も）、けしからぬ程の御気色どもにやを、世にもやうやう言ひ出る事ども有りしに、大臣も、ことの有様をさりげなくて見たまひければ、くるしき御心地の隙には文をのみ書きたまひつつ、はかなき御手習にすさびにも、死にはやすくぞなどやうにのみ見たまへば、おぼしあまりて中宮に、忍びてことの有様を聞えさせたまゐてけるに、思ひしにはたがひて、くちをしういみじとおぼされしかど、さりとて取かへすべき御身ならぬに、さてしもながれての御名のみ底清からずやとおぼされて、上に、しかじかと聞えさせたまへば、げにも言ふかひなきにおぼしめしなして、権中納言にておはせしを、左大将をかけさせ奉りたまひて、師走の廿日あまりの程にこそ、大将参りたまひしか。其の夜の儀式有様おろかならんや。上なき御位に定まらせたまはむとても、限りあれば、何事かはこれに過ぎんとぞ見ゑし。

（巻一・一五五〜一五六）

ことの始まりは、引用IIの一条院内大臣の密通によるものであったが、物語は密通から降嫁へと到った経緯を詳しく説明している。それは、『狭衣物語』における、狭衣大将に一品宮の降嫁を願い出た堀川大臣の言葉を思い起こさせる。人々の噂―父大臣による降嫁の願い、申し出（状況は違えど、共に姫宮の母へ申し出る）―姫宮の御名に傷をつくことを恐れ、降嫁の許し、と降嫁に到る経緯が述べられている。

この場面で、『狭衣物語』の影響を見るのは、『狭衣物語』以前の物語では、密通の果てに降嫁となる話を見ないからである。（注十五）『うつほ物語』の二人の女一宮、『源氏物語』の女三宮等々、降嫁は描かれていても、それは父帝の要請よるものであった。そのような中で重要なのは、「世になからん例をも取り出でて」としていた白河院・

后が、意外にもあっさりと降嫁を決定してしまうところである。『狭衣物語』の当該場面では、降嫁へ到るプロセスが長々と描かれるが、『いはでしのぶ』では、かなりあっさりと二人の結婚が認められている。それは何故か。
物語は再び、物語前史を語り始めるのである。物語前史―女一宮の密通事件である。女一宮はいはでしのぶの関白の母であり、白河院にとって第一番目の皇女であった。この、いはでしのぶの関白の素性を語る形で、母女一宮と父右大臣の恋という密通事件を語っていく。その女一宮の時には、白河院は許さぬままそ知らぬ態度をとりつづけ、結局女一宮を失うことになった。それゆえに一品宮の件では降嫁を許したと語り手は語る。一品宮と一条院内大臣の結婚は、こうした女一宮と右大臣の密通事件の上に成り立っているのである
また、そのような女一宮＝一品宮を初めとして、本物語では、皇女の結婚が多く描かれており、その全てが臣下への降嫁である。皇女の臣下への降嫁がどのような意味を持つのか、すでに指摘されているが、(注十六) 皇女不婚の原則が厳密に守られていた時代背景が物語に大きく影響していることは看過できない事実であろう。最も犯すべからぬ姫宮が皇女であり、それよりもさらに厳格であるのが「一品宮」という皇女なのである。「彼にとって最大の望みは色好みを通じて、即ち白河院の一品宮を手に入れることによって、白河院の王権に裂け目を入れることに外ならないのである。」という三田村氏の論は、一条院皇統・白河院皇統、両皇統の対立という政治論において「一品宮」という皇女の有様を端的に示している。
皇統の聖女、一品宮。言い換えれば、その存在によって王家が王家たるべきものとして立つことができる、必要不可欠の人物、とでもなろうか。上野千鶴子氏がすでに指摘しているように、王の姉妹は不婚であることで〈外部〉との回路を保証していた。(注十七) つまり、皇女が婚姻してしまうことは「天皇家」にとって、その優位性を失うことでもあった。しかし、物語は執拗に皇女降嫁を描いていく。本物語において、皇女の降嫁は様々なバリエ

ーションをもって展開していくのである。(注十八)

しかし、一品宮が「一品宮」であったことで、彼女は一条院内大臣の愛を理解しつつも常に、宮中を、父白河院を思い出さずにいられない。彼女が後に白河院に取り戻される伏線というには露骨過ぎるほど、父白河院や兄嵯峨院への思いが描かれていくのは、彼女が「皇女」としての自負を常に持ちつづけていたことの反証にはならないだろうか。皇女降嫁という観点からこの物語を見たときも、そこには「一品宮」という彼女の位置が大きな問題として、再び浮かび上がって来ざるを得ない。

四 皇女降嫁の持つ意味

現存する物語の中で、皇女降嫁を描いているのは『うつほ物語』・『源氏物語』・『夜の寝覚』・『狭衣物語』・『石清水物語』・『我身にたどる姫君』・『風に紅葉』・『恋路ゆかしき大将』などがあげられる。その内、皇女降嫁が複数描かれるのは、『うつほ物語』・『源氏物語』・『狭衣物語』である。この三作品については、第一章において考察してきたが、『いはでしのぶ』に関わる部分について、再度確認しておきたい。周知のことながら『源氏物語』では、皇女降嫁に対する朱雀院の言葉が重要である。それは父帝の苦悩を表しているものであるが、当時の皇女降嫁に対する意識が強く反映されているとされる。(注十九)

女三宮に対して「皇女たちの世づきたるありさまは、うたてあはあはしきやうにもあり、また高き際といへども、女は男に見ゆるにつけてこそ、悔しげなることも、めざましき思ひもおのづからうちまじるわざなめれと、かつは心苦しく思ひ乱るるを」という朱雀院の言葉は、本来なら結婚せず不婚を通すという通例にかなったものである。しかし、その一方、後見のないまま不婚を貫くことの難しさも同時に述べており、結局女三宮は光源氏のもとに降嫁する。

次に、『狭衣物語』の例では、狭衣大将に対し、何度も皇女降嫁の話が舞い込んでくる。嵯峨院の女二宮がだめになれば女三宮、女三宮がだめになれば女一宮と降嫁の話が絶えることがない。しかし源氏宮を慕う狭衣大将にとっては、どれも甲斐の無いことであり、むしろ堀川大臣夫妻の奨励によるものとも見える。しかし、結局のところ、狭衣大将は一条院の一品宮と結婚する。

『狭衣物語』の皇女降嫁は、嵯峨院の皇女に対しては「後見」を求め、一条院の一品宮の件では密通が噂となることによって降嫁となり、「後見」「密通」という、それぞれの要件を少しずつずらしながら描いているのだといえよう。この『狭衣物語』の一品宮の結婚は当然うまくいくはずないが、狭衣大将にとって「一品宮」という皇女を得た意味は大きい。一品宮を得ていたからこそ狭衣大将の皇統は保証されたのであろうし、飛鳥井の姫君は一品宮が養育していたからこそ、その跡を継ぐように「一品宮」になれた。狭衣大将にとって、言い換えれば堀川大臣―狭衣大将皇統にとって、一品宮は重要な意義を持っていたのである。

そして、この降嫁の設定は『いはでしのぶ』に強く反映している。前述のように、実際はどうであれ密通から降嫁となること、降嫁を父大臣が帝に願うこと、一品宮の尊貴さゆえに一方は夫が帝に、一方は子が帝につくこと、など共通点は多く挙げられる。さらに、二つの物語の最大の共通点は、皇統を巡る物語ということである。皇位に付けなかった皇子が物語の始発点に存在し、それが様々な融和を経てその子供の代に皇位に付く。この点において従来言われているよりも、この『狭衣物語』と『いはでしのぶ』の影響関係は強い。しかし、本論では両作品の影響関係を指摘することが主目的ではないので、再び一品宮の問題を考えたい。

『いはでしのぶ』の一品宮を考える上で重要なことは、彼女が常に宮中や父白河院を恋い慕うことである。

一品宮は、雲井をよそにて月日をへだてさせたまふ事のみ、こは思ひし事かと、御身の憂くつらさはさる事にて、上の御恋しさなのめならぬを、さりとてうちむかい御覧ぜられればやとは、はたおぼされず。

（巻一・一六八）

とあるように、「昔に替りたる御心地」である自身を憂く思うことが多い。このような状況は物語に多く見られるが、それは白河院皇統の「一品宮」の存在から、帝の血を引く者であっても臣下である一条院内大臣の手に落ちた自身を嘆くことである。皇統の聖女の座から、降嫁という形ですべり落ちてしまった今、「世になからむためし」も、「雲居の月」ももはや遠い過去の幻影なのである。

しかし、二で見たように、皇統を考える上で「一品宮」という皇女が重要だということが物語史的に言えるのであるならば、皇統と皇女の降嫁もまた、問題になってくる。今井久代氏は皇統の交代において血を保証するのが皇女であったとされる。(注二十) この「血の保証」の最たる例は『源氏物語』の藤壺であり、『狭衣物語』の一品宮である。これは、史実でも同様であり、冷泉帝が朱雀帝の皇女昌子内親王を妃にしており、その後、後朱雀帝は、三条帝の皇女禎子内親王を妃にし、後冷泉帝は後一条帝の皇女章子内親王を妃にし、後三条帝は後一条帝の皇女馨子内親王を妃としている。(注二十一) どれも、「血の保証」として前代の皇統の皇女を后としており、皇女が皇統の象徴であったことを示していよう。

そもそも、平安時代より前の天皇は母が内親王であることが要求されていた。そのことをふまえると、『源氏物語』の藤壺入内の際の桐壺院の要請と母后の反対は皇統の対立を暗示し、それが結果的に入内に到ったことにより、桐壺皇統は保証された。皇統の保証、この意味において本物語の一品宮は物語後半、若君の皇統を保証することになる。しかし、物語前半、一品宮として降嫁した彼女は、皇統の対立の狭間に身をおかざるを得ない。だがだからこそ、彼女は南殿の桜を恋い慕う「白河院の一品宮」としての矜持を持ちつづけたのではないだろうか。

おわりに

一品宮の皇女降嫁によって、一体何がもたらされたのか。物語全体を見れば、皇統の融和という大きなテーマが浮かんでくる。しかし、一品宮を手に入れることが王権の奪取を意味するのなら(注二十二)、一条院内大臣は父一条院の失われた皇統を回復する目的で一品宮に近づいたことになる。物語は一品宮と一条院内大臣の若君が帝位につくのであるから、結果的にはそう言えるのだろう。

だが、物語史的に築き上げられてきた「一品宮」とは、皇統を象徴する姫宮という意識以前に、神聖不可侵な皇女という意識のほうが強いのではないだろうか。『いはでしのぶ』の一品宮が、飽かず宮中を思い、父帝・母后を思慕し続けるのは、神聖不可侵な皇女から転がり落ちた自分の身を嘆くことに他ならない。「一品宮」として彼女が存在している間は、皇統の対立のまさに狭間に内大臣と共に浮遊しているのではないだろうか。そう考えると、皇統の融和そのものが本当に成されているのかどうかが問題となる。

一品宮はこの後、女院として待遇される。その時になって皇統の問題が決着するのである。皇女・一品宮・女院という一連の流れは、史実における中世の不婚内親王の女院号の問題や、それに関連して国母・准母などの問題とも関係してくる。それは、「母」であることが（それが実母であれ、准母であれ）、史実でも物語でも大きな問題として機能していると考えられるからである。この「一品宮」であることと、「女院」であることを考察することによって、皇統の問題を含め、物語全体を通した論考ができると考えているが、本節では「一品宮」から「女院」への変貌こそが大きな論点であることを示し、この点については次節において考察することとしたい。

（注一）助川幸逸郎「『恋路ゆかしき大将』における〈王権物語崩し〉―『いはでしのぶ』との差異が物語るもの」（『国文学研究』一三六号、二〇〇二年三月）
（注二）『いはでしのぶ』の登場人物の呼称は男性は最終官位、女性は通称とする。
（注三）三谷栄一『物語文学史論』（有精堂、一九六五年）・大槻修・神野藤昭夫編『中世王朝物語を学ぶ人のために』（世界思想社、一九九七年）
（注四）久下晴康『平安後期物語の研究　浜松狭衣』（新典社、一九八四年）
（注五）横溝博「『いはでしのぶ物語』開巻部の表現機構―一条院の桜・南殿の桜をめぐって―」（『源氏物語と王朝世界』武蔵野書院、二〇〇〇年）
「『いはでしのぶ物語』の表現機構―皇統譜の喩としての桜―」（『早稲田大学大学院文学研究科紀要』第四十五輯、二〇〇〇年）
（注六）これは中世における、内親王への准母立后による尊称皇后の影響にあるのであろうが、史上に、内親王から入内もせず、准母にもならず皇太后宮の位を得た人物はいない。
（注七）『我身にたどる姫君』の一品宮と悲恋帝の関係を密通と称するのには問題もあろうが、悲恋帝の行為そのものはまさしく密通であるので、密通と表現した。
（注八）辛島正雄『中世王朝物語史論　上巻』（笠間書院、二〇〇一年）
（注九）荒木敏夫『可能性としての女帝』（青木書店、一九九九年）。八条院が女帝に考えられたことが述べられているのは、

『愚管抄』『今鏡』などに見える

（注十）一品宮の美しさは「いかに言ひたつべしともなく、類ひも知らぬ御様なり。」、「中々言へばまことしからぬや。」と、いくら言葉を重ねても表現できないほどの美とまとめられることが多い。

（注十一）三田村雅子「いはでしのぶ物語」（三谷栄一編『体系物語文学史』第四巻、有精堂、一九八九年）にすでに指摘がある。

（注十二）『夜の寝覚』において、月の描写が他の物語と質を異にしていると考えられるが、雲井の月というイメージと女性を結びつけた例は見られない。『夜の寝覚』における月の問題は今後検討したい。

（注十三）新編国歌大観ＣＤ―ＲＯＭ（角川書店）において、時代別―平安時代・鎌倉時代に限定して検索した。

（注十四）『雲居の月』は『風葉和歌集』に六首存在する。（二七・八一・一一一九・一二二七・一三八三）、神田龍身・西沢正史編『中世王朝物語・御伽草子事典』（勉誠出版、二〇〇二年）参照。

（注十五）『夜の寝覚』の中間欠巻部において、降嫁が描かれているが、それが密通によるものなのか断定できないため、除外する。

（注十六）（注十一）に同じ。

（注十七）上野千鶴子「〈外部〉の分節―記紀の神話論理学」（『大系　仏教と日本人１　神と仏』春秋社、一九八五年）・上野千鶴子・網野善彦・宮田登『日本王権論』（春秋社、一九八八年）

（注十八）足立繭子「いはでしのぶ」（神田龍身・西沢正史編『中世王朝物語・御伽草子事典』勉誠出版、二〇〇二年）この論で足立氏は「皇女獲得ゲーム」と評している。

（注十九）今井源衛「女三宮の降嫁」（『源氏物語の研究』一九六二、未来社）、後藤祥子「皇女の結婚―落葉宮の場合」（『源氏物語の探究　第八輯』一九八三年、風間書房。後、同氏『源氏物語の史的研究』一九八六年、東京大学出版会）

（注二十）今井久代「皇女の結婚―女三宮降嫁が呼びさますもの―」（『むらさき』第二十六輯、一九八九年七月）

（注二十一）助川幸逸郎「一品宮」（神田龍身・西沢正史編『中世王朝物語・御伽草子事典』勉誠出版、二〇〇二年）

（注二十二）（注二十一）に同じ。

物語に登場する〈皇女〉一覧（平安時代〜中世王朝物語）

物語	皇女	母	后腹第一皇女	一品宮	降嫁／入内／その他
うつほ物語	嵯峨院姉妹の女源氏（俊蔭母）	女御腹			降嫁
	嵯峨院女一宮（源正頼に降嫁）	大后の宮	○		降嫁
	嵯峨院女三宮（藤原兼雅妻）	大后の宮			密通→降嫁
	嵯峨院小宮（今上帝の妃の宮）	大后の宮			朱雀院に入内
	嵯峨院女宮（源祐澄に降嫁）	梅壺の更衣			降嫁
	朱雀院女一宮（藤原仲忠妻）	仁寿殿女御			降嫁
	朱雀院女二宮	仁寿殿女御			弾正の宮・祐澄らに懸想される
	朱雀院女三宮	后の宮	○		
	朱雀院女四宮	仁寿殿女御			
源氏物語	先帝の四の宮（藤壺の宮）	后の宮			桐壺帝に入内・女院
	桐壺院女一宮	弘徽殿大后	○	○	
	桐壺院女二宮	弘徽殿大后			
	桐壺院女三宮	弘徽殿大后			斎院
	朱雀院女一宮・女四宮	？			
	朱雀院女二宮（落葉の宮）	一条御息所（更衣）			

源氏物語	朱雀院女三宮	藤壺女御			源氏に降嫁・二品宮
	冷泉院女一宮	弘徽殿女御			
	今上帝女一宮	明石中宮	○	○	
	今上帝女二宮（薫の妻）	藤壺女御			薫に降嫁
夜の寝覚	朱雀院姉妹の女二宮	女御			斎宮
	朱雀院女一宮	大皇の宮	○	○	
	冷泉院女一宮・女二宮	梅壺女御			
	冷泉院女三宮	承香殿女御			まさこ君との密通
狭衣物語	古先帝の姉妹、大宮（堀川の上）	？			堀川大臣に降嫁・斎宮
	古先帝の女（源氏の宮）	中納言の御息所			斎院
	一条院女一宮〈狭衣に降嫁〉	后の宮	○	○	狭衣に降嫁・斎院
	嵯峨院女一宮	皇太后宮			後一条院に入内・斎院
	嵯峨院女二宮（狭衣により密通）	皇太后宮			密通→出家
	嵯峨院女三宮	皇太后宮			斎宮
海人の刈藻	故冷泉院女四宮	？			斎院
	一条院姫宮	皇太后宮	○		斎宮
	冷泉院女二宮	中宮、後皇太后	○	○	
	冷泉院女一宮	弘徽殿女御			斎宮

海人の刈藻	冷泉院女三宮	弘徽殿女御			
	朱雀院姫宮	中宮	○		降嫁
堤中納言物語「はなだの女御」	一品宮（下草の竜胆）				
浅茅が露	先坊の姫宮	御息所			降嫁・斎宮
	常盤院姫宮	大納言典侍			斎宮
	今上帝の姫宮	中宮			
石清水物語	前斎宮・前斎院				
	先帝女四宮				降嫁
	桂の院女一宮	中宮	○	○	斎院
	桂の院女三宮	中宮			
	桂の院女二宮	麗景殿女御			降嫁
いはでしのぶ	女宮				降嫁
	一条院女一宮	故后			密通・斎院
	白河院女一宮	貞観殿女御			密通→降嫁
	白河院女二宮	皇后	○	○	密通→降嫁・女院
	白河院女三宮	皇后			斎院
	白河院女四宮	白河院の御息所			

いはでしのぶ	嵯峨院女一宮（実際の父は二位中将）	伏見の大君（後、皇后宮）			入内→中宮
	嵯峨院女二宮	麗景殿女御			
	嵯峨院女三宮	伏見の大君（後、皇后宮）			
	嵯峨院女四宮	中宮	○		密通
	二品宮（今上帝妹）	白河院女二宮（女院）			降嫁
風につれなき	冷泉帝女一宮			○	
	冷泉帝女三宮	皇后宮			
	吉野院の女一宮・女三宮	藤壺女御			
	吉野院の女二宮	承香殿女御			
苔の衣	朱雀院の一品宮			○	降嫁
	弘徽殿の姫宮（冷泉院皇女）	弘徽殿女御			出家
	前斎宮・前斎院は女王				
雫ににごる	一品宮	中宮（女院）	○	○	
住吉物語	古き帝の女				密通→降嫁
とりかへばや	朱雀院女一宮	故后	○		密通・東宮→女院
	今上帝姫宮	中宮			
松浦宮物語	神奈備皇女	母后			入内

松浦宮物語	明日香皇女				降嫁
むぐら（の宿）	院の姫宮	女院			
	今上帝姫宮	中宮			
我身にたどる姫君	水尾院女一宮・女二宮	承香殿女御			
	水尾院女三宮	皇后の宮			降嫁
	水尾院女四宮	中宮	○		降嫁
	嵯峨院女一宮	皇后の宮	○		入内・女帝
	嵯峨院姫宮	御櫛匣殿			斎宮
	我身院一品宮	我身中宮	○	○	密通
	我身院女二宮	我身中宮			降嫁
	三条院女一宮	麗景殿女御			斎宮
改作　夜の寝覚	朱雀院女一宮				斎院
あきぎり	朱雀院の姫宮	母宮			密通
風に紅葉	前斎宮（朱雀院の姉妹）				
	女一宮（朱雀院の姉妹）				密通→降嫁
	朱雀院一品宮	中宮	○	○	密通→降嫁
	朱雀院女二宮	承香殿女御			斎院

風に紅葉	朱雀院女三宮	承香殿女御			
恋路ゆかしき大将	故院の姫宮	中納言御息所			降嫁
	今上帝の女一宮（一品宮）	中宮	○	○	密通→降嫁・斎宮
	今上帝の女二宮（二品宮）	藤壺女御			降嫁
小夜衣	中宮（冷泉院皇女）	大宮			入内→中宮
	今上帝の姫宮	中宮			入内
松陰中納言物語	冷泉院女五宮	麗景殿女御			降嫁
	大宮（先帝の皇女）	麗景殿女御			降嫁
夢の通ひ路	入道の宮（先帝の皇女）	藤壺更衣			降嫁
	姫宮（先帝皇女	藤壺更衣			降嫁
	女二宮	御息所			降嫁
兵部卿	前斎院・姫宮たち多数				斎院
以降は散逸した物語（平安時代）					
隠れ蓑	斎宮				斎宮
あらばあふ夜	院の姫宮				
宇治のかわなみ	前斎宮				
浦風に迷ふ琴の声	先帝の姫宮				

心高き東宮宣旨	一品宮			○	
袖ぬらす	院の内親王				
	朱雀院の女二宮				
玉藻に遊ぶ	一条院の女一宮				
	冷泉院一品の宮				
露の宿り	前斎宮				
以降は散逸した物語（鎌倉時代〜）					
秋の夜ながしとわぶる	女一宮	后			斎院
朝倉	女二宮				死去
葦鶴	前斎院				斎院
いせを	一条院の女三宮				
雲井の月	女二宮				
四季物語	葵の斎院				斎院
忍ぶ草	前斎院				斎院
	入道一品の宮			○	降嫁?・密通?
	先帝の姫宮	中納言の御息所			
	斎宮				斎宮
波の標結ふ	冷泉院女一宮				兵部卿宮と婚姻か・出家

なれて悔しき	先帝女一宮				降嫁
初音	前斎宮				密通?・斎宮
ひちぬ石間	女二宮（朱雀院女）				降嫁?
	女三宮				降嫁?
独り言	前斎宮				入内・斎宮
ふくら雀	前斎院				懸想?
御垣が原	前斎院				
	一品宮			○	入内・中宮
	二品宮				
	女二宮				
御手洗川	斎院				斎院
水無瀬川	入道一品の宮			○	
	女二宮				降嫁
	女四宮				降嫁?
一品宮	タイトルのみで現存資料では作品内に一品宮の存在は確認できない。				

第二節　『いはでしのぶ』における女院

はじめに

中世王朝物語の一作品である『いはでしのぶ』には、「一品」の地位にある皇女の降嫁が描かれている。その諸相については前節で考察したが、(注一)本節では、一品宮がなぜ皇女から降嫁を経て女院の地位につくのか、女院の持つ意味を考察することで明らかにしたい。

前節で述べたように、一品宮は「白河院の一品宮」という矜持を持ち続けた。一条院内大臣に降嫁した後も、飽かず宮中を恋い慕う一品宮の姿は、何度となく物語に登場してくる。それは同時に、自身に対する嘆きに他ならない。「白河院の一品宮」の位置から転がり落ちたことで、彼女は尚更自身の在り所を「白河院」に求めているといえるだろう。

しかし、物語は一品宮を「降嫁した皇女」のままとはせず「女院」という位置に押し上げる。それは、一品宮の若君の即位によるものであるが、中世という時代を考えたとき「女院」という位置は非常に重要な意味を持って浮上してくる。一品宮が「女院」として描かれていくことの背景に何があるのか。まずは、「女院」とはいかなるものであるのか確認することから始めたい。

一　「女院」の論理——母后優待と不婚内親王

女院号の始めは、一条天皇生母藤原詮子、東三条院である。正暦二年（九九一）九月十六日、女院号を宣下された。女院号の宣下は詮子の出家によるもので、出家後の処遇を如何にすべきかが問題となり、結果「依院例、判官代・主典代可宣矣」(注二)との勅定が下された。つまり、落飾が后位を退く理由となっている。しかし、以後に落飾した后妃が、后位に何の影響を与えていない場合も多くあり、ここでは詮子を母后として優遇するための新例を開く名分として、落飾がことさら強調されたのであろう。(注三)女院号の設立は母后優待を目的として成されたのである。(注四)

その後、上東門院への女院号宣下により女院号が確立し、三人目の陽明門院以下、様々に拡大しながら江戸時代、孝明天皇の生母新待賢門院に至るまで続いていく。(注五)では、どのように拡大していったのだろうか。女院の要件として①天皇の生母すなわち国母であること、②后位にあること、これらが基本的なものとされる。それが、四人目の二条院(後一条天皇皇女章子内親王・後冷泉天皇太皇太后)に対しては、白河天皇女御藤原賢子の立后のために、后位に空席を設けるため太皇太后であった章子内親王が后位を退き二条院とされ、后位が順送りにされている。これは、「女院」を後宮における后位以外のもう一つの尊貴な地位としたのであろう。

次に、白河天皇皇女媞子内親王であるが、彼女は未婚のまま堀河天皇の准母として立后し女院となった。非妻后の皇后で不婚の皇女が女院となった初例である。さらに鳥羽天皇皇女暲子内親王は、二条天皇の准母として准三宮の宣旨を受け、女院となっている。つまり、国母でも、后位でもない皇女が女院となった初例である。

これらをまとめて、橋本義彦氏の類別によると、①国母后宮②非国母后宮③准母内親王(②中の未婚内親王の皇后の院号宣下を媒介にして)④国母准后(特に身分の低い国母に対するもの)、これらの待遇で女院の院号宣下が行われたとされる。

ここからわかることは、女院号宣下は国母に対するもの(上流公家出身・中流以下の公家出身を区別せず)と、未婚の内親王へ対するものが様々なヴァリエーションを替えて行われていることである。つまり、「女院」は後宮制度の歪みを打開する方法でもあり、様々な「天皇家」に関わる女性（后妃・国母・内親王）を包括しているといえる。また、院政期から鎌倉期にかけて、特に未婚の女院皇女が莫大な財産と権力を持っていく構図がすでに多数指摘されている。（注六）

院政期以降、外戚が政治を掌握していた摂関時代とは異なり、天皇・法皇が政治を掌り莫大な皇室領を形成していった。それらを分散させないためには、不婚の皇女に伝領させ、さらに次の不婚の皇女へ、または甥などに当たる天皇へ伝領していくのである。その不婚の皇女たちは、天皇の准母などに置かれ「女院」という位置を与えられた。また、皇女の重要性が高まるにつれ、それまで天皇の后たちが最も不可侵な存在であったものが、皇女に取って代わられる。不可侵な存在としての皇女。（注七）それは皇女の地位が高まり、新たに「女院」として遇されていくことと密接に関わっている。

こうした時代背景が物語に影響されているのだろうか。史実において不婚の皇女の問題が女院へと続く以上、この物語において皇女から女院となった一品宮へ当時の女院の影響がないとは言い切れない。また、皇女の中でも特に神聖不可侵の皇女であった「一品宮」の存在を考えた時、その「一品宮」から女院になることの意味は大きいのではないだろうか。

二　一品宮の女院宣下

では、『いはでしのぶ』の一品宮は、どのように「女院」となったのだろうか。以下、本文を確認したい。（注八）

御夢などにも御覧じたりけることやありけん、かの若君を御子になずらえて、坊にすへきこえむと、院に申させ給へるにさらなることなりや、おろかにおぼさんや、誠に誰か次立たぬとならば、この御はからひことにいみじう侍りされ。またいでき給たぐひあらば、そは聞こゆるにおよばずと、なのめならず喜び申し給ひて、やがて、その如月のうちに御子になし聞こえ入らせ給程の儀式、思ひやるまじ。（中略）母宮などの御心の中、思ひやるまじ。宮司定まり、何か喜びの繁きころにて、入道の宮も太上天皇になずらえて女院とぞきこゆ。変わらぬ御身ならましかば、いま一際のきざみに上なき位にとて定まらせ給はましと、いまさら、あかず言ひ思ふ人のあれど

（巻四相当・冷泉家本六オ～七ウ）

物語の中間、一品宮の兄である嵯峨院に皇子がいないため、一品宮の若君が「（嵯峨院の）御子になずらえて、坊にすへきこえむ」と立太子することになる。その結果、一品宮も「入道の宮も太上天皇になずらえて女院とぞきこゆ。」となる。この「太上天皇になずらえて」という表現をここでは重視したい。この「太上天皇」に「なずらえ」ることは、史実では東三条院や上東門院などを想起させ、物語では『源氏物語』の藤壺の宮を想起させる。

東三条院の女院号宣下には『栄花物語』において、「おりゐのみかどになぞらえて、女院ときこえさす」（巻第四「みはてぬゆめ」①一九六）（注九）と描かれている。さらに、上東門院に対しては『大鏡』が「世の人の申すやう、「太宮の入道せしめ給ひて、太上天皇の御位にならせ給ひて、女院となん申べき。この御寺に戒壇たてられて、御受戒あるべかなれば、よの中のあまども、まいりてうくべかんなり」」（二四七頁）（注十）、『栄花物語』が「おりゐの帝とひとしき御位にて、女院と聞えさすべき宣旨もてまゐりたり」（巻第二十七「ころものたま」③六二）と描かれる。

これらは前述の「依院例……」や「年官年爵封戸、如太上天皇」（『女院小伝』）との東三条院の定めを解釈、認識したゆえであろう。

それとほぼ同時代の『源氏物語』には、藤壺の宮に対してまったく同じ表現がされている。(注十一)

入道后の宮、御位をまた改めたまふべきならねば、太上天皇になずらえて御封賜わらせたまふ。院司どもなりて、さまことにいつくし。（『源氏物語』「澪標」巻②三〇〇）(注十二)

これは、藤壺の宮所生の皇子冷泉帝の即位により、藤壺もまた母后として待遇される場面である。藤壺の宮が物語中、「女院」と呼称されることはないが、「薄雲女院」なる呼称が古系図や古注釈にも見られ(注十三)、藤壺の宮が女院になったという認識があったとみてさしつかえないだろう。入道（出家している）・自分の子供の即位、それゆえの女院号と、藤壺の宮と『いはでしのぶ』の一品宮の共通項が見える。

しかし、最も大きな差異は藤壺の宮が桐壺帝の中宮であったのに、一品宮は帝の后ではなく、もちろん立后もしておらず、若君もまた兄嵯峨院の養子という形での即位という点である。この点を提示し、次に他の物語における女院について見ていきたい。他の物語との関連を見ることで『いはでしのぶ』の「女院」の特質を見たいからである。

三　物語史の中の女院

『いはでしのぶ』以外の現存する物語の中で「女院」が登場するのは、すでに野村倫子氏が指摘するように(注十四)、

『狭衣物語』・『夜の寝覚』・『有明の別れ』・『今とりかへばや』・『堤中納言物語』、『浅茅が露』・『石清水物語』・『風につれなき』・『風に紅葉』・『苔の衣』・『木幡の時雨』・『雫ににごる』・『しのびね』・『松陰中納言物語』・『むぐらの宿』・『我身にたどる姫君』である。これらの作品の中、『堤中納言物語』までが『いはでしのぶ』に先行する物語であり、『浅茅が露』以降が、『いはでしのぶ』と同時代あるいはそれ以降に成立したと考えられている作品である。また、『夜の寝覚』は末尾欠巻部で中宮が女院となったことが『物語二百番歌合』からわかり、『風につれなき』も該当部を欠巻しているが『風葉和歌集』に「風につれなきの女院」とあり、関白左大臣の中君が女院となっていることがわかる。

これらの作品の女院を見ていくと、そのほとんどが摂関家の娘であり、入内し中宮から女院へなるパターンばかりである。その契機は、例えば『狭衣物語』では、「后の宮（一条院皇后）と聞こえさせしも、尼になりたまひて、今は女院とこそ聞こえさすれ。」（巻三②三四）（注十五）と出家の際に女院となり、『有明の別れ』では「帝、おりゐさせ給ひぬれば、（中略）中宮も、内、春宮の御母にて、女院と申す。」（二二四頁）（注十六）と、帝の退位によって女院となり、女院となる契機は出家か夫である帝の退位なのである。

そして、何よりも重要であるのが自分の生んだ皇子が即位することにより、国母となり、女院となることである。つまり、女院が「女の栄華」として描かれているのである。（注十七）この「女の栄華」＝「女院」という意識は、奇しくも『木幡の時雨』の女院が「上東門院」と名付けられているように、母后優待＝女院号であった平安時代の踏襲であると考えられる。入内し立后、女院号を賜るという過程は、すなわち、摂関家出身の女性の栄達の過程であった。その代表的な例は『我身にたどる姫君』である。

膨大な人物が登場する物語の中で、女院も三人（水尾女院・嵯峨女院・我身女院）登場し、どれも中宮、皇后、皇太后、太皇太后、そして女院と順にその地位が上がっていく。中世王朝物語のほとんどが摂関家を語る物語である以上、女院が女性の最高位であるとの認識は当然の帰結なのである。ここではっきりと「国母后宮」が「女院」なのである。それは、中世の軍記物語でも変わらない。典型例と思われる『平家物語』の建礼門院については以下のような表現がされる。

二ニハ内大臣重盛公ノ御子トス。即后ニ立給ヘリ。皇子御誕生アリシカバ、皇太子ニ立給。万乗ノ位ニ備給テ後ハ、院号有テ建礼門院ト申。太政入道娘、天下国母ニテ御座シ上ハ、トカク申ニオヨバズ。(注十八)

こうした表現は、他の諸本でも(注十九)ほとんど変わらない。ここでも、皇子の即位により女院号を賜ったと物語は語る。軍記物語では史実が基ではあるが、表現(語り方)はほぼ他の王朝物語と変わらないのである。

そのような中で注目に値するのが、『風につれなき』と『木幡の時雨』である。『風につれなき』は、先述のように物語の肝心な部分が欠落し、『風葉和歌集』などからの推測であるが、関白左大臣の中君が女院となり「風につれなきの女院」とされている。この中君は、姉弘徽殿中宮が遺した若宮(後の堀河院)を未婚のまま養育した人物である。そのような摂関家の姫君がなぜ「女院」となったのか。姉中宮の死後、帝(後の吉野院)の入内要請もあったが断った様子が現存本文に描かれており、その後、欠落部分に入内し立后した可能性もないとは言い切れないが、すでに指摘があるように『風葉和歌集』での呼称が「風につれなきの吉野の院の女院」とされて(注二十)いないことから、彼女が帝(吉野院)のもとに入内し、女院となったとは考えられないだろう。つまり、姉の遺児堀河院の養母として准母の扱いにより女院とされたのであろう。(注二十一)

しかし、史実には摂関家の姫君が后位を経ず女院となった例はなく、むしろここには未婚の内親王の例が影響しているのではないだろうか。史実の未婚内親王は、准母の待遇で「女院」となる。そのような中で、物語が新しい「女院」の形を生み出したとするならば、それは「皇位継承者の養育者」=「女院」なのである。「国母后宮」が多くの中世王朝物語の「女院」の要件であることをふまえて考えれば、物語では、例え代わりでも「母」であることが「女院」の最大の要件であると言えるだろう。

また、『木幡の時雨』では次の引用部分にあるように、帝の本当の母である関白北の方が、一位の宣旨を受けている。

春宮十七にて、御位を譲り奉り給ひて、内は堀河の院に降り居させ給へば、やがて二の宮、春宮に居給ふ。后、院号賜り給ひて、上東門院と聞こゆ。その時、女院、内に申させ給ふやう、「知らせ給はぬ御ことなれば、苦しからねど後ろめたくやと奏し侍る。君は関白の上の御腹に宿らせ給ひぬるを、あるやうありて、ここにものさせ給へる。院号なども、かの上こそ賜り給ふべけれども、人知れぬ御ことは力及ばず」と申させ給へば、「また知る人はなきか」と仰せられて、めづらしくあはれと聞かせ給ひて、関白の上、御母代に参り給ふべきよし宣旨なりければ、つつましさも忘れて、御恋しさもかたじけなくて参り給ふ。（中略）帝・春宮あはれにめづらしく御覧じよろこばせ給ひて、こまやかに宣旨下りて一位になり給ひぬ。

（頁七一〜七二）（注二十二）

物語は表向きの親子関係と実際の親子関係が相違しており、帝と上東門院の子とされているのは、実は帝と関白北の方の子であり、関白と北の方の子とされているのが関白と上東門院の子なのである。そのため、春宮が即位したとき、上東門院は真実を伝え「院号なども、かの上こそ賜り給ふべけれども」とし、結果、帝の実母である関白の北の方には母代として参内させ一位の宣旨が下るのである。これは結局、国母優待の論理である。紆余曲折のはて、一人は関白北の方、一人は女院と、共に女の栄華を極めている二人なのにもかかわらず、物語はやはり帝の実母をないがしろにはできず、母代として一位という位を贈ることになる。この文脈は帝の実母＝国母が物語の中で重要視されていたことを示す端的なものであろう。

このように見ていくと、『いはでしのぶ』の女院が他と違う様相を示していることがわかる。皇女であり、降嫁の後に、若君の即位により女院とされた一品宮はとても異質な存在である。すでに指摘されている通り、皇族出身の女院は二例しかない。(注二十三)しかし、物語群を見通して強調しておきたいのは「皇位継承者の母」であることが、「女院」に必要不可欠の要因であることである。他と違う様相を示す本物語でも「母」であることが「女院」の大きな要件であることに変わりはない。『風につれなき』では養母が女院であったが、本物語では実母が女院となるのであり「国母」であることは間違いないのである。

これらをふまえて再度問題としたいのは、「太上天皇になずらえて」という表現である。すでに指摘したように、まったく同じ表現は早く『源氏物語』に見える。これが何を意味するのか、次節において考察したい。

四　一品宮から女院へ――「女院」が示す問題

『源氏物語』と『いはでしのぶ』に共通する「太上天皇になずらえて」という表現。他に同じような表現と捉え得るのは『我身にたどる姫君』にあるが、こちらはもっと明確に「太上天皇の位えさせたまひて」(注二十四)とある。しかし、『我身にたどる姫君』の場合、史実の二条院の場合とほぼ同様であり、加えて、物語の成立が『いはでしのぶ』との前後が不明のため影響関係を考えることそのものは控えておきたい。そう考えると「太上天皇になずらえて」は『源氏物語』と『いはでしのぶ』のみに共通する文であることになる。この表現が他の中世王朝物語でまったくなされていないことと対照的である。

けれども、それゆえに『いはでしのぶ』が「女院」を造型するために、『源氏物語』の藤壺の宮を念頭に置いていることが浮き彫りになってくる。物語が志向した先、それは王朝文化華やかなりし平安時代であるといえようか。しかし、もう少し踏み込んで言えば、皇女が女院となる先例を『源氏物語』に求めているともいえよう。母后優待の論理の枠組みの中で、多くの物語の女院は摂関家出身の姫君であった。その一方で藤壺の宮と一品宮は、皇女・帝の母・入道という共通点を持つ。しかし、すでに皇女の結婚という形でも藤壺の宮と一品宮は共通性を持っていた。

藤壺の宮は、桐壺帝とは皇統を異にする先帝の皇女であった。桐壺帝による入内要請に、先帝の后であった宮の母はすぐには承知せず、結局、母后の死により入内が成されている。藤壺の宮は先帝にとって后腹の姫宮であった。皇女の母が后かそうでないかの重要性は、例えば柏木が落葉の宮を「下臈の更衣腹」であったがゆえに軽視したことからも理解されるように、后腹の藤壺の宮は先帝にとって重要な姫君であった。その后腹の藤壺の宮が桐壺帝に入内した意義は大きい。それはまさしく皇女の聖性による「血の保証」に他ならない。(注二十五)

一方、『いはでしのぶ』の一品宮は、白河院鍾愛の姫宮として一品の位を授けられた姫宮であり、その尊貴性はこの上もない。そのような姫宮が、密通の結果とはいえ断絶した皇統である一条院の血を引く一条院内大臣のもとに降嫁することで物語は始発する。皇女の結婚が皇統断絶の補償となっていることはすでに指摘(注二十六)があるが、一品宮は断絶した皇統の姫宮ではないものの、「血の保証」を逆手に取った一条院内大臣により降嫁となる。つまり、藤壺の宮も一品宮もともに、皇統断絶の境に置かれた、皇統にとって重要な皇女の結婚なのである。こうした共通性を持った二人がともに女院として遇されていくのは何を意味するのだろうか。

『源氏物語』の中で、藤壺の宮は「女院」と明言されない。物語が設定している時代には「女院」そのものが存在しないことが理由の一つとして挙げられるだろう。しかし、「御封」「院司」などの言葉からは「女院」を表現しようとしていることが看取され得るし、『源氏物語』の成立の周辺は、まさに母后―女院の周辺であった。また、『風葉和歌集』が藤壺の宮を「薄雲の女院」と記していることは、『いはでしのぶ』の成立あるいは享受された時期にはすでに藤壺の宮＝女院という意識があったことを示している。(注二十七)その上で、女院となったきっかけを考えれば、藤壺の宮も一品宮も自身の息子の即位（あるいは立太子）であった。それは新たな皇統の開始でもある。皇統の断絶から、国母である自身を媒介にして新皇統が成立する。そうした中で「太上天皇になずらえて」という表現を物語に取り込んだ『いはでしのぶ』は、だからこそ「国母」となった一品宮を「女院」に遇したと言えるだろう。(注二十八)

さらに問題となるのが、後文の「変わらぬ御身ならましかば、いま一際のきざみに上なき位にとて定まらせたまはまし」(冷泉家本七オ〜七ウ)と言う人もいるという叙述である。つまりは、一品宮が出家していなければ、「上なき位」にもなれたのに、ということである。ここで見られるのは「女院」が他の物語のように、女性の最高の地位とは捉えていないということである。「女の栄華」のはてが女院といった物語の多い中、これは異質なこととといえよう。

こうした意味で、出家したものにも与えられるのが「女院」という地位なのである。出家で喚起されるものは、やはり東三条院や上東門院のイメージであり、冷泉帝の即位時にはすでに出家していた藤壺の宮である。言い換えれば、物語は『源氏物語』を通して東三条院や上東門院の例を想定している、ともできる。同時代的な女院は出家と院号の因果関係はない。それが、唯一強調されたのは東三条院や上東門院なのである。ここで言えることは、『いはでしのぶ』の女院・一品宮には、同時代的な女院のイメージなのではなく、平安時代、女院号が創始された頃のイメージが付与されている、ということである。

同時代的な女院は、「国母后宮」であった大宮院の例と、不婚内親王であった皇女たちである。(注二十九) そこには、皇女でありつつ、「国母」となった例など見出せ得ない。加えて、同時代の後嵯峨院政期の後、両統迭立期には未婚内親王の准母立后による女院は歴史上消えていく。(注三十)

一品宮が問題とされるのであれば、彼女が「一品宮」という皇女であり、かつ女院となったという、まさにその間に位置するという点であろう。しかし、これまで見てきたように、「女院」としての一品宮は、「国母」として待遇したい所を、すでに出家しているため「女院」とした、という「国母優待」の論理の上に成り立っているのである。

では「上なき位」をどのように考えれば良いのだろうか。物語の初めを思い起こせば、一品宮は「されば御門・后のおぼし聞こえさせたまふさまなのめならず、また世になからむ例をも取り出でて、いかにもてなし聞こえんとのみおぼされしに」(巻一、一五二頁) と「世になからむ例」が取り沙汰されていた。ここでは、この「例」が何を指すのかは不明確であるが、巻四にて「いま一際のきざみに上なき位」とされれば、そこにはおのずから「女帝」の地位が垣間見られる。すでに、「世になからむ例」に対して女帝の可能性が指摘されているが、(注三十一) ここではそれ以上に明確に「女帝」への志向が読み取れるであろう。もちろん、女性にとっての「上なき位」は皇后や皇太后などの后としての地位も考えられ、他の物語においても「上なき位」は后あるいは女院をさすことがある。(注三十二)しかし、一品宮の「一品宮」という皇女としての過去をかんがみた時、「女帝」こそ一品宮にふさわしい「上なき位」となろう。

史実では八条院暲子内親王が女帝の可能性があった皇女であった。(注三十三)物語では『今とりかへばや』に女春宮が描かれ、『我身にたどる姫君』では女帝が登場し理想の治世を行っている。また、興味深いことに『今とりかへばや』の春宮はその後女院となっている。加えて、『雫ににごる』の一品宮は、幼い異母弟である帝の女御代となって政治を掌り、一品宮の母は女院となり幼帝を養育する。このように中世の物語（あるいは歴史でも）には、女帝への志向があり、そして、それが「女院」の地位と関わっているのである。

おわりに――「母」としての一品宮

では、「女院」として待遇された一品宮は、どうなるのであろうか。答えは明確である。それはまさに「養育者＝母」という役割である。自分の若君・姫君はさることながら、いはでしのぶの関白と前斎院との子供である右大将を養育する。特に姫宮（二品宮）の結婚問題をめぐっては、嵯峨院といはでしのぶの関白の間に入り、結局、いはでしのぶの関白との結婚を許す。それは、自分がかつて、一条院内大臣との婚姻を父帝、母后により許されたように、二品宮の結婚を許すのである。

二品宮については、「女院の姫宮も二品内親王の宣旨被らせたまふままに」（冷泉家本一五オ）と、兄の即位、母の女院宣下により内親王となる。これにより再び物語の核となる皇女が誕生したのである。「女院の姫宮」という表記からは、この内親王宣下に、母である一品宮の「女院」としての位置が関係していたことを示していよう。

「女院」となった一品宮は、もはや皇女としての「一品宮」ではなく、「母」として采配を振るう。つまり、彼女は「女院」となることで、皇女争奪ゲームの駒から外れる。（注三十四）恋愛の対象から、それを許す側への転換がここにはある。「母」としての「女院」一品宮、言い換えれば、彼女は「女院」と規定されることで「母」として規定されるのである。そして、若君の即位により、対立していた一条院皇統と白河院皇統が融和し、その融和した皇統にはもはや「一品宮」という聖なる皇女＝不婚の皇女は必要ないということでもある。白河院の一品宮でありながら、一条院内大臣の妻でもあった一品宮は、「女院」として位置づけられることで、「新たな皇統の母」という自身の在り所に落ち着くのである。

（注一）第二章第一節にて詳述。
（注二）『院号部類記』所収「後小記」正暦二年九月十六日条（『大日本史料』第二編之一、東京大学史料編纂所、一九二八年）
（注三）橋本義彦「女院の意義と沿革」（『平安貴族』平凡社、一九八六年）
（注四）大和典子「女院の成立と摂関家」（『政治経済史学』四〇〇号、一九九九年）によると、女院の成立は国母（母后）優待のためではなく、摂関家の成立と安定の為に創設されたものだとする。しかし、国母は摂関家の姫君であり、国母を優待することは結果的に摂関家の安定につながる以上、国母優待の論理は女院にとって重大な要素であることに変わりはない。
（注五）女院についての論考は、前掲注三橋本論文をはじめ、野村育代「女院論」（『シリーズ女性と仏教3　信心と供養』

平凡社、一九八九年）などに代表される。

（注六）網野善彦『異形の王権』（平凡社、一九八六年）・野村育代「中世における天皇家―女院領の伝領と養子」（『家族と女性の歴史―古代・中世』吉川弘文館、一九八九年）・五味文彦「聖・媒・縁―女の力」（『日本女性生活史2 中世』東京大学出版会、一九九〇年）・伴瀬明美「院政期〜鎌倉期における女院領について―中世前期の王家の在り方とその変化」（『日本史研究』第三七四号、一九九三年十月）、「院政期における後宮の変化とその意義」（『日本史研究』第四〇二号、一九九六年二月）・栗山圭子「准母立后制にみる中世前期の王家」（『日本史研究』第四六五号、二〇〇一年五月）などに指摘がある。

（注七）三田村雅子「いはでしのぶ物語」（三谷栄一編『体系物語文学史』第四巻、有精堂、一九八九年）

（注八）『いはでしのぶ』の引用は、小木喬『いはでしのぶ物語　本文と研究』（笠間書院、一九七七年）より、適宜私に表記を改めた。また、新出資料である冷泉家本については、冷泉家時雨亭文庫編、冷泉家時雨亭叢書第四十三巻『源家長日記・いはでしのぶ・撰集抄』（朝日新聞社、一九九七年）より適宜翻刻した。

（注九）『栄花物語』の引用は小学館、新編日本古典文学全集による。

（注十）『大鏡』の引用は、岩波書店、日本古典文学大系による

（注十一）物語の女院については、野村倫子「物語の「女院」、素描　平安・鎌倉期に見える「女院」の系譜」（高橋亨編『源氏物語と帝』森話社、二〇〇四年）に概要が述べられている。『源氏物語』の藤壺の宮についても言及されているが、「女院」と明記された人物が活躍するのは『狭衣物語』が初出とされている。

（注十二）『源氏物語』の引用は小学館、新編日本古典文学全集による。

（注十三）薄雲女院について、『源氏物語古系図』では九条家本・為氏本・正嘉本などに見え、古注釈では『紫明抄』・『河海抄』・『花鳥余情』などに見える。また、『源氏物語歌合』や『風葉和歌集』でも藤壺の宮を「薄雲の女院」と記している。

（注十四）物語の女院については、前掲（注十一）野村論文において、平安期から鎌倉期までの物語の女院が総括されている。氏の論と重複する部分もあるが、本稿では物語史において「女院」がどのように描かれているのか見ることで

『いはでしのぶ』の「女院」を考察することを主眼としている。

（注十五）『狭衣物語』の引用は小学館、新編日本古典文学全集による。

（注十六）『有明の別れ』の引用は、大槻修訳・注『有明の別れ―ある男装の姫君の物語―』（創英社、一九七九年）による。

（注十七）田中貴子「中世の皇室と女性と文学」（『岩波講座日本文学史』五、岩波書店、一九九五年）・前掲（注十一）野村論文。

（注十八）『平家物語』の引用は勉成社、『延慶本平家物語　本文篇』上による。

（注十九）他に確認した諸本は、覚一本（岩波古典文学大系）・長門本（『長戸本平家物語の総合研究』勉誠社、一九九八年）・四部合戦状本（『訓読　四部合戦状本平家物語』有精堂、一九九五年）・『源平盛衰記』（『新定　源平盛衰記』新人物往来社、一九八八年）。

（注二十）小木喬『鎌倉時代物語の研究』（有精堂、一九八四年）

（注二十一）中世王朝物語全集『木幡の時雨・風につれなき』（笠間書院、一九九七年）所収、『風につれなき』改題による。

（注二十二）『木幡の時雨』の引用は中世王朝物語全集『木幡の時雨・風につれなき』（笠間書院、一九九七年）による。

（注二十三）前掲（注十一）野村論文。皇族出身の女院は、『今とりかへばや』の女春宮と『いはでしのぶ』の一品宮だけである。なお、野村氏も指摘しているように、この二つの作品は皇位の継承方法が特異である。

（注二十四）この表現が直接「女院」と同意であるか問題はあるところだが、次の場面では太皇太后宮は「女院」とされているので、これもまた「女院」となった表現の一つとして考えておく。

（注二十五）今井久代「皇女の結婚―女三宮降嫁の呼びさますもの―」（『むらさき』第二六輯、一九八九年七月）

（注二十六）（注二十五）に同じ。

（注二十七）前掲（注十三）参照。

（注二十八）前掲（注十一）野村論文において、『いはでしのぶ』の女院に藤壺の宮の影響があることが指摘されているが、本稿とは視点を異にする。

（注二十九）後嵯峨院時代に女院宣下された者は以下の通りである。

宣仁門院（四条天皇女御）・正親町院（土御門天皇皇女）・室町院（後堀河天皇皇女）以上、後嵯峨帝による宣下。大宮院（後嵯峨天皇中宮）・仙華門院（土御門天皇皇女）・永安門院（順徳天皇皇女）・神仙門院（後堀河天皇皇女）以上、後深草帝による宣下。東二条院（後深草天皇中宮）・和徳門院（仲恭天皇皇女）・月華門院（後嵯峨天皇皇女）・今出河院（亀山天皇中宮）・京極院（亀山天皇皇后）以上、亀山帝による宣下。また、後嵯峨院時代に女院宣下が多く行われるのは、皇統の違う皇女たちが持っていた所領を、後嵯峨皇統に集めるためだとされている。

（注三十）野村育代「王権の中の女性」（『中世を考える　家族と女性』吉川弘文館、一九九二年）

（注三十一）辛島正雄『中世王朝物語史論　上巻』（笠間書院、二〇〇一年）

（注三十二）例えば『夜の寝覚』では、寝覚の上に執心する帝が寝覚の上を「世の誇り、人の恨みも知らず、上なき位にはなしあげてまし」（巻三・二五九）とする記述があり、ここでは、后の位を意味すると考えられる。

（注三十三）『愚管抄』、『今鏡』、『古事談』などに、八条院が女帝として擁立されそうになった話が記されている。荒木敏夫『可能性としての女帝』（青木書店、一九九九年）

（注三十四）足立繭子「いはでしのぶ」（神田龍身・西沢正史編『中世王朝物語　御伽草子事典』勉誠出版、二〇〇二年）

第三節 『いはでしのぶ』における前斎院

はじめに

『いはでしのぶ』には、もう一人の重要な〈皇女〉がいる。それが、一条院の皇女である前斎院である。王朝物語の多くには、斎宮や斎院といった存在が登場する。例えば『源氏物語』では、斎宮であった秋好中宮、斎院であった朝顔の姫君など、物語の重要な姫宮として登場する。しかし、中世王朝物語になると、斎宮や斎院が登場する作品は少なくなり、また物語において主要な役割を持たなくなる。

そうした物語史的変遷は、第三章にて詳述するが、(注一)本節では中世王朝物語の一作品である『いはでしのぶ』の前斎院について論じていきたい。物語史の中では密通される斎宮が多いのにもかかわらず、『いはでしのぶ』の前斎院は例外的に密通され、その結果子供まで生むことになる。なぜ、密通の相手として斎院が選ばれたのか、またそれが物語の中でどのような意味をもつのか考察していきたいと思う。

一 斎院概略(注二)

斎院とは、賀茂大神に仕える斎内親王である。弘仁元年(八一〇)、嵯峨天皇が平城上皇との対立克服を賀茂大神に祈願し冥助を得たため、皇女有智子内親王を遣わしたことに始まると伝えられている。(注三)数度の断絶をはさみ、土御門天皇代礼子内親王まで三十五人の斎院が卜定されている。

そのような斎院が物語の中に最初に描かれるのは、『大和物語』の君子内親王であろう。父、宇多帝との贈答が物語の中に描かれている。しかし、作り物語の中に斎院が登場するのは『源氏物語』が最初である。『源氏物語』の斎院は、桐壺帝の女三宮（弘徽殿大后腹）、朝顔姫君、末摘花の乳母子侍従が行き来していた斎院などが確認できる。ただし、物語の中で重要な位置を占めるのは、朝顔姫君だけである。

斎院は御服にておりゐたまひにきかし。大臣、例の思しそめつること絶えぬ御癖にて、御とぶらひなどいとしげう聞こえたまふ。宮わづらはしかりしことを思せば、御返りもうちとけて聞こえたまはず。いと口惜しと思しわたる。（「朝顔」巻②四六九頁）

このように、朝顔姫君に対する源氏の求愛は斎院退下後も続く。しかし、それを拒み通し、「若菜」下巻では出家し仏道に専念している様が述べられる。この不婚を通す姿こそ、この後の物語の斎院像に影響を与えているのであるが、朝顔姫君について、もう一つ重要な点が、高い文化を保持していることである。明石の姫君入内の際に、香の調合に対しては「斎院の御黒方、さいへども、心にくく静やかなる匂ひことなり。」（「梅枝」巻③四〇九頁）と、手蹟に関しては「かの君と、前斎院と、ここにとこそは書きたまはめ」（「梅枝」巻③四一六頁）（注四）と、その素晴しさが述べられている。この「不婚」と「高い文化レベルをもつこと」は物語の斎院にとって重要な要件となる。

次に、斎院の役割の重要さで考えると、物語史の中で『狭衣物語』こそ最も斎院の役割が利用された物語であろう。登場する姫君たちのほとんどが斎院（あるいは斎宮）経験者であり、狭衣にとって最も愛する女性、源氏宮も斎院となる。源氏宮は斎院に卜定されることで狭衣とは結ばれず、また、琴の名手とあり、文化の高さが見える。ここにも「不婚」と「高い文化を保持」していることが示されているのである。
もう一人、狭衣をめぐって重要な前斎院は一条院一品宮である。一条院一品宮は様々な役割を持つが、三十歳を過ぎた年齢や年かさの容貌が特に強調されており、「不婚」のイメージがもたらす「さだ過ぎた女」として造型されている。一方で、狭衣の実子である飛鳥井の姫君の養育者という側面も大きい。「一品宮」であった一条院一品宮が養育していたからこそ、飛鳥井の姫君は狭衣即位の後に「一品宮」となれるのであろう。このように、二人の対照的な斎院が『狭衣物語』に描かれるわけであるが、それは、成立の背後にある斎院禖子内親王家という斎院文化圏の中での様相が影響してもいるのだろう。(注五)
また、史実の大斎院選子内親王の影響を受けた作品もある。例えば、『海人の刈藻』では、賀茂祭において斎院が若宮に和歌を贈る。

斎院は当代・一条院などの御はらから、女四の宮にておはしますに、御桟敷より、殿、二の宮抱き奉らせ給ひてさし出で給へるに、御輿のうちより、御扇に葵をうち置かせ給ひて差し出でさせ給へる、兵衛佐賜はりて殿に奉るを見給へば、
暗からん神代のことも忘られてあふひの光見るぞ嬉しき
御手は殊にけだかく、上衆めかしき御書きざまなり。（三一頁）

この描写は『大鏡』や『栄花物語』に描かれる選子内親王と道長・敦成親王らの描写とほぼ同様である。『栄花物語』の描写を次にあげておく。

四月には、殿、一条の桟敷にて若宮に物御覧ぜさせたまふ。いみじうふくらかに白う愛敬づき、うつくしうおはしますを、斎院の渡らせたまふをり、大殿、これはいかがとて、若宮を抱きたてまつりたまひて、御簾をかかげさせたまへれば、斎院の御輿の帷より、御扇をさし出でさせたまへるは、見たてまつらせたまふなるべし。かくて暮れぬれば、またの日、斎院より、

光いづるあふひのかげを見てしかば年経にけるもうれしかりけり

御返し、殿の御前、

もろかづら二葉ながらも君にかくあふひや神のしるしなるらん

とぞ、聞えさせたまひける。

（巻第八「はつはな」①四五六～四五七）（注六）

もちろん、若干の相違はあるが和歌の類似性は高く、この選子内親王の逸話が物語に与えた影響は大きい。

また、一方で『堤中納言物語』の「はなだの女御」では、斎院を「五葉」に喩えている。

尼君、「斎院、五葉と聞え侍らむ。かわらせ給はざんめればよ。つみを離れむとて、かかるさまにて、久しくこそなりにけれ」との給へば、

（「はなだの女御」四七五頁）

この「五葉」に喩えられ、その理由が「かわらせ給はざんめればよ」ということも、選子内親王の影響であろう。選子内親王は五代五十七年の長きにわたって交代しなかった。長く斎院として仕えたために、未婚のまま年を重

ねる皇女の姿がここにはある。また、同時に選子内親王をはじめとする斎院は都の中にあるがために、文化サロンを形成した。斎院文化圏が和歌や物語といった文化を奨励していたことはすでに論じられているが、（注七）そうしたイメージもまた物語に影響を与えないはずはない。

物語が斎院を描くとき、それは不婚・文化・老齢・養育といった意味性を付与していることが以上のことから言えるであろう。これらをふまえて『いはでしのぶ』の前斎院を考えるとどうなるであろうか。次節以降考察していきたい。

二　密通と死——伏見姉妹との対比から

『いはでしのぶ』の前斎院は、物語前半の男主人公、一条院内大臣の異腹の姉である。一条院の后腹の姫宮であり、嵯峨帝代の斎院であったことがわかる。（注八）母后の死後、伏見に遁世した兄式部卿宮のもとに身を寄せ、母に代わり式部卿宮の二人の姫君（大君と中君）の後見役になる。前斎院の登場は、このように斎院を退下した後に、式部卿宮のもとを訪れた一条院内大臣と対面する場面からである。

母后も、をなじふもとに、姫君たちをあはれにおぼしはぐくみて住ませたまひし、こぞの秋うせたまひにしかば、御妹の斎院もおりさせたまひて、やがてむかしの御かはりに、三所ぞ住ませたまひける。（中略）いたくおびれ、若く、たを〳〵とをかしげに見へたまふもことわりの御よはひの程なりかし。これぞ、此大臣（一条院内大臣）をはなちきこゑては、なかのおとゝにおはしければ、廿五ばかりにならせたまふも、御年の程よりは、あへかに心ぐるしげにぞおはします。中宮（内大臣妹）は、くもりもなく、けだかきさまにて、はづかしう、わづらはしげに見へたまふぞかし。されど、いづれも、いま少しのへだてありともおもはば、これはなほなつかしきかたの、すぐしがたくおぼえまし。（巻一　二八〇頁）

引用文にあるように、前斎院の描写は二十五歳という年齢を表記しながらも、その若々しく、あえかに美しい様を描き出している。兄弟である一条院内大臣の視点からも「これはなほなつかしきかたの、すぐしがたくおぼえまし。」と見られているほどである。この描写こそ後の密通への伏線でもあるのだが、しかし、式部卿宮の姫君二人と、この前斎院が伏見にともにいることが大きな問題といえよう。斎院を含め、伏見の里にすむ姫君三人の行く末は、三人がともにいはでしのぶの中将によって密通され、その子供を生むことになる。つまり、次代の物語を担う人物たちの母となるのである。（注九）

物語はこの後、式部卿宮の強い希望により一条院内大臣が大君と結婚する。しかし、紆余曲折の果て、大君は嵯峨帝の尚侍となりつつも、いはでしのぶの中将に密通され女子を生む。何も知らない嵯峨帝は生れてきた子供を自分の子と信じており、大君を愛し続け、皇后宮の位を授けるのである。この大君と前斎院のかかわりは現存する物語の中ではあまりない。式部卿宮の死後、大君が一条院内大臣によって京に迎え取られる折に、後見役として登場する程度である。

一方、中の君とはいはでしのぶの中将から明確に対比関係におかれることとなる。中の君はいはでしのぶの中将と結婚し、対の上として待遇されることになるが、そこには前斎院といはでしのぶの中将との関係が裏側にある。では、この二人はどのように対比されているのだろうか。（注十）

いはでしのぶの中将が中の君と初めて契りを結んだ場面では、前斎院は「斎院をはじめたてまつりて、あぢきなく心をくだきたまふに、夜中近くなる程に入りおはしけり」（冷泉家本　Aウ）と、中の君の後見役として振舞う姿が見られ、妊娠した中の君を気遣い、「心苦しき御さまを、同じくは京などへ迎へたてまつりたまへかし、我はさて年ごろの本意をもとげて、まぎれなくおこなゐをもしてあらんかし、など思しけり」（冷泉家本　Eォ～Eウ）と、いはでしのぶの中将に中の君を京に迎え取ることを訴えてもいる。しかし、この会話から物語は反転する。中の君のもとを訪れているはずのいはでしのぶの中将の視点から、斎院は以下のように捉えられるのだ。

　あながちよしばむべき御程ならねば、時々は物越しにて御いらへほの〲きこえたまふ折もあるに、何事とあらまほしく奥ふかきものから、なまめかしくもある気色を、ことのほかに御心とまりて、おほかたの御心よせことにきこえたまひつつ、いかで御かたち見てしがなと思しわたりけり。（冷泉家本　Eウ）

このように、中将の前斎院への思慕が語られ、おそらくあまり間を開けず、[注十二]前斎院のもとに中将が忍び入ることになる。

　さて人しづまりぬるほどに、やはら御そばにそいふしたまふに、おもひもよらず、御らんじあげたるに、おとこのかげなれば、あさましともなのめならで、おきあがりすべりのかんとし給ふに、

　　つらきかな身にしむことのねをそへてしのぶる袖につゆをもらせよ

　よろづにこしらへなくなぐさめ給ひつつ、いかでかまことともおぼさん。「心うしとも世のつねのことをこそいへ。かかる憂き宿世やはあるべき。これはなほ夢か」とのみくれまどい給へるに、ゐんにめでたきけわ

いの御耳にきこゆるも、憂しとよりは他に覚えたまはず。（中略）やう〳〵暁近きけしきなれば、出でたまひても、むなしくのみまちあかしたまふらんかたつかたの心中も、いといとをしうおぼしやらるる。「思ひつるより、なを〳〵となつかしくもおはしつるかな」と、夢のうきはしとだへてやむべき事は、くちをしく恋しかるべき心地なり。

（巻四　五二〇～五二一頁）

前斎院にとって、いはでしのぶの中将がこのように忍び入ってくることは、まさしく「夢」かと惑う出来事であっただろう。この場面の直前が散逸しているため、詳しいことはわからないが、しかし、「身にしむことのね」とあるように、前斎院はその夜琴を弾き、その音がいはでしのぶの中将が忍び入る契機となったと考えられる。また、かつて一条院内大臣から「なほなつかしきかたの、すぐしがたくおぼゆるまし。」とされていた前斎院は、それと対応するかのように「なを〳〵となつかしくもおはしつるかな」と思われている。すでに二十八歳となっている前斎院に対して、このような表現をすることが奇異に思われるほどである。そして、注意したいことは「かたつかたの心中」を思いやるいはでしのぶの中将の心情である。この「かたつかた」こそ中の君その人であり、引用場面の続きでは中将は前斎院と中の君の双方に文を贈っており、同じように、二人に同時に文を贈る次のような場面もある。

また、かの音羽山おとにのみあらぬ心の中、いかにくまなう、世づかず聞きたまふらんと、思ひ出でたまふには、またさすがにけぢかき御なかはかこち所ある心地して、

「別れかね草のゆかりをたづねつつ浅き露にも濡るる袖かな

一もとゆへとばかり思ひ侍るもあはれならずや。」など、こまやかなるに、ことのには、
「さまざまにわけける草のゆかりにもうきにかことの露を散らすな
とこ山なり。」と、くちかためたまへるもにくからず、をかしと見たまふ。
（巻四　五二五〜五二六頁）

これは前斎院とも関係が生じたことを中の君が知った後の、いはでしのぶの中将の対応である。前斎院と中の君を「草のゆかり」と捉え、中の君には言い分けを、前斎院には口止めをする。この「草のゆかり」は『源氏物語』「若紫」巻における源氏と二条院に引き取られたばかりの紫の上の和歌のやり取りをふまえる。

（参考）『源氏物語』若紫巻
「武蔵野といへばかこたれぬ」と紫の紙に書いたまへる、墨つきのいとことなるを取りて見ゐたまへり。すこし小さくて
（源氏）ねは見ねどあはれとぞ思ふ武蔵野の露わけわぶる草のゆかりを
とあり。（中略）「書きそこなひつ」と恥じて隠したまふを、せめて見たまへば
（紫の上）かこつべきゆゑを知らねばおぼつかないかなる草のゆかりなるらん
と、いと若けれど、生ひ先見えてふくよかに書いたまへり。
（若紫①二五八〜二五九）

ここでは『古今和歌集』の「紫のひともとゆゑに武蔵野の草はみながらあはれとぞ見る」（雑上、読み人知らず）と、右に引用した源氏の和歌のそれぞれを引き歌のようにして、前斎院―中の君の関係を藤壺―紫の上の関

係になぞらえている。傍線部の「かこち所」とは、叔母—姪という「け近き御仲」である二人を関連付けることができるという、いはでしのぶの中将の認識であり、源氏が「武蔵野といへばかこたれぬ」から和歌を詠んだ姿を、いはでしのぶの中将の中に垣間見ることができる。

中の君に対しては、「あなたと別れかねたので、あなたのゆかり＝前斎院を武蔵野にたずねて、私の袖は「紫のゆかり」をたずねた光源氏ではありませんが、その武蔵野の露に濡れています」とし、前斎院に対しては、「あなた方お二人は「草のゆかり」、つまり『源氏物語』の「紫のゆかり」である藤壺の宮と紫の上のような関係であるから、どうぞあなたは藤壺の宮のようにこの恋を秘密にしておいてください」と詠む。この『源氏物語』引用ともいえる和歌が贈られてきたからこそ、前斎院はこの歌を「をかし」と見る。いはでしのぶの中将の和歌は源氏以上に身勝手な和歌であるのに、「をかし」とするのは、この歌の背景にある『源氏物語』の世界ゆえである。ここでの中の君の反応は描かれていないが、前斎院が和歌と物語を解する風流をもちえていることを示す記述であることは確かである。

一方、このこのようないはでしのぶの中将の女性二人に対する態度こそ、今後の姫君たちに対する態度を象徴的に表している。この後、中の君は伏見で男子を出産し、若君ともども都に迎えられ対の上として待遇されていき、一方前斎院は、中の君が都に迎えられた後も伏見に残り、中の君と同じように男子を出産する。だが、浮名が立つのを恐れその子を手放し死去する。一方は、妻の一人として待遇され、一方はひたすら隠し置かれる存在となるのである。

物語は前斎院と伏見中の君を対照的に描きながら、それを後半部においても再生産する。それは前斎院腹の若君と、伏見中の君腹の若君の問題である。前斎院腹の若君は、生誕時から「対に物したまふよりも、我御鏡の影もおぼえたる心地して」(巻四　五三九頁)と、伏見中の君腹の若君よりも愛情が優っているように描かれていくが、それは、前斎院の死後、明確に表現される。

入道の宮の御かたにて、わか君見聞こえたまへば、何の憂き身やらん、ともしらず心地よげにうち笑ひて、日頃にことのほかにおよずけになる顔つきのらうたさ、かの千代のはつ花とて泣きたまへりし面影など、いまさらだにえがたきまで思しいでらるるに、(中略)げにかの対の君の御腹のよりも気高く今よりなまめかしきさましたまひて、生ひ出でたまふままにいとうつくしう御本性などもしめやかに思い入れ高きさまにものしたまふを、おとどもすぐれてあはれに見たまふに、涙ぐましうぞ思ひ聞こえたまふ。

(冷泉家本　四オ〜五オ)

中の君腹の若君よりも、前斎院腹の若君の方がはるかに優れた資質を備えていることを、わずか生後数ヶ月の乳児に対して述べるのである。それは少年に成長した後も変わらず、白河院の六十賀の場面でも同じである。

中にもかの忘れ形見の君はなまめかしうらうたげにて、したまふ技なども今少し心有る様に見えたまふを、涙ぐましうあはれにぞ見きこえたまふ。

(冷泉家本　二二ウ)

兄弟二人で舞った舞を見た、父、いはでしのぶの中将の感慨である。この後、二人揃って元服するが、伏見中の君腹の若君の方が数ヶ月先に生まれているため兄の扱いで中将に、前斎院腹の若君は少将になる。それに対していはでしのぶの中将は「父大臣はあかずおぼされけり」（巻四　頁五六八）と、やはり、前斎院腹の若君により愛情が優っていることがわかる。これがやがて、前斎院腹の若君が主人公格になることの所以であり、また母である前斎院の死後、一品宮のもとで養育されたという付加価値があるゆえなのである。

三「ゆかり」としての存在

前述したように、前斎院は伏見中の君と「草のゆかり」とされる。二人の間にはれっきとした位相差が認められるのに、「ゆかり」とされるその理由は何なのだろうか。伏見大君は、一品宮の「ゆかり」であった。この物語では一品宮という女性の存在価値は大きく、その一品宮の「ゆかり」であることが一条院内大臣や嵯峨帝の心を動かした原因でもあった。そして、その論理は当然いはでしのぶの中将も束縛する。本文が残らないため不明な点もあるが、いはでしのぶの中将が伏見中の君、前斎院と関係を持つようになったのも、「ゆかり」が問題であることは『源氏物語』の和歌の引用から見て間違いないだろう。つまり、伏見大君―伏見中の君―前斎院と、「ゆかり」によってつながっているのである。そして、その先にはいはでしのぶの中将が恋焦がれる一品宮と一条院内大臣の姿が見えるのである。

一条院内大臣にとっては、伏見大君は確かに一品宮のゆかりであった。だが、一品宮を失ってからは、ひたすら一品宮思慕に明け暮れる。物語が、伏見大君の問題を横に置いたまま、悲嘆に暮れる一条院内大臣を丹念に描き出していくのも、彼にとっては一品宮そのものが重要であったからで、一品宮を失っては「ゆかり」は何の意味も持たなくなっているのである。だが、いはでしのぶの中将にとってみると、最初から手に入らない一品宮を思いつづけるからこそ、「ゆかり」が必要なのではないだろうか。手に入らない女性の代わりとして、彼はその

「ゆかり」を求めていく。伏見大君・伏見中の君・前斎院と、彼が遍歴を続けるのは、ひたすら一品宮の「ゆかり」をたどっていることになる。そのような中で彼は、念願の一品宮と違うところの無い二品宮を手に入れることで充足し、その遍歴を止める。そして、ここにおいて、「ゆかり」という存在の意味が現前化する。

一品宮と二品宮は母娘であり、当然のことではあるが、決して「ゆかり」と表現されることはなかった。二品宮は一品宮のクローン的存在であり、いはでしのぶの中将にとっては一品宮そのものなのである。その二品宮を得ることで充足したいはでしのぶの中将にとって、「ゆかり」は「ゆかり」以上のものにならず、「ゆかり」の女性たちでは意味がなかったことを示している。この物語において「ゆかり」とは、所詮は偽者なのであって、「ゆかり」と表現されることは、本物よりも格下であることの証明に他ならないのである。

しかし、結果的に偽者以外の何ものでなかった存在でも、伏見大君・伏見中の君・前斎院の三人の女性の関わりは大きい。いはでしのぶの中将が、三者三様の扱いをしていながらも「草のゆかり」とまとめてしまうのは、「ゆかり」の姫君たちの関係の近さによる。例えば、『源氏物語』の藤壺の宮と紫の上は叔母と姪であり、さらに共に住むような状況ではなかった。伏見姉妹と前斎院は叔母と姪の関係ではあるが、むしろより母親的な役割を持っており、母―姉妹という関係と捉えられる。それが「一本ゆえ」の「ゆかり」として捉えられるとき、藤壺の宮―紫の上の関係が重ねられ、巻四の和歌の贈答が示すように、「ゆかり」こそお互いの関係の始まりであり、「ゆかり」だからこそ、秘密の関係を強いるのである。大君と中将の関係を中の君や斎院が知っていたかどうかわからない。しかし、中の君と前斎院はそれぞれの関係を知っていた。擬似的な母―娘関係でありながら、一人の男を争うライバル同士にもある二人を描くことで、秘匿された関係にある前斎院の姿が浮き彫りにもされよう。

また、完全に密通となる大君、始まりは密通でも都に迎えられ対の君として待遇される中の君、全てが秘密裏のうちに行われる前斎院、この対応のずれの中で「前斎院」という位置が何を意味するのか、「斎院」という存在が物語に登場した意味を含め、次節で考察する。

四 「前斎院」の持つ意味

なぜ物語は「斎院」を物語に登場させてきたのであろうか。『いはでしのぶ』の成立期にはすでに斎院制度は無く、斎宮制度がかろうじて存在していたにすぎない。歴史的な影響を見るのであるならば、斎宮の登場こそ物語には自然であった。しかし、物語は斎宮ではなく斎院を選んでいる。そこには斎院の持つ物語史的イメージを利用しようとする意図が見えないだろうか。斎院に比べ斎宮は密通や恋の対象となりやすく、スキャンダルなイメージを多く持つ。(注十二) 物語はスキャンダルなイメージを持つ斎宮よりも、むしろ逆に不婚を通すイメージを持つ斎院を選んだのではないだろうか。

そう考えると、前斎院が一貫して隠される存在となることも理解される。「草のゆかり」と述べたいはでしのぶの中将は、常にあちらを思えばこちらを思い出すといったように、その愛情は不安定であった。また、身分や年齢、中の君との関係など様々な障害が考えられるが、やはり、そこには前斎院の持つ「斎院」であった過去と無関係ではないだろう。

一で述べたように、物語史における「斎院」は長く未婚であったり、結婚を拒否し出家を望む姿が多く描かれていた。この物語の前斎院も退下後も未婚を通し出家の望みを持っていた。そのような存在である前斎院自身が、自身の浮名が立つことを極端に恐れていることが秘密の恋に終わる大きな要因であろう。それは、「いとど流れ出ん末の名の憂さといひ」(巻四・五三六頁)、「入道宮(一品宮)へも、さらばとう渡したまへかし。浮き名のかくれなさこそさりとも、御心ばかりをだに、とこの山なるとおぼされば、うれしうなん侍べき。」（巻四・五四〇頁）と、一貫して浮名が流れることを憂い、それゆえに若君も手放す覚悟を決めていることから容易に判断できる。

前掲引用部のいはでしのぶの中将の和歌と、若君を一品宮へ預けて欲しいと述べる前斎院の言葉に共通する「とこの山」という歌語が示すように（注十三）、二人の関係はひたすら秘密の恋でなければならなかったのである。それは中の君が華々しく都に迎えられ、対の上と待遇されているのと非常に対照的である。ここには、「前斎院」―皇女との密通という概念が見え隠れしており、伏見中の君と対比させることにより、その差異が明確になっているのではないだろうか。

おわりに

「前斎院」という存在を考えたとき、『狭衣物語』の影響は大きい。その中でも特に一条院一品宮という前斎院の影響が強い。斎院が多く登場する『狭衣物語』には、物語固有の「斎院」に対する論理があるが、後代の物語には、「斎院」造型の一パターンとして影響があると思われる。『いはでしのぶ』の前斎院は、この『狭衣物語』を反転したところに存在する。

「なかった密通」から浮名が立ち狭衣と不幸な結婚をする一条院一品宮、「事実としての密通」から浮名が立つことをひたすらに厭い、隠し通した前斎院。同じような境遇として設定されながら（特に三十歳という年齢の持つ意味は大きいだろう。）（注十四）、前斎院を「あえかになまめかしい」姫宮とすることで、物語は斎院のイメージを塗りかえる。そして、大君や中の君といった若い姫君たちと同等に位置づけられながらも、その優位性を保つことは

「斎院」という付加価値ゆえなのであろう。（注十五）

密通、出産、そして死。本来ならば不婚を通すべき姫宮であったからこそ、その悲劇性は必然と高まる。そして、その悲劇の皇女の死は、奇しくも中将が嘆いたように一条院皇統という悲劇の皇統の短命さの証ともなっているのである。

以上、第一節より、一品宮と前斎院という『いはでしのぶ』における〈皇女〉について考察してきた。中世王朝物語の中でも『いはでしのぶ』は「天皇家」を中心とした物語であることは、すでに指摘されていきたが、その中でも一品宮という皇女の存在は、物語が「天皇家」を中心として成立していることを明示しているといえる。「一品宮」の存在が確認できる中世王朝物語は『海人の刈藻』、『石清水物語』、『風につれなき』、『苔の衣』、『雫ににごる』、『我身にたどる姫君』、『風に紅葉』、『恋路ゆかしき大将』が挙げられるが、そのほかにも散逸物語においても、「一品の宮」という物語名を持つ物語さえあるほどである。もちろん、物語内におけるそれぞれの立場や意味は異なるが、「一品宮」が物語に登場するだけの要素を持っていたことは確かである。この点については、第三章第二節において考察するが、少なくとも『いはでしのぶ』の一品宮が特に『源氏物語』の影響下において、より中世的な〈皇女〉を作り出したことは言えるだろう。

なお、第三章に入る前に、補論として『いはでしのぶ』に登場する〈皇女〉たちにまつわる「いはでしのぶ」という言説についての考察を付け加えておく。そのことにより、一見、誰にも言えない「忍ぶ恋」という体裁を取りながらも、実は「密通」という暴力的な行動を示す「いはでしのぶ」の様相が明らかにされるはずである。

（注一）　第三章第一節にて詳述。
（注二）　物語史の中で斎院がどのように描かれるかをまとめており、第三章第一節で述べている部分と重複する箇所もある。
（注三）　『平安時代史事典』（角川書店、一九九四年）「斎院」の項目より抜粋。
（注四）　筆跡に関しては、そのすぐ後に「女のは、まほにも取り出でたまはず。斎院のなどは、まして取う出たまはざりけり」（「梅枝」巻③四二〇頁）とあり、特に斎院の筆跡を蛍兵部卿宮であっても公開しない様子が描かれている。
（注五）　『狭衣物語』の作者は、六条斎院禖子内親王家に仕えていた宣旨だとされている。
（注六）　『栄花物語』の引用は、小学館・新編日本古典文学全集による。
（注七）　神野藤昭夫『散逸した物語世界と物語史』（若草書房、一九九八年）
（注八）　嵯峨帝代に母后の死去により退下している。ただし、白河帝代に斎院に卜定された可能性も有り、二代に仕えた斎院だったかもしれない。
（注九）　いはでしのぶの中将は、当時大将であったが、呼称による混乱を避けるため、いはでしのぶの中将で統一する。
（注十）　前斎院と中の君に関わる部分は、抄出資料である三条西家本と冷泉家本（一部）しか残っていないため、やや不分明な点もある。しかし、表現レベルでも十分に二人が対比されて描かれていることが理解される。例えば、前斎院が「おかしげ」「あへかに」「心苦しげ」「なつかし」と形容されるのに対し、伏見中の君は、「愛敬付き」「ふくらふくら」などとされている。この物語の中で、女君たちは非常に多数の表現を成されているが、「愛敬付き」という言葉の使用には問題がある。物語の女主人公である一品宮が一貫して「愛敬付き」とは表現されず、伏見姉妹や宮の君（故帥の宮の姫君）に対しては使用されることから、この物語において「愛敬付き」という言葉は、一段低い形容詞とみなすことができよう。この言葉の問題から考えると、『いはでしのぶ』では、伏見姉妹や宮の君という親王の女・女王と一品宮や前斎院という内親王を明確に区別しているといえる。
（注十一）　この辺りの冷泉家本をふまえた物語の復元については、横溝博「冷泉家時雨亭文庫蔵「いはでしのぶ」について―主として断簡五紙の整序に関する考察―」（「中古文学」六十二号、一九九八年十一月）に拠った。

（注十二）　斎宮と斎院のイメージの差異については、第三章第一節で詳述する。

（注十三）　『古今和歌集』巻十三墨滅歌・一一〇八「犬上のとこの山なるなとり河いさと答へよわが名もらすな」による。

（注十四）　田中貴子『聖なる女』（人文書院、一九九六年）所収、第三章「結婚しない女たち─鎌倉物語の皇女」（初出は『年刊　日本の文学』第三集、有精堂、一九九四年）には、『いはでしのぶ』の前斎院について、「三十歳になるという年齢や、さほど美しいとはいえない容貌などは、『狭衣』の一品宮と通じるところがある。同じ皇女とはいえ、中将がその光輝くほどの美しさに憧れる『いはでしのぶ』の一品宮とはたいそうな違いだ。ここで問題となるのは、前斎院が三十歳だという点である。先に述べたように、三十歳は原則として女性が性的関係を退く年齢であり、皇女不婚の原則と考え合わせると、前斎院はいままで理想的な生活を送りながら、ここにきて中将に契るというルール破りを犯したことになるのである。」と述べている。

（注十五）　入道の宮のもとを訪れた中将は前斎院の死を一条院内大臣を引き合いに出して嘆く、次のような場面がある。

　おほかた世の中にもいかなれば一条院の御末、かくのみおはしますらん。故内大臣殿、この斎院はちごぞ残らせたまへりつるを、うち続きいとあさましきことなりなど、やすからず言ひけり。（冷泉家本　四ウ）

補論　「いはでしのぶ」恋と〈皇女〉

はじめに

さて、これまで、平安時代から鎌倉時代における〈皇女〉の様相について、主に「女一宮」「一品宮」を中心に考察してきた。ここで補論として『いはでしのぶ』に登場する皇女をめぐる男性たちについて考察しておく。帝や内大臣、いはでしのぶの中将をはじめとする様々な男性たちが〈皇女〉をめぐって奔走するが、その多くは「いはでしのぶ」恋となる。ここでは「いはでしのぶ」という言説を考察し、特に結末にみられる悲恋遁世譚を取り上げたい。

この物語がなぜ『いはでしのぶ』と題されたのか。物語名が象徴的呼称であることによって、物語の主題を総括的に提示することができ(注一)、「作品のキーワード」であったり、「作品全体を貫く基調」(注二)であったりするのならば、この「いはでしのぶ」という名称も又、物語世界を象徴する語であるといえる。しかし、物語全体を見たとき、一見してはその意味は判然としない。ここでは、この「いはでしのぶ」という言葉を考察することにより、物語全体を見通す論考としたい。

『いはでしのぶ』という題名は、物語内で詠まれたいはでしのぶの中将の和歌に由来しており、その詳細な検討はすでに成されている(注三)。しかし、それだけではすくいとれない「いはでしのぶ」の意義があるのではないだろうか。「いはでしのぶ」と言明されながら、実際には物語の初めで、忍びきれずに自らの思いを告げてしまういはでしのぶの中将の和歌のみで、この物語全てを覆ってしまうのも、いささか乱暴でもあろう。以下、物語全体を「いはでしのぶ」という言葉・語りという点から考察したい。

一　「いはでしのぶ」という言説――「いはでおもふ」との差異から

かつて『狭衣物語』は山吹の花で「いはでおもふ」ことを表明した。

少年の春惜しめども留まらぬものなりければ、三月も半ば過ぎぬ。御前の木立、何となく青みわたれるなかに、中島の藤は、松にとのみ思ひ顔に咲きかかりて、山ほととぎす待ち顔なり。池の汀の八重山吹は、井手のわたりにやと見えたり。光源氏、身も投げつべし、とのたまひけんも、かくやなど、独り見たまふも飽かねば、侍童の小さきして、一房づつ折らせたまひて、源氏の宮の御方へ持て参りたまへれば、（中略）「花こそ花の」と、とりわきて山吹を取らせたまへる御手つきなどの、いとどもてはやされて、世に知らずうつくしきを、人目も知らず、我が身に引き添へまほしく思さるるぞ、いみじきや。「くちなしにしも咲きそめけん契りぞ口惜しき。心の中、いかが苦しからむ」とのたまへば、中納言の君、「さるは、言の葉は繁く侍るものを」と言ふ。

いかにせん言はぬ色なる花なれば心のうちを知るひとはなし

と思ひ続けられたまへど、げにぞ知る人なかりける。（巻一①十七～十八）

この『狭衣物語』の冒頭部では、「くちなし」色の山吹が源氏宮に選択されることによって、狭衣に「いはでおもふ」ことを指示している。[注四] もちろんこの山吹は、『古今和歌集』所収の素性法師の和歌「山吹の花色衣主や誰問へど答へずくちなしにして」や、『源氏物語』「真木柱」巻における「思はずに井出のなか道へだつとも言はでぞ恋ふる山吹の花」などの通り「口なし」「言はでぞ恋ふる」を表象し、山吹の選択によって「言はずの恋」＝「言はでおもふ恋」を源氏宮に選択させ、かつ狭衣自身に、それを認識させていることが独詠歌から分かる。そして、結局は狭衣も源氏宮に対し「いはでおもふ」恋を告白することになり、この『いはでしのぶ』が『狭衣物語』の影響を色濃く受けていることは明白である。

しかし、それ以上に問題なのが、「しのぶ」という言葉の選択で、この物語が『狭衣物語』を超えようとした所である。(注五)そこで、「いはでしのぶ」と「いはでおもふ」、類似したこの語において「しのぶ」と「おもふ」の差は一体何なのか考えたい。まずはこの語句の意味を確認することで、以降の本論を進めていきたいと思う。

恋心を相手に伝えずにいるのであれば、それは「いはでおもふ」―言わないで思っている、でも可能ではないのか。事実、『狭衣物語』では「いはでしのぶ」と表現されてはいない。それを「しのぶ」とすることで何か大きな変化があるとするならば、この物語を考える上で重要なことである。物語の題名ともなったいはでしのぶの中将の和歌、「思ふことといはでしのぶの奥ならば袖に涙のかからずもがな」には「思ふ」という言葉も入っている。だが、その「思ふ」ことを「いはでしのぶ」と詠む割には、物語の冒頭ですでに彼の恋心は明かされてしまい、さらには「しのぶ」ことに耐え切れず、彼は一品宮に思いを告げているのである。「おもふ」と「しのぶ」の差異、そこから物語を考えるとどうなるであろうか。

まず「いはでおもふ」を考えた時、念頭にあがるのが『古今六帖』の「いはでおもふ」の項であろう。この六首あるなかで(注六)最も印象深いのが次の和歌である。

こころにはしたゆく水のわきかへりいはで思ふぞいふにまされる　（『古今六帖』第五「いはでおもふ」）

この和歌については『大和物語』や、『枕草子』でも話題に上る和歌である。(注七) 口に出して言わず心で思ってい
る方が口に出して言うよりもいっそうつらい、というこの和歌の意図は、『枕草子』などが享受している例から
も、後世に影響を与えている。そのためか「いはでおもふ」は歌語として需要されていくが、「いはでしのぶ」
は歌語とまで言える程ではない。ここで「おもふ」と「しのぶ」が詠み込まれた和歌の用例を少し見てみたい。(注八)

「おもふ」

①人しれず思へばくるし紅のすゑつむ花のいろに出でなむ　（『古今集』恋一・四九六・よみ人しらず）
②思ひつつ寝れば人の見えつらむ夢としりなば覚めざらましを　（『古今集』恋二・五五三・小野小町）
③かずかずに思ひおもはず問ひがたみ身をしる雨は降りぞまされる　（『古今集』恋四・七〇五・在原業平）
④初雁のはつかに声をききしより中空にのみ物を思ふかな　（『古今集』恋一・四八一・躬恒）
⑤逢ひ見てののちの心にくらぶれば昔は物も思はざりけり　（『拾遺集』・恋二・七一〇・敦忠）

「しのぶ」（忍ぶ・偲ぶ）

①思ふには忍ぶることぞ負けにける色に出でじと思ひしものを　（『古今集』恋一・五〇三・よみ人知らず）
②忍ぶれど色に出にけり我が恋は物や思ふと人の問ふまで　（『拾遺集』恋一・六二二・兼盛）
③玉の緒よ絶えなば絶えねながらへば忍ぶることの弱りもぞする　（『新古今集』恋一・一〇三四・式子内親王）
④ひとりのみながめふるやのつまなれば人をしのぶの草ぞ生ひける　（『古今集』恋五・七六九・貞登）

⑤なさけありし昔のみなほしのばれて長らへまうき世にも経るかな
（『新古今集』雑下・一八四二・西行）

用例を見てみると、「おもふ」には、「恋の思ひ」を詠む歌が②や③を筆頭として数多く、その「恋」が色に出るとする①のような趣向も定着している。また、④や⑤のような「物思ひ」の歌がもう一つの流れとして定着している。一方「しのぶ」は「忍ぶ」が人に知られぬよう感情を抑える、秘密にするの意であり、「偲ぶ」はしみじみと思い出す、賞美するの意である。この忍ぶと偲ぶは、上代語においては区別可能であったが、平安時代に入って区別が失われ、時として両者の意味も交錯するようになった。そのような中で、「忍ぶ」は①〜③のように、恋の初期に使われ、抑えがたい切実な激しい恋心を忍ぼうとしても忍べないという歌が多く見られる。一方「偲ぶ」は④のように恋の後半期に用いられることが多く、離れていった人や亡き人を思うという例が多いのである。又、⑤のように、過ぎ去った時を追想する歌もある。

二つを比べてみると、「物を思ふ」ことが恋となり、その思いを抑制しているのが「忍ぶ」ということになろうか。ここで注目しておきたいのが、「忍恋」が恋の初期段階であるということである。和歌における「忍恋」は、恋心を相手に打ち明けられず煩悶する心を内容とするのであって、「初恋」の次に位置されるものである。それを考えると、あえて「しのぶ」と表現するときは、打ち明けられない・思いを外に出せない状況を特化しているときとなる。では「いはでおもふ」という状況は、「しのぶ」ということなのではないか、という疑問が浮かびあがってくる。事実、「いはでおもふ」と「いはでしのぶ」という語を用いた和歌を見ても、その状況に大きな変化は見られない。（注九）また、「思へどもいはでしのぶのすり衣こころのうちにみだれぬるかな」（『千載集』恋一・六六三・前右京権大夫頼政）や「いはでおもふほどにあまらばしのぶぐさいとどひさしのつゆやしげらむ」

（『一条摂政御集』・四五）などのように、「いはでおもふ」恋の延長線上に「いはでしのぶ」恋があるように詠う例も少なくない。ここで考えられるのは、「いはで」と「しのぶ」がそれぞれ陸奥国の縁語となり、「磐手」「信夫」の掛詞となることから、「いはでしのぶ」の方が歌意に広がりが生まれることである。(注十)さらに考えられることは、「しのぶ」ということばの持つ多義性である。

「しのぶ」は「忍ぶ」と「偲ぶ」が交錯して使用されるようになった言葉であった。今となっては、「忍ぶ」なのか「偲ぶ」なのか判別不可能な和歌もある。このような中で、「いはでしのぶ」の恋とすればそれは「忍ぶ」なのであろうが、恋ということを考えた上で忘れてはいけない要素がある。それは「忍び歩き」という言葉に代表されるような、男が女のもとに「しのぶ」という意味での「忍ぶ」である。これは和歌の世界ではあまり見られないようだが、しかし、物語においては「忍ぶ」男たちで溢れかえっている。つまり、物語的に見たとき、「しのぶ」は「恋心を忍ぶ」であり「亡き人を偲ぶ」であり「女のもとに忍ぶ」のである。

このような多義性を有する「しのぶ」という言葉に、物語作者が託した意味は大きく、そのために、「いはでおもふ」ではなく「いはでしのぶ」物語となったのではないだろうか。物語の内容を考えたとき、小木氏がそのテーマは「いはでしのぶ」恋で一貫していないと捉えられた。(注十二)確かに「いはでしのぶ」という割に、男たちは最終的にはしのびきれずに思いを告げてしまうし、物語の結末は悲恋遁世譚であるし、そのテーマが一貫していないとしてもおかしくはない。次節では、本節で述べた前提をふまえ、物語が「いはでおもふ」ではなく「いはでしのぶ」でなくてはならなかった理由について考察したい。「いはでしのぶ」が「しのぶ」の多義性から様々な意味をもつとき、物語の一貫した主軸が浮かびあがってくるはずである。

二 「しのぶ」ことの多義性――「いはでしのぶ」という語り

『いはでしのぶ』においてそのテーマが何であるのか、すでにいくつかの論究が成されている。現在に至ってもなお、物語のテーマや主題について問題とすることの是非はあろうが、ここではあえて主題論の研究史を見ておきたい。特に注目すべきは小木氏と三田村氏の論であり、(注十二)それを網羅する形で、豊島氏が物語の主題を考察されている。(注十三)これらをまとめると、物語のテーマは①恋に死ぬ人の物語②出家する貴公子の物語③いはでしのぶの恋の物語の三つに分裂しているとする論と、家門復興の物語とする論と、やはり「いはでしのぶ恋」であるとする論に分かれているといえる。この三つの論を通観して再び物語に目を向けたとき、「いはでしのぶ恋」で物語をまとめることには若干の無理を感じる。物語は多くの要素を含み、三田村氏の論じられた「家」の問題を含め、「恋」だけが問題なのではない。「いはでしのぶ恋」は確かに物語の基調ではあっても全てではないだろう。

そこで考えられるのは、「いはでしのぶ」という言葉でなら全てを包括できるのではないかということである。結論を先に述べておくならば、この物語を貫く主軸は「いはでしのぶ」ということである。この「恋」が付くか付かないかでは大きく意味が変わる。「いはでしのぶ」という言葉の持つ意味が、どのように物語に関わり、それがどのように全体を包括できるのか、物語に則して論証してみたい。

まず物語の語りとして「いはでしのぶ」というものは一体何なのか。「いはでしのぶ」なのに「言ってしまう・語ってしまう」物語はどういうことなのであろうか。何度も述べるように、物語はその初めから登場人物の「いはでしのぶ」恋を暴露する。いはでしのぶの中将の恋は「例の人しれぬ御心さわぎ」と語られてしまい、読者は冒頭から「いはでしのぶ恋」を知らされてしまう。さらに、この物語の常套手段として「いふもおろか」「かきつくる筆にもあまる」「いふよしもない」「いへばまことしからぬや」といった表現が多く見られる。省筆の方法と受け取ればそれまでだが、この物語の中では「表現できないくらい素晴らしい」という最上級の表現技法として機能しているのである。これは様々な事象の素晴らしさを「言はず」に表現していることになる。

また一方で、登場人物が「いはで」思っていることを、または「しのぶ」状態を、語り手が語っていく場面が非常に多いということが指摘できる。「と、思されて」であるとか、「と、思す」という表現は、物語のいたるところに散見できる。つまり心内表現が多いことになるが、それは同時に言葉として口に出されたものの少なさを意味する。登場人物の多くが、思ったことを口に出して表現せず、語り手の口を借りて表現されているのである。登場人物の心内を語り手が語り、それが「言葉」として表明されていないことから、結果「しのぶ」状態にある。しかしこのような語り手が心内を語り、「言葉」として表現されないことの意味は何なのであろうか。

いはでしのぶの中将も、一品宮も、物語の中では多弁な方である一条院内大臣も、みなその心中思惟を言葉として表現された部分の数倍も抱えている。そのような中で、「言葉」と「心内」が逆である場合も見受けられる。例えば次の場面において、一品宮は兄春宮と同じ心であるのに、「言葉」としては「あな、むつかしの御物いひや」とする。

（春宮からの文）「九重の匂ひはかひもなかりけり雲井の桜君が見ぬまは

昔の春は恋しうこそ。」と。

まことに同じ御心なるべきを、「あな、むつかしの御物いひや。」とうちつぶやきたまへば、中将のほほ笑み見つつ見やりたまへる御気色のきびわなるべき程ともなく、いとなまめかしう心はづかしげなるにつけて、この君の心の内までつつましうおぼされて、次第にすべり入らせたまふに

（巻一・一三八）

ここでの一品宮は、「心内」と「言葉」が裏腹で、それをいはでしのぶの中将に察されているのではと思い、奥に入っていく。こうした場面は他にも見られるが、このような「心内」と「言葉」の相違も、口に出して真実を語らない、真実は言わない、という点から見れば、「いはでしのぶ」の状態と捉えることが可能なのではないだろうか。一品宮にすれば、春宮と同じ心であるのが真実であり、それを口に出しては言わない。一品宮自身、言葉を発する場面は少なく、ここもほんの一言述べたに過ぎない。しかし、それが自分の思いとは逆の言葉であることに、彼女に「いはでしのぶ」の状況を読み取れるだろう。それはこの後、子供が生まれても、伏見大君の事件[注十四]が起っても、それによって白河院へ連れ戻されても変わることはない。

しかし、そのような一品宮は「いはねどしるきものは人の心の内なるを」(巻二・三八三)と、思っていることが語られる。先の引用部分で、彼女は自分の心中をいはでしのぶの中将に暴かれているのではないかと思い奥に入っていく。このことから考えてみても、一品宮にとって心の内は、「いはねどしるき」ものなのである。しかし、この物語の中で「いはねどしるき」心の内を、推し量られることはあっても、それが適中することはない。実際、先の引用文の後に続くのは、いはでしのぶの中将が一条院内大臣の思いを推量するのみであり、彼は一品宮の思いにまで至らないのである。常に、推し量ることと、その答えが実際の思惑とはずらされていくことが、この物語の特徴といえよう。[注十五]

推し量ること、それは同時に見ることとなる。いはでしのぶの中将は、一品宮を見つめ、一条院内大臣を見つめ、彼の視点人物としてのあり方がすでに指摘されているが、[注十六]見つめることは、すなわち推量することとなのである。

見る／見られること、この関係の中で、常に繰り返されるのが推量する／推量されることである。しかし、この物語における「推量」関係は、常にその答えがずらされていく。推し量る側は常に外れた推量をし、推し量られる側は常に真意を推し量られたと思いつつ、しかし実際は違うことを推量されているのである。冒頭の一節、「見る人からにわきける心の色」（巻一・一三五）は、まさしくその通りの機能をもって、物語を形作っているのである。つまり、見る／見られる関係の中で、その推量がひたすらにずらされることによって、心の内は「いはねどしるき」どころか、「いはでしのぶ」の状態になってしまうのである。「しのぶ」内容が、「恋」ではなくても、様々な思いを「いはでしのぶ」のが、この物語の主軸なのであり、「いはでしのぶ恋」の対象の女性たちもまた、「いはでしのぶ」状態でいることを、見過ごしてはならないだろう。まさに「いはでしのぶ」という語りが物語を動かす力となっているのである。

また、「いはでしのぶ」ということには、もう一つ大きな意味がある。前節で述べたように、「しのぶ」には女性のもとに「忍ぶ」意味もあることだ。この物語の恋は、ほとんど全てと言っても過言ではない程「密通」から始まる。本来なら、とても忍んではいけないような皇女のもとへも密通するのである。このことについて、豊島氏は以下のように述べている。（注十七）

この物語には、密通による結婚や、姫君が盗み出されて強引に結婚させられるという設定がきわめて多い。（中略）こうした密通や強引な盗み出しによる結婚が多用されることによって、もはや光源氏と藤壺との密通のように、密通それ自体にはらまれる緊張感というものが薄らいでいる。

確かに指摘通り密通は多用されており、いささか緊張感に欠ける趣も無いわけではない。しかし、いはでしのぶの中将の両親はそれ故に身を滅ぼしたし、一品宮でさえ白河院へ連れ戻された。更に言えば、前斎院もその浮名が立つことを恐れ子供を手放した挙句死去してしまう。密通や強引な盗み出しは様々なヴァリエーションを変えつつも、そのほとんどが破綻し、それによる物語の緊張感は光源氏―藤壺の物語と大差はないのではないだろうか。そして、まるで密通が主要なテーマであるかのように繰り返されることも、「いはでしのぶ」ということを考えれば、理解できよう。つまり、密通とは「いはでしのぶ恋」のもう一つの形なのである。言わずに忍ぶ、まさに密通のモチーフに合致する。この物語が「いはでおもふ」ではなく「いはでしのぶ」とされるのは、ひとえに「しのぶ」という言葉の持つ多義性による。「いはでしのぶ」とは、非常に内向的なプラトニックラブの様相を提示しながら、実は「密通」という非常に衝動的な意味を併せ持つ言葉なのである。

以上のことから、『いはでしのぶ』が、「いはでおもふ物語」ではなく、「いはでしのぶ」であることが、理解され得たのではないだろうか。「いはでしのぶ」のは、その恋の当事者だけでなく、その対象となる女性たちもまた、様々な思いを抱えて「いはでしのぶ」のである。語り手は、その「いはでしのぶ」様を描くために、「心内」と「言葉」の裏腹を語り、見る／見られる関係のずれを語り続ける。物語全体を通してみれば、すでに論じられている主題はすべて「いはでしのぶ」の中に包括できてしまうのであり、「いはでしのぶ」をもとにして、そこから築き上げられた物語なのである。

では、「いはでしのぶ」の結末として、なぜ「悲恋遁世譚」が選ばれたのか次に考えてみたい。まるで父親（いはでしのぶの中将）の人生をなぞるかのように生きた右大将が、最後に出した結論は、「出家」であった。そこに中納言が共に出家していくことで、物語は閉じられる。中世王朝物語によく見られる「出家」―「悲恋遁世譚」とは、どういう意味を持つものかを考えつつ、この物語の結末について考えたい。

三　結末としての悲恋遁世譚

これまで論じてきた「いはでしのぶ恋」の結末として、物語は悲恋遁世譚という話型を選ぶ。では「悲恋遁世譚」とは、いったい何なのであろうか。「しのびね型」「海人の刈藻型」と、その話型は分けられる(注十八)が、基本的には「相思相愛と思われる男女が、様々な障害によって離ればなれになり、男は出家遁世、女は入内して栄華を極めるという話型」をさすだろう。

中世王朝物語では、この悲恋遁世譚が多く見られるのであるが、これが『源氏物語』の薫、『狭衣物語』の狭衣という、出家を志しつつも現世に留まっていた男達の発展形式であることは間違いない。もちろんそこには、『伊勢物語』の昔男、『うつほ物語』の忠こそなどの影響もみてとれるだろう。平安時代の物語が、女を出家させ、男を現世に留めたのに対し、中世の物語では、男女が逆になっている。男の栄華から女の栄華へ、男は出家や死ぬことで、女の過去を隠蔽し、女の栄華を支えていくのである。

しかし、この悲恋遁世譚という話型に対しての根本的な研究は少ない。各作品に対する物はいくつか見られるが、悲恋遁世譚に対して、中世的であるとか、類型的な話型であるとか言われつつも、なぜ中世的なのか、なぜ類型的なものとして取りあげられるまでのものだったのか、という答えは未だ出ていないように思われる(注十九)。そのような中で、神田龍身氏は子どもとの関連において悲恋遁世譚を位置づけた(注二十)。

神田氏は、父子関係において、かつて子供達が担っていた変身や仮装のモチーフが父親側に移ることにより父子間の距離が獲得され、この距離が物語が再度成立するための原動力になるのだと論じられ、悲恋遁世を考える視座としての父子関係を提示されている。子の流離から親の流離へ、確かに悲恋遁世譚をめぐる物語のほとんどは、子供を何らかの形で救う入道した父親がでてくる。『しのびね』『海人の刈藻』『苔の衣』『浅茅が露』、どれも父子の物語の論理で説明可能である。

だが、当然のように、これでは解決できない物語も出てくる。『風につれなき』では帝が悲恋のために出家していようであり、『雫ににごる』でも、帝は出家し、さらには即身成仏を遂げる。『石清水物語』では出家で話が終わり、『風に紅葉』では女君の死により、出家まではいかないが自邸に閉じこもる男君が描かれる。そして本物語では貴公子が二人そろって出家するという、これも又パターンの違う悲恋遁世譚である。このように子供との父子関係が介在しない物語も多く存在するのである。本物語もその中の一つだが、ではこれをどう考えればよいのであろうか。

ここで注目すべきことは、男女が相思相愛であるのかどうかという点である。相思相愛が引き裂かれた上での悲恋なのか、もとより叶わない悲恋なのか、この二つの相違は大きい。前者には子供が媒介する可能性があり、後者には絶望的な悲嘆しか残らないからだ。もう少し詳しく見れば、愛しい女性の死が出家の契機ということもある。これらを全て一くくりに悲恋遁世譚という枠組みにまとめること自体が問題と思われる程、一つ一つ様々な形をもっている。ここで示唆的であるのが、井真弓氏の『石清水物語』に対する論考である。氏は、男主人公伊予守の心理を物語に即して考察し、『石清水物語』における悲恋遁世譚を出家とは悲恋の末ではなく、恋愛を来世にて完成させるためのものなのであると説明している。(注二十二)

ここからも考えられるように、悲恋遁世譚は男女関係の間に子供が介在するかどうかと、関係がどのように決着したかにより変化する。男が出家することは一致しても、その後がどのようになったかが問題なのである。ここで指摘しておきたいのは、悲恋遁世譚が単に「男の出家、女の栄華」という類型的な話型とはいえない、ということである。又、決して相思相愛を引き裂かれたものだけが、悲恋遁世譚というわけでもない。つまり悲恋遁世譚は類型的な話形なのではなく、大きな悲恋遁世譚という枠組みの中に様々なヴァリエーションをもった物語を包括するものなのである。

では、本題の『いはでしのぶ』の悲恋遁世について考えたい。前述のように本物語の出家は、貴公子二人が連れ立って出家することに、その特異性がある。それについて、三角洋一氏は源成信と藤原義懐の説話などを踏まえたものとし、もとの説話を再解釈して提示してみせたと述べておられる(注二十二)。その指摘は肯定できるところではあるが、ここで問題としたいのはそうした準拠論的な問題ではない。なぜ「いはでしのぶ恋」の結末として遁世という道が選ばれたのか、ということである。

右大将も中納言も、それぞれに「いはでしのぶ恋」を抱えていた。しかし、どちらも叶わぬ恋であり、さらに彼らは密通という手段をとるほどの人物でもなかった。思いを「忍ぶ」ことも、姫君に「忍ぶ」こともあきらめられない時、二人の念頭に上がったのは「出家」であった。本文が全て残っていないような状況でも、二人ともに出家の願いが多く描かれていることは、もとの本文ではかなり多くの紙数を費やし、二人の出家の願いが描かれていたことを想像させる。物語の最後、二人が共に吉野山に入る場面を引用しておく。

昨日の消息に、かすめたりし筋を良く心得けるもおかしう、まことにいかなる山の奥までも、我身のきはに等しく、同じ心なるべき人ばかり、うれしかるべき友にやはあらん。誰も都に慣れしその頃は、親はらからに過ぎてむつまじうもおもはざりしを、かうまで深かりける契りの程、あはれさ、なのめにやおぼし知られん。

いざさらば憂き世の中をよそにみてよしや吉野の山に入なんと、うち語らひたまひつつ、御馬どもにめして、吉野の山をさして入たまひぬるぞ、あはれなることにこそ、そのころは聞き侍りけめ。（巻八・七一四）

ここで興味深いのが、右大将が中納言に宛てた手紙の内容から右大将の出家を感知し、中納言が右大将を待ちつけたことである。「かすめたりし筋」と、自分の出家を「いはで忍んでいた」右大将を、中納言はその心情を推し量って共に出家を望んだのである。これまで述べてきたように、この物語ではひたすら心情とその推量がずれていた。しかし、最後の最後、ようやくそれが合致するという結果を描く。その果てが「出家」なのであるが、引用文の前に一人で出家することの寂しさを感じていた右大将は、ここで中納言と共であることに喜び、憂えていたことも忘れ、二人で出家しているのである。まるで、恋の成就を望めない二人が女の身代わりとしての友を得、来世に望みを繋いでいるようでもある。

この物語の中で、手に入らない女性を男同士で慰めあうことは、一品宮のときにもあった。(注二十三) ここでは同じ女性を争っているのではないが、それぞれに手に入らない女性を思い、二人でそれを慰めあっている様にも見える。「おなじ心なるべき人」という言葉が、それを表しているだろう。「いはでしのぶ恋」の結末に、こうした出家が描かれるのは、男同士の慰めあいの頂点に「出家」を位置付けているからではないだろうか。同じ心を持つ人同士なら、共に道心に励むことができる。恋から道心へ、二人は共通の目的を共有することで、自身の「いはでしのぶ恋」に決着をつけようとしているのだ。

男の出家が女の栄華を支える物語ではなく、男の存在価値を、言い換えれば自身の存在価値を支えるために、二人での出家という物語が成ったと考えられないだろうか。出家以前には、右大将にとっても、中納言にとっても、「いはでしのぶ恋」により自身が支えられていた。それを捨て去ろうとしたとき、共に支え合えるのが同じ心をもった同士であった。右大将の出家への不安こそ、一人では出家できない様相を如実に呈している。もはや一人では密通はおろか出家もできない二人が、再び「出家」という共通の目的を共有することで出家できるのである。

「いはでしのぶ恋」の結末としての出家、それは同じ心を持つもの同士の再度の目的の共有であった。つまり、結末として出家があるのではなく、恋から道心へ男達の目的が変化したに過ぎないのである。しかし、物語としては、この二人の出家により物語が終結している。「あはれなることにこそ、その頃は聞き侍りけめ」という最後の文章が、「あはれ」とまでは評しても、その語の都の動向も、吉野の二人の動向も描かない意味は何なのだろうか。それはやはり、「いはでしのぶ」ということは「出家」という形でしか達成できないということを示しているのではないだろうか。右大将と中納言の物語としては、出家は恋の結末としてよりは、問題のすり替えといった趣の方が強い。しかし、『いはでしのぶ』という物語全体としては、「いはでしのぶ」の恋を抱えた貴公子の出家により「いはでしのぶ」の結末を暗示し、これまで多数の「いはでしのぶ」状況を暴露していった最後において、出家した後を描かないことにより、物語そのものも「いはでしのぶ」ことで終わるともいえよう。物語全体を見通す「いはでしのぶ」という問題が、ここにきて大きな答えを出したのだと考えるのである。「悲恋遁世譚」と物語の関わりはもっと根深いものであろうが、これについては「悲恋遁世譚」の考察とともに別の機会に論じたい。

おわりに

物語は「いはでしのぶ」という言葉の選択によって、様々な「しのぶ」を描出し、それによって物語を完遂せしめているといえるだろうか。「いはでしのぶ」という物語が、「しのぶ」という言葉の表明により物語に持たせた意味を考えた時、そこには既存の物語を超えようとした意欲的な試みが浮かび上がってくる。概して中世王朝物語の諸作品は、『源氏物語』『狭衣物語』のもとにできあがった作品として捉えられる。その事実そのものは変えられないが、しかし、どの作品も脱『源氏物語』・脱『狭衣物語』を期して書かれたものであることも、また事実であろう。

それが成功か否かの問題はそれとして、こうした物語の姿勢そのものをもう一度見直すべきではないだろうか。本節は、『いはでしのぶ』の試みの一端を論じたにすぎない。今後、作品そのものの批判的な読みを重ねていくことで、改めて考察を加えていきたいが、現段階では、これを一つの答えとして提示し、『いはでしのぶ』の考察としたい。

(注一) 神野藤昭夫『散逸した物語世界と物語史』所収「8、斎院文化圏と物語の変容」(若草書房、一九九八年)

(注二) 神田龍身・西沢正史編『中世王朝物語・御伽草子事典』(勉誠出版、二〇〇二年)、「苔の衣」「木幡の時雨」「小夜衣」の項参照。

（注三）　足立繭子「いはでしのぶ」（神田龍身・西沢正史編『中世王朝物語・御伽草子事典』勉誠出版、二〇〇二年）

（注四）　倉田実「〈言はで忍ぶ〉の狭衣―源氏宮」（『狭衣の恋』翰林書房、一九九九年）

（注五）　三田村雅子「いはでしのぶ物語」（三谷栄一編『体系物語文学史』第四巻、有精堂、一九八九年）

（注六）　『古今六帖』第五「いはでおもふ」二六四八～二六五三。なお、和歌の引用に関しては、一部を除き『新編国歌大観』（角川書店）による。

こころにはしたゆく水のわきかへりいはで思ふぞおふにまされる

あふさかのせきにながるるいはしみづいはでしもこそこひしかりけれ

こぎはなれうらこぐふねのほにあげていはでしもこそかなしかりけれ

ことにいでていはぬばかりぞみなせがわしたにかよひてこひしきものを（とものり）

ことにいでていはばしみじみ山がはのたぎつこころをせきぞかねつる（人丸）

見しゆめの思ひいでらるるよひごとにいはぬをしるはなみだなりけり（伊勢）

（注七）　新編日本古典文学全集（小学館）『大和物語』一五二段「いはで思ふ」、新編日本古典文学全集（小学館）『枕草子』のうち、七一段「懸想人にて来たるは」、一三七段「殿などのおはしまさで後、世の中に事出で来」にある。

（注八）　久保田淳・馬場あき子編『歌ことば歌枕大辞典』（一九九九年、角川書店）の「おもふ」と「しのぶ」の項を参考にし、用例の和歌も全て同書からである。なお、「思ふ」「しのぶ」に関して『新編国歌大観』（角川書店）を使い調査の上、同書からの引用にとどめた。

（注九）　「いはでおもふ」と「いはでしのぶ」を和歌の上で（和歌は『新編国歌大観』で検索）比較しても、同じような状況を描く場合が多い。しかし、「いはでしのぶ」の方が、忍んでいたことが何らかの形（例えば露や涙、色）で表に出ると詠う場合がある。「しのぶ」と詠う時、それはすでに「しのぶ」ことが破綻していると考えることも可能であろう。

（注十）　（注三）に同じ。

（注十一）　小木喬『いはでしのぶ物語　本文と研究』（笠間書院、一九七七年）

（注十二）　前掲（注十一）小木論文では、「本物語は、題名に言うところの「いはでしのぶ恋」のみを主題として書かれたものではない。テーマとしては、次の三つが挙げられる。」として「1恋に死ぬ人の物語・2出家する貴公子の物語・3いはでしのぶの恋の物語」を挙げ、各テーマの占める比重は、大体1・2・3の順序であると考察している。一方、三田村氏は前掲注五の論考で、物語の主題論としてではないが、「一条内大臣は、天皇家の人間でありながら藤原摂関家の人として成人し、関白家の助力を得て、その皇統復活を成し遂げるのであるが、「いはで」中将は藤原氏の出身でありながら、天皇家の家族空間の中で成人した特異な境遇であり、ともに、他氏に一時的に移し替えられることによって、困難に見えた家門復興を成しとげるというストーリーが、天皇家の側からも、摂関家の側からも、二重にしかけられているのがこの物語の特徴であり、面白さだということができよう。」と論じている。

（注十三）　豊島秀範「『いはでしのぶ物語』論」（『物語史研究』おうふう　一九九四年）では、物語の主題がはたして分裂しているのかどうか、二位中将を中心に考察している。その過程において、「〈二位中将〉自身の告白によって、一品宮への《いはでしのぶ恋》という〈当初の基調音〉は放棄されたといってもよい。」としつつも、さらに検討を加え、〈いはでしのぶ恋〉が次代へ変奏されることが配慮に欠けるストーリー展開になろうとも、「それを敢えて行うことで、《いはでしのぶ恋》の対象となっている女性を際立たせようとの目論みが、書き手にはあったのである」としている。そして結果的に「いはでしのぶ恋」が物語の主題だと論じている。しかし、すでに足立氏（前掲注三論文）によって、「家の物語」こそが主題だと三田村氏自身が述べているわけでもないのに、主題論のレベルで小木と三田村を並べるのは、いささか乱暴でもあると指摘されており、首肯すべき意見である。

（注十四）　一品宮の姫宮出産の折、伏見大君の母の物の怪が登場し、それによって一品宮は夫内大臣のもとから父白河院のもとへ連れ戻されるきっかけとなる。

（注十五）（注五）に同じ。

（注十六）（注五）に同じ。

（注十七）（注十三）に同じ。

（注十八）　小木喬『散逸物語の研究』（笠間書院、一九七三年）

（注十九）　悲恋遁世譚を考える上で、平安時代にすでに史実や説話の出家話が見えることは興味深い。『栄花物語』『大鏡』『今鏡』『宝物集』『発心集』などには、平安時代を通して多くの出家話がある。高光、前少将・後少将、時叙、花山院、義懐・惟成、定基、統理、照中将・光少将、顕信、顕基、雅親・公房父子など様々に見受けられる。出家話が説話化されているのに対し、物語としては中世になってから描出してくる。また、西行の出家が、「さても西行発心のおこりを尋ぬれば、源は恋故とぞ承る」（『新定　源平盛衰記』巻八　一―三五五頁　新人物往来社　一九八八年）と描かれており、物語との関連性は考えられよう。又、中世において仏教が興隆してくるが、こうした仏教と悲恋遁世譚との関連を踏まえ、今後の考察の対象としたい。

（注二十）　神田龍身「鎌倉時代物語論序説―仮装、もしくは父子の物語―」（『物語文学、その解体―『源氏物語』「宇治十帖」以降―』有精堂、一九九二年）

（注二十一）　井真弓「『石清水物語』における男主人公の心理と物語の論理」（『詞林』第三十号　二〇〇一年十月）

（注二十二）　三角洋一「出家談と悲恋遁世談」（『仏教文学』第十五号、一九九一年三月）また、「いはでしのぶ」の遁世譚については、本論と視点は違うが、横溝博氏が「今とりかへばや」との関連で述べている（「『いはでしのぶ』の右大将遁世譚の方法―『今とりかへばや』取りをめぐって―」『国語と国文学』二〇〇三年六月）

（注二十三）　手に入らない一品宮をめぐって、内大臣・いはでしのぶの中将・嵯峨院の三人がそれぞれを一品宮のよすがとして慰めあう描写が物語前半に描かれる。

第三章　〈天皇家〉における女性の役割
——〈斎王〉と〈后〉

第一節　物語史における斎宮と斎院の変貌

はじめに

神に仕える巫女である斎宮・斎院（注一）は、〈皇女〉に担わされた役割であった。その姿は『伊勢物語』をはじめとして多くの物語にも登場し、在任時代のみならず、卜定以前や退下後までも多く描かれている。従来、個々の作品における斎宮論・斎院論は数多く研究されており、数作品を通しての研究もあった。（注二）しかし、どれも王朝物語に描かれた斎宮・斎院像をトータルにとらえてはこなかった。

本節では「女一宮」同様、平安時代初期の物語から中世王朝物語までの広範囲を視野に入れ、王朝物語全体を通した考察を行いたい。なぜなら、平安時代から鎌倉時代へと物語史の変遷にともない、斎宮・斎院像は大きな変貌を遂げ、それまでの存在意義から大きく逸脱していくからである。すでに田中貴子氏が論じているように、「物語に描かれた斎宮や斎院の姿は、斎王の「聖なる力」が必要とされなくなった時代のあり方に影響を受けて生まれた。（中略）通常の貴族の姫君のような人生を送る者はきわめて少なく、特殊な環境に置かれる場合が多い」(注三)のである。田中氏は、皇女の問題と共に、斎宮のイメージの変化を論じておられ、その指摘は首肯できる点も多い。しかし、問題なのは、そこに物語相互間の物語史的関連が述べられていないことである。また、斎宮と斎院がほぼ同列に論じられ、その差が明確ではない。

本論では、田中氏の論じる視点とは別に、物語史の中で斎宮・斎院がどのような意味を持ち、それがなぜ変遷を余儀なくされたのか考察していく。そこには先行物語の影響をふまえながら、少しずつずれていく斎宮・斎院の姿が描かれている。また、斎宮と斎院には、明らかな描き分けが見られるのであり、その差異を比較することで変遷の意味を問いたい。そして、最も問題なのは、なぜ時代とともに変貌しながらも、物語に登場し意味を持つ存在であったのかということである。本節では、王朝物語全体を見通すことで斎宮と斎院の細かな変貌の意味を問うものである。

一　物語における斎宮・斎院

まずは、物語において斎宮・斎院がどのように描かれているか考察していきたい。そこで次頁からの表を提示する。平安初期から南北朝にわたる物語をみるために、物語の中での位置を示し、また問題点を列挙する。王朝物語の中において斎宮・斎院の登場する物語を全て載せてある。各作品の本文を詳細に検討する余裕はないため、

表　物語史における斎宮・斎院

物語	斎宮	斎院
日本書紀	・豊鋤入姫命-斎宮の起源（ただし、彼女を斎宮とする資料はない）	なし
	・倭姫命-伊勢神宮を定める	
	・稚足姫皇女-密通の嫌疑で自殺・磐隈皇女	
	・茨城皇子と密通で解職	
伊勢物語	六九段　恬子内親王-密通 一〇一・一〇四段　出家	なし
大和物語	三六・一二〇段　柔子内親王-堤中納言らと贈答 九三段-雅子内親王-中納言淳忠の懸想、斎宮決定による悲恋	四九・五一段　君子内親王-父、宇多帝との贈答
隠れ蓑	前斎宮-密通される所を天照大神に擬した男君に助けられる	？
うつほ物語	斎宮-行正が帰京の迎えに赴いた斎宮	なし
	嵯峨帝皇女-伊勢から帰京後、斎宮決定以前に兼雅が懸想していたことが語られ、兼雅から息子仲忠の妻に臨まれる。	

源氏物語	斎宮-末摘花の仕えた侍従の叔母が仕えている斎宮 秋好中宮-源氏・朱雀院から想われるが、源氏の養女となって冷泉帝に入内、中宮となる。明石姫君の裳着の腰結い役を務め、第三部では薫の養母的存在	桐壺帝女三宮（弘徽殿腹）-桐壺帝崩御により退下 朝顔姫君-朱雀朝の斎院。源氏から求婚されるが、斎院退下後も不婚を通し出家。その手跡や香の素晴しさが言われ、文化レベルの高さを示す
夜の寝覚	女二宮（広沢入道と同腹・寝覚の上の叔母）-斎宮退下後、多数の求婚を退け出家。寝覚の上をかくまう。	なし
狭衣物語	堀川上-堀川大臣との間に狭衣を儲け源氏宮を養女として養育。堀川大臣が兄弟の中で唯一即位できなかったのは、この斎宮との密通のためか。（注五） 嵯峨院女三宮-狭衣との結婚を望まれたが、斎宮に決定。狭衣の視点からは女二宮より劣った存在とされる。狭衣の即位を託宣する。	嵯峨院女一宮-退下後、狭衣への降嫁の話が出るが、結局狭衣や堀川大臣の庇護の下入内。年齢が高いことが言及される。 一条院一品宮-一品宮という皇女では最高位。退下後はすぐに出家しようと考えていたが、一品宮の手元に引き取られていた飛鳥井姫君見たさの狭衣が一品宮に通っているとの噂により降嫁。その衰えた容貌や三十を過ぎた年齢が強調される。 源氏宮—狭衣によって物語中、最も優れた美しい女性とされる。琴の名手。狭衣にとって憧れてやまない女性であるが、決して手に入れられない。

海人の刈藻	冷泉院女一宮-美しく気高い美質のみの描写	女四宮-賀茂祭において若宮へ和歌を贈る。（『大鏡』等に描かれた選子内親王の影響か。（注十六参照）手跡の素晴しさが特記される。
	前斎宮-退下して後、母大宮と共に新中納言の若君を養育	
堤中納言物語「はなだの女御」	軒端の山菅に喩えられる。『古今六帖』の「山菅の乱れの恋のみせさせつつ言はぬ妹も年は経つつも」を喚起させ、禁断の恋のイメージを持つ	五葉に喩えられる。五葉が鑑賞に耐える木であり常緑であることが、斎院が交代しないこととその美しさが変わらないことを表象する
露の宿り	・前斎宮-悲恋　・斎宮	なし
浅茅が露	常盤院姫宮-男君が想いを寄せ、降嫁寸前までいったが、斎宮決定により引き裂かれる。その後、常に憧憬の対象となる。『伊勢』引用 先坊の姫宮-退下後、求婚者は多くいたが決して靡かなかったのを男君が密通、「忍びたるさま」と表現される。	なし
石清水物語	前斎宮-流行病による死が描かれるのみ。	前斎院-出家 桂の院女三宮-斎院交代が天皇譲位により行われる。しかし、前斎院とこの斎院の血縁が不明なため、斎院譲位の原則通りか不明

いはでしのぶ	なし	一条院姫宮-退下後、大将によって密通され若君を出産。その浮名が立たぬよう若君を手放し死去。年齢より若く美しく描写される。
苔の衣	前斎宮-関白北の方として登場。入内した娘や恋に悩む息子を心配しては行動する「母」としての面が強い。また、妹（西院の上）の死後、その子供（姫君）の世話をする。	前斎院-姪である西院の上の子供（侍従の君）を上の生前から養育。
我身にたどる姫君	式部卿北の方-嵯峨院代の斎宮か？　帰京後すぐ式部卿に誘い出される。宮との間に子供を儲けるがあまり世話をせず、宮の妹のようであると描写される。 前斎宮-三条帝代の斎宮若い女房達と同性愛関係にある。しかし、垣間見に来た男に過剰に反応し「狂」と評される程、その乱脈ぶりは甚だしい。姉妹である女帝との落差を強調する意図がある。 中務宮の姫君-新帝代の斎宮 三条院女一宮-今上帝代の斎宮。式部卿北の方は祖母にあたる。	なし
秋の夜長しとわぶる	？	斎院（女一宮）
葦鶴	？	斎院-東宮の母か？

宇治の川波	前斎宮-自身の生んだ姫君の存在も『無名草子』にある。	？
四季物語	？	葵の斎院-帝に懸想されるも悲恋。
忍ぶ草	？	前斎院-懸想？
初音	？	前斎院-懸想
独り言	斎宮-退下後入内した可能性がある。	？
ふくら雀	？	前斎院-懸想・悲恋
御垣が原	？	斎院（後に一品宮）-悲恋　・斎院-兵部卿の姫君
御手洗川	？	斎院-悲恋。斎院になる以前に内大臣から懸想されるが、賀茂の神が内大臣に歌を送り、懸想を止める。
改作　夜の寝覚	先斎宮-中務身や北の方	朱雀院女一宮-原本では男君に降嫁しているが、改作では斎院に決定することで引き裂かれる（悲恋）。
風に紅葉	前斎宮-退下後「神よりほかの契り結ばじ」と誓い出家。琴の名手で「奥深うあらまほし」い姫宮だったが、大臣の姫君に琴を教えるため大臣と親しくなり惹かれる。その描写は皮肉的かつ冷淡。	女二宮-退下後、叔母にあたる姫君を養育することになっていたが、姫君が行方不明となってしまう。
恋路ゆかしき大将	斎宮（後に一品宮）-斎宮決定時の父母の嘆きが描かれ、帰京にあたっては端山大将がその姿を見	なし

恋路ゆかしき大将	る前から恋焦がれる。結局、大将によって密通され、降嫁というよりは略奪に近いかたちで共に住むが母后らに取り戻される。その後、母后らに許されて婚儀が行なわれる。（一部推定）	
兵部卿	なし	宮の姫君-斎院決定により悲恋。
栄花物語	歴代斎宮※ ・当子-藤原道雅が密通。（注九参照） ・媞子-卜定の予定があって決定となる過程が描かれ、斎王の決定は単純に卜によるものではなかったことを示す。	歴代斎院※（特に、賀茂祭の描写が多い） ・選子-和歌の贈答場面が多い。賀茂祭の描写（注十六参照）。 ・馨子-父母の嘆きが描かれ、母中宮の行啓が描かれる。 ・娟子-源俊房が密通。「物語の男君の心地」と描写。 ・禖子-物語合せについて、病弱により退下。
大鏡	歴代斎宮※ ・斎宮女御（徽子）　・当子-藤原道雅との密通。	歴代斎院※ 選子-和歌に関する話や賀茂祭のエピソード（注十六参照）
今鏡	歴代斎宮※ ・良子-一品宮　・媞子-根合せの記事。郁芳門院 ・善子-母女御が共に伊勢に下向	歴代斎院※ ・娟子-俊房との密通、『伊勢』引用。　・篤子-入内 ・統子-上西門院　・令子-入内　・禧子-一品宮

増鏡	歴代斎宮※ ・愷子-後深草院らと通じる話。　・奨子-達智門院 ・懽子-宣政門院。後醍醐天皇による斎宮復興が見られる。	なし
とはずがたり	愷子-斎宮退下の後も三年伊勢に留まったことがわかる。後深草院二条の手引きによって後深草院と通じる。	なし

この表を参照することで、各作品における斎宮・斎院の位置を確認しつつ考察を進めたい。(注四)

物語を概観すると、斎宮・斎院ともに二つのパターンにわけることができる。それは恋愛の対象として描かれるか、描かれないかの二つである。本節では、この恋愛の対象となるかならないかに重点を置き考察したい。(注六)この場合、前者は懸想（恋愛の対象となる）・密通・入内・降嫁などがあり、出家という形で恋愛の対象から外れることもある。一方、後者では養母などの養育者という位置付けができる。その中で、物語において圧倒的に多いのが退下後の話である。退下後の話に焦点が絞られるのはその性格上当たり前であるが、注目すべきは卜定以前の話の多さと、任期中のエピソードである。

まず、卜定以前が描かれた場合、『大和物語』九十三段に端的なように、卜定されることで二人の仲を引き裂かれ、姫宮を恋い慕うという悲恋が描かれる。『大和物語』以後、この類型は「悲恋」つまり恋の破綻をきっかけに引き離された姫宮に似た女性を求め続けるという、物語を動かす大きな出発点として描かれていく。つまり、姫宮を男から遠ざける方法として、斎宮・斎院制度は利用されているのである。

次に、任期中について詳細な描写は非常に少なく、その中で『伊勢物語』と『狭衣物語』があげられる。伊勢に下る斎宮はもちろんのこと、聖域である斎宮や斎院を描くことが難しいことは容易に判断できる。斎宮は『伊勢物語』に密通が描かれ、『狭衣物語』に天照大神の託宣が描かれている。『狭衣物語』の託宣は他の物語にはない設定だが、(注七)『伊勢物語』の密通は以後の物語に大きく影響を与え、密通が描かれる場合、『伊勢物語』引用が非常に多い。一方、斎院は『狭衣物語』の斎院、源氏宮が卜定から任期中にかけて描かれている。その中では、狭衣が斎院内において源氏宮の手をとらえるような場面が描かれていることは注目に値しよう。

その他では、賀茂祭の描写が数多い。賀茂祭の記述全てに斎院が登場するわけではないが、そこに斎院が描かれずとも、多くの人々が集まる賀茂祭の描写から、斎院の求心力と斎院が京都という都市の一部であることを物語っているだろう。それに対し、斎宮の御禊やその群行の様子が描かれることはほとんどない。中心—京都の中の斎院と、地方—伊勢の斎宮の地域差は大きいのである。この任期中が描かれる『伊勢物語』と『狭衣物語』は、斎宮・斎院の物語史を考える上で重要な作品であり、その後に多大な影響を及ぼす。

そして、最も多く描かれる退下後では、前述の通り懸想され恋愛の対象となることにより、密通・入内・降嫁・出家と描かれる。この出家の場合、『夜の寝覚』などに見られるように、「きこえおかす人あまたあれど、この他に思し離れて世を背かせたまひにける」(巻四・四一三頁)と描かれることが多い。もちろん出家は、神に仕えていたという、仏教的概念からは罪深い自身を贖うためであることは言うまでもないが、不婚を通す姿勢が求められたこともあるだろう。そして、問題であるのは、出家したからといってそれで俗世とのつながりを断ったかというと、そうでない斎宮も描かれることだ。

『風に紅葉』では「神より他の契り結ばじ」（下巻・六〇頁）と誓い、出家したにも関わらず、大臣に「近づかまほしき御心」を寄せる前斎宮が描かれている。このような斎宮像が描かれることの意味は後述するが、表一をみていくと、斎宮と斎院ではその描かれ方に差があることに気付く。二つを比較すると、密通や好色性を描かれるのは斎宮が多く、斎院は悲恋や不婚が描かれることが多く、和歌や手跡、琴など文化面での描写も多い。史上の選子内親王や禖子内親王の文化サロンを想起させ、文化の担い手としての皇女の有様を示しているだろう。加えて、斎院より斎宮を描く物語が多いのである。一方、養育者のパターンについては、退下後、入内や降嫁したことにより自身の子を養育する形と、養子を養育する形の二つに分けられる。

もちろん表一を見れば明らかな通り、この二つのパターンのそれぞれが重なる存在も多い。その中でも特に『狭衣物語』は、悲恋・密通・入内・降嫁・出家・養育者と様々に描かれ、斎宮・斎院の物語史を考察する上で重要な作品であることがわかる。

二　史実の斎宮・斎院について

では、物語の斎宮・斎院と、史実の斎宮・斎院はどのように違うのだろうか。物語の斎宮・斎院を考える上でも、その歴史を確認しておきたい。しかしながら、史実の斎宮・斎院について、その動向を知る資料は多くない。

その起源と制度の変遷を確認すれば、斎宮制度の起源は、崇神天皇皇女豊鍬入姫が天照太神の託宣により倭笠縫村に皇祖神を祀り、次代の倭姫命が東国を巡回して伊勢の地に祀ったのがその始まりである。その後、律令が整った段階での最初の斎宮、天武天皇代の大伯皇女を経て、南北朝時代に後醍醐天皇皇女祥子内親王の時、その制度が廃絶となった。史実として確かめられる斎宮は六十四代にのぼる。

一方、斎院制度は、嵯峨天皇が平城上皇との対立克服を賀茂大神に祈願し、その助けを得たことから、皇女有智子内親王を献じたことに始まり、土御門朝に後鳥羽天皇皇女礼子内親王の退下後、三十五代でその制度が廃止となり、斎宮制度よりも早い段階で廃止されている。この歴史の中で、多くの斎宮・斎院が皇女不婚の原則通りに、退下した後には不婚のまま過ごし出家していったのであろう。その中には、密通・入内・降嫁といった例が見られ、また、養育者とは意味合いがずれるが、准母という地位の存在がある。

その内で、やはり密通は大きな問題であった。物語で密通を描かれた清和天皇代斎宮恬子内親王は、実際には清和天皇が譲位するまでの任期を務め、密通が理由で解任されてはいない。しかし、花山天皇代斎宮済子女王は史実としてはっきりと密通により解任された斎宮である。(注八) また、『栄花物語』などに描かれた三条天皇代斎宮当子内親王や後朱雀天皇代斎院娟子内親王は、物語でも歴史でも大きな問題となっている。(注九) 済子女王の大きな問題は、当子内親王や娟子内親王の密通が退下後であったのに対して、在任中の事であり、さらに相手が滝口の武士であったことだ。彼女は結局伊勢に下ることなく、野宮において解任されている。

次に准母の問題であるが、白河天皇代斎宮媞子内親王をはじめとして、准母立后し女院となっている斎宮・斎院が存在する。これに関してはすでに、准母立后する内親王は大抵斎宮・斎院を経ていると指摘されており、(注十) この准母という形が養母（養育者）という発想につながる可能性はあるかもしれない。しかし、ここで養育者という立場を考えた時、物語の養育者として描かれる斎宮・斎院たちに准母に求められたような役割があったとは考えにくい。(注十一) なぜなら、准母が皇統の代表として皇統を守るべき位置に置かれたのとは異なり、物語の斎宮や斎院は決して「家」や「皇統」を支えるような存在ではないのである。特に平安末期以降の物語に顕著な、ただひたすらに我が子や養子の行く末を心配し、あげく恋の成就に奔走する姿は准母の有様とは異なり、また、『うつほ物語』や『源氏物語』では見られないものでもある。

それにしても、歴史の流れと物語の流れの中で、共に斎宮や斎院が衰退していく過程は非常に似通っている。平安時代から院政期にかけて大きな意味を持った斎宮や斎院は、鎌倉時代に至る戦乱の時代にはもはや必要とされない。ただ物語の中では、歴史より長くその命脈を保ちえた。「王朝」を描く物語と、斎宮を復興しようとした後醍醐天皇の事例とを考え合わせると、「王朝」には斎宮や斎院という聖なる存在が必要だったのだろう。

三『伊勢物語』と『狭衣物語』

物語の斎宮・斎院を考察する上で、『伊勢物語』と『狭衣物語』は大きな存在であると先述したが、ここではこの二つの作品について考察する。大きな問題として、任期中に密通が描かれたのは『伊勢物語』のみであった。つまり、周知の事実ながら、実際に禁忌の恋を描いているのは『伊勢物語』だけなのである。かつて『日本書紀』において密通により解任された斎宮が描かれてはいた。また、『万葉集』における斎宮大伯皇女と大津皇子の贈答歌も、「竊」の文字が密通を色濃く示していた。(注十二)物語として描かれた『伊勢物語』が、こうした伝承を受けていたと考えることも可能だろう。

しかし、『伊勢物語』の後、ただの一つも任期中の密通が描かれていないことに、もっと大きく注目しても良いだろう(表一参照)。加えて言うならば、この話が真実として享受されている側面もある。(注十三)そして、この禁忌の恋が斎宮のイメージに付与され、以後の物語を規定していく。表を見れば明らかな通り、斎宮との密通が語りつがれ、密通とならずとも斎宮は斎院よりも多く、恋の対象として造型されていくのである。これは伊勢という遠い土地に置かれた斎宮は、都の男達に普通の女性以上に想像力をかき立てられる存在であったからと考えられる。それを端的に示しているのが『恋路ゆかしき大将』である。この作品では、まだ見ぬ斎宮（一品宮）を、帰京すると聞いた段階で恋いこがれる端山大将が描かれている。

だが『伊勢物語』においてさらに問題なのは「女、人をしづめて、子一つばかりに、男のもとに来たりけり」（六九段・一七二頁）と、斎宮自身が男の元に忍ぶ形を取ることだ。その後に見られる密通のパターンは男が女のもとに忍ぶものがほとんどであり、『伊勢物語』だけが逆なのである。この描き方は何を意味するのであろうか。女の側からの密通、このことを考えていくと、後の作品における斎宮の「好色性」(注十四)が、ここから導き出されていると考えられないだろうか。つまり、『伊勢物語』によって斎宮の密通の可能性、好色性というイメージが確立したといえるだろう。また、『伊勢物語』についてもう一つ言えることは、二条后章段との関連である。后―斎宮という二項対立の問題は、時代が下っても大きなテーマとして浮上してくる。

そして、斎院に関しては『狭衣物語』が大きな転換点である。『狭衣物語』では登場してくる女性のほとんどが斎宮か斎院であり、前述の通り、様々な形で描かれる。特に斎院は、一条院一品宮・源氏宮と物語において重要な姫宮は皆、斎院として造型されているのである(注十五)。

そのような『狭衣物語』において顕著であるのが、源氏宮を頂点とした皇女ヒエラルキー構築ともいえる、狭衣の視点による女性比較である。この比較の中には、皇女ではない飛鳥井女君や、宰相中将の妹（後の藤壺）、斎宮や斎院でない嵯峨院女二宮も含まれるが、基本的には嵯峨院の三人の皇女、一品宮、源氏宮を中心に構成されている。この中で問題なのが斎院という共通項をもつ一品宮と源氏宮である。つまり源氏宮は、女二宮をはじめ全ての女性の優位におり、狭衣は、一品宮を見る度に常に他の女性を思い出しては比較しているが、一品宮は源氏宮はおろか他の姫君より劣ると描かれる。加えて、最上の女性源氏宮の代わりに手に入れた宰相中将の妹は、繰り返し源氏宮との類似が強調されている。この比較が何を意味するのか。

ある意味、非常に身勝手とも思える狭衣の視点が構築したのは、斎院である源氏宮の至高性であろう。そして、かつて斎院であった一品宮の盛りを過ぎた不幸な女性像である。二人の斎院を両極に位置することで、その対比を決定的なものにしているのだ。以後の作品を見ると、この『狭衣物語』における極端な二人の斎院像が、これ以降の斎院像に強い影響を及ぼしている。斎院に悲恋が多いのは源氏宮の影響であろうし、斎院が盛りの過ぎた、年齢のかさんだ女性として登場してくるのは一品宮の影響が考えられる。つまり『狭衣物語』が物語における斎院像を確立したと言っても過言ではない。『伊勢物語』が後の物語の斎宮像を規定したように、この『狭衣物語』で作られた斎院像は、以後の斎院像を規定していく。それは前述の通り、決して手に入らない至高の女性のイメージと盛りを過ぎた容貌の美しくない女性というイメージの二極化でみられるようになる。

さらに『狭衣物語』において重要であるのは斎宮や斎院が狭衣の即位を実現させていることだ。二世の源氏である狭衣が帝位につくためには様々な障壁を越えなければならない。それを一挙に取り払ってしまうのが、神を媒介にした斎宮と斎院なのである。しかもそれが、斎宮と斎院の二重に仕掛けられており、まさに帝位を補完する為に斎宮と斎院が利用されている。物語においては狭衣自身が「世の常ならましかば斎宮・斎院世に絶えたまひてやあらまし」（巻二・二七六頁）と思いつつも、「世の常」でない狭衣の行動が結果的に彼を即位させてしまうのである。

ここまでをまとめると、両作品ともそれぞれが、斎宮・斎院のイメージの原型を成しているといえる。物語を一つずつ見ていけば、斎宮と言えば『伊勢物語』、斎院と言えば『狭衣物語』という物語の流れが、物語史の中に着実に窺えるのである。

四　斎宮・斎院の変貌

本節では斎宮・斎院それぞれについて、その変貌をまとめてみたい。まず斎宮であるが、その概観は『伊勢物語』を端緒に密通のモチーフで描かれていくことにつきる。そして『大和物語』において悲恋が、『源氏物語』秋好中宮の存在により養育者のイメージが付与される。そしてそのイメージは『狭衣物語』堀川の上において決定的となり、一方、『堤中納言物語』「はなだの女御」では「軒端の荻」という言葉によって禁忌の恋のイメージが確認されることとなる。その後、『我身にたどる姫君』において斎宮がパロディ化され、『伊勢物語』の段階では低かった密通に対し非難する姿勢やスキャンダラス性が、ここでは非常に強調されるにいたる。すでに禁忌の恋のイメージも薄く、その描写は非常に冷淡なものである。そして、その最たるものとして、物語ではないが『小柴垣草紙』の存在がある。これは、一―二で述べた斎宮済子女王の密通事件を絵画化したものであるが、この絵巻は「灌頂絵巻」と呼ばれ、もはやスキャンダル性を超えて仏教とのつながりさえ持つのである。

一方斎院であるが、まず『源氏物語』の朝顔斎院による不婚のイメージがある。その後『狭衣物語』において、至高の女性と盛りを過ぎた女性というイメージの二極化が描かれ、歴史物語の影響か、選子内親王のエピソードの引用が見える。(注十六)この選子内親王の影響は具体的に本文には現れないが、出家を望む・老いたイメージなどで『狭衣物語』の一品宮の造型に表出しているだろう。またエピソードのみならず『堤中納言物語』「はなだの女御」に顕著なように、その長い在位期間のイメージが強く付与されたと考えられる。そうした経過を経て「盛りの過ぎた」女性として造型されがちである。そして『いはでしのぶ』において退下後の斎院の密通が描かれるが、斎宮に見られるようなスキャンダラス性は排除されている。

『いはでしのぶ』は、現存する物語の中で唯一、斎院のみが登場する物語であるが、物語成立時に存続していた斎宮ではなく、すでに廃止されていた斎院を物語に登場させたことに何らかの意味があろう。つまり同じ密通を描いても、斎宮と斎院には描き分けがあり、斎院には密通のモチーフは薄くスキャンダル性は低いのである。(注十七)また、斎宮に比して斎院に対して文化レベルの高さについて言及する物語が多いことも指摘できる。これらが、物語史における斎宮・斎院の変貌とその差異であるが、ではこれらの斎宮・斎院の存在意義とは一体何であろうか。

それは「禁忌の恋」のモチーフで描かれることである。禁忌の恋のモチーフ—これは『伊勢物語』が作りあげ、『源氏物語』『狭衣物語』で発展させられたものである。しかし、すでに述べた通り、禁忌の恋は『伊勢物語』だけなのである。物語では、斎宮・斎院についてその退下後を描く作品が圧倒的であり、物語の系図を見れば、前斎宮・前斎院と呼ばれる場合がほとんどである。つまりどんなに密通が描かれたとしても、それが退下後である以上、本当の意味での禁忌の恋とはいえない。そうした大事を犯す相手—禁忌の恋の相手として造型されつつも、実際には小事で終わる相手、それが前斎宮であり、前斎院なのではないか。

それを裏付けるかのように、数多くの作品に斎宮・斎院が登場するにもかかわらず、『伊勢物語』『狭衣物語』を除いて、斎宮・斎院は常に物語の中心に描かれる女性として造型されない。物語にはもっと大きな禁忌の恋が描かれるのであって、それは『源氏物語』の藤壺に代表されるように后妃であったり、また、時代が下るにつれ最も重要な皇女である一品宮であったり、常に中心には別の女性が描かれるのである。

そして、もう一つの存在意義として、物語の中心に描かれる女性と比較対照される存在が挙げられる。つまり、比較の対象である以上、斎宮や斎院は限りなく至高で手に入らないか、手には入るけれど劣った存在であるかのどちらかで描かれるのである。このような意味において、『浅茅が露』はその両方が描かれる良い例である。繰り返すようだが、斎宮や斎院の向こう側には后妃や一品宮などの皇女、そして『我身にたどる姫君』においては女帝といった存在がある。

『我身にたどる姫君』において、女帝と前斎宮が姉妹として設定され、方や、聡く美しい賢帝であるのに対し、前斎宮は好色で愚かな女性として描かれる。それぞれを並べて描くことで、女帝はより高貴に、前斎宮はよりおとしめられた存在として強調されるのである。『我身にたどる姫君』で、このように二人の対比が著しいように、他の作品においてもその対比構造は明確だ。しかしながら、このような対比構造においてしか存在しえないということは、平安後期までに作り上げられた斎宮・斎院像は少しずつ変貌しながらも弱体化しているのである。その究極の形が『我身にたどる姫君』や『風に紅葉』の斎宮像だろう。

弱体化していくその様相は、別の視点からも見られる。物語内の皇統の系譜を見ていけば、時代が下った作品になるにつれ、斎宮や斎院は傍系の天皇（皇統が続かない天皇）の皇女である場合が多い。それは帝位が父から皇子へ続くのではなく、兄から弟へ続く場合が多いことが理由の一つとしてあがるが、その断絶した皇統の姫宮に斎宮や斎院が多いことは注目に値する。

例えば『源氏物語』の秋好中宮は、先坊の姫宮であった。父の皇統は成立する以前に消えてしまったが、彼女自身は朱雀朝の斎宮となることで朱雀朝に利用され、結局冷泉帝の妃となることで冷泉朝に回収される。また、『狭衣物語』においては、一条院も嵯峨院もそれぞれ斎宮や斎院を出しながら、結局は堀川―狭衣と続く血筋に帝位をさらわれてしまう。源氏宮においても、故先帝の血筋は途絶えてしまった。この二つの物語では、一世・

二世の源氏が帝位を簒奪していく過程において、斎宮や斎院は利用されつつも自身の属する系譜は断絶してしまうのである。

だが、まだ平安期の物語はこのように斎宮や斎院が物語の本筋と直結していた。しかし、後の物語ではもっと顕著に傍系に押しやられている。『海人の刈藻』では前斎宮は一条院の姫であるが、一条院の後に帝位についたのは弟の冷泉であり、その後皇統は冷泉の皇子二人に続いていく。『浅茅が露』では斎宮である二人の姫宮（常磐院皇女・先坊姫宮）が属する皇統は断絶した。『いはでしのぶ』の斎院は一条院の姫宮であるが、皇統は一条から弟の白河に続き、『我身にたどる姫君』の前斎宮は姉が女帝にはなったものの、その後に続くのは父嵯峨帝の系譜ではなく、その弟我身帝の系譜である。このように斎宮や斎院は、物語において傍系になってしまった皇統の姫であり、それぞれの主人公たちとの恋愛が描かれつつも、それは物語の本筋に絡んでいかないのである。そして、前述のように結局南北朝から室町にかけて、史実でもすでに斎宮・斎院制度とはほど遠く、物語においても、斎宮・斎院は姿を消すのである。

そうした歴史との関係をもう少し考えて見れば、中世王朝物語も末期の作品では史実の制度はすでに無く、斎宮・斎院が登場しない作品も多い。そのような中でもなお、斎宮・斎院が登場してくることは何を意味するのであろうか。単にスキャンダラスな女性を描くのであれば、斎宮や斎院である必要はないだろう。事実、多数の作品において、人妻や后妃までもが簡単に密通の対象となり、『我身にたどる姫君』の前斎宮におとらない程、好色な女性も登場する。(注十八)

一つの答えを提示するならば、王朝物語において皇統や禁忌というものが不可欠であったからではないだろうか。たとえ物語の本筋ではなくとも、斎宮や斎院という聖なる女性との禁忌の恋を描くことに物語は挑戦しているのである。言い換えれば、断絶した皇統の聖女を恋愛を媒介にして男主人公が取り込んでいくとも言える。聖なる女性─皇女として本来不婚であるべきなのに加えて、神に仕えた聖性がその禁忌を重層化された斎宮や斎院。二重のタブーを破ることになる女性像は、他に造型されにくい。そうした聖性が、斎宮や斎院に至高性とその半面である猥雑性を表現しているのであろう。

また、すでに述べたように、物語の設定において、斎宮や斎院は恋愛から距離を持ち、斎宮に限れば都から空間的にも距離を持つ。この二つの距離が生み出す幻想は、物語を動かす原動力となっているのである。そして、もう一つ『伊勢物語』引用が示すように、男たちの業平幻想もまた物語を動かす力ではないだろうか。業平・源氏・狭衣という、后妃や斎宮・斎院との恋愛を描かれた男君の系譜に乗るためには、斎宮・斎院の存在が必要だったのである。

おわりに

以上、斎宮・斎院の変貌と、その意味について考察してきた。(注十九) その姿は、物語の中心から周辺への移動による変貌であろう。そして、そのスキャンダラス性は、禁忌の恋を犯すイメージが強い故に生まれたものだと考えられる。

また、中心に描かれる女性と比較される存在となっても、物語の中に斎宮・斎院が登場してくることは、斎宮や斎院に比較すべき意味があるのであり、物語史の中に斎宮・斎院はその姿を変えていっても、物語に必要な存在として造型されていくのである。

（注一）『延喜式』によれば、斎宮・斎院は天皇の即位により選び定められる、伊勢大神および賀茂大神に仕える未婚の皇女（原則として内親王、内親王が無いときには女王）のことである。『延喜式』の内容そのものには、斎宮・斎院にほとんど相違点が見出せない。しかし、実際には交替に関して大きな相違が見出せられる。従来、斎宮・斎院の交替の制度は一致し、原則として天皇の譲位及び崩御時に行われ、天皇一代に一人の斎宮・斎院とされてきた。例外として斎宮・斎院自身の病や死、父母の喪でも退下し、天皇一代に複数の斎宮・斎院が立つことがあった。さらに二代・三代…と天皇数代に仕える例は例外とされてきた。しかし、すでに堀口悟氏の「斎院交替制と平安朝後期文芸作品―『狭衣物語』を中心として―」（『古代文化』三一―一〇号、一九七九年一〇月）により指摘されているように、斎院の交替はこの原則から外れ、天皇の譲位による退下の例は極めて稀であり、自身の病や死、父母の喪が交替の条件となるのである。だからこそ、円融天皇代斎院選子内親王が円融・花山・一条・三条・後一条の五代、五十七年に渡って斎院を務め、最終的に病という形で退下する例も、選子には斎院卜定時すでに父母が亡かったため自身の病か死以外に退下の理由となるものがなかったのであり例外ではないのである。

（注二）山本利達「斎宮と斎院」（『講座　源氏物語の世界三』有斐閣、一九八一年二月）・坂本和子「古代物語と伊勢斎宮」（國學院雑誌七一―一、一九七〇年一月）・森本元子「斎宮女御と源氏物語」（『むらさき』十一号、一九七三年六月）・久徳高文「斎宮の文学（その一〜その三）」（椙山女学園大学研究論集八〜十、一九七七年〜一九七九年）・山中智恵子『斎宮志』（大和書房、一九八〇年一〇月）など多数。これ以外にも、『源氏物語』の秋好中宮や朝顔姫君、『狭衣物語』の源氏宮や一品宮などの人物論も数多くある。

（注三）田中貴子『聖なる女―斎宮・中将姫・女神―』（人文書院、一九九六年四月）第三章「結婚しない女たち―鎌倉物語の皇女」（一二四頁）。斎宮と斎院の問題については、この第三章と第二章「斎宮の変貌―「聖」と「性」のはざまで」を参照。

（注四） 今回の表作成にあたり、現存している平安時代から室町時代成立の物語を調査した（ただし鎌倉時代以降は「中世王朝物語」と判断されるもののみに絞り、室町物語などはその中に入っていない）。また、『風葉和歌集』で斎宮・斎院の存在が分かるものも含めてある。なお、斎宮・斎院が登場しない作品については表中に収めていない。表の順序は基本的には成立時代順とし、特に中世王朝物語などで成立年代の不明な作品は、『無名草子』『風葉和歌集』の前後で判断し、五十音順に配列した。だが、歴史物語については最後にまとめて載せ、※印の箇所では、歴代の斎宮や斎院の内、特記されている者のみ表に収めた。加えて、表作成の都合上、物語名を省略して表記した。なお、表作成に当たり使用したテキストは以下の通りである。本文の引用も同書からである。

小学館　新編日本文学全集から

『日本書紀』『伊勢物語』『大和物語』『うつほ物語』『源氏物語』『夜の寝覚』『狭衣物語』『堤中納言物語』『栄花物語』

岩波書店　日本古典文学大系から『大鏡』『増鏡』

　同　新日本古典文学大系から『とはずがたり』

笠間書院　鎌倉時代物語集成から『石清水物語』『兵部卿物語』『夜寝覚物語』（『改作本夜の寝覚』）

笠間書院　中世王朝物語全集から

『浅茅が露』『海人の刈藻』『苔の衣』『風に紅葉』『恋路ゆかしき』

岩波文庫　『王朝物語秀歌選』所収『風葉和歌集』から

『隠れ蓑』『露の宿り』『秋の夜ながしとわぶる』『葦鶴』『宇治の川波』『四季物語』『忍ぶ草』『初音』『独り言』『ふくら雀』『御垣が原』『御手洗川』

その他注釈類を使用したもの

小木喬『いはでしのぶ物語―本文と研究』（笠間書院、一九七七年）

今井源衛・春秋会『我身にたどる姫君』（桜楓社、一九八三年）

竹鼻績全訳注『今鏡』（講談社学術文庫、一九八四年）

（注五）　三谷栄一「狭衣物語」『体系物語文学史』第三巻所収（有精堂、一九八三年七月）及び、長谷川政春「『狭衣物語』に浮上する神―「天照神」「賀茂神」」（『解釈と鑑賞』五七―十二、至文堂、一九九二年十二月）に同様の指摘がある。

（注六）　前掲（注三）、田中氏論文では、①望まない結婚をしたり不幸な結婚生活を強いられる②結婚せずにみずからの「家」（斎宮なら天皇家）を支えるもの③結婚をしないがいたずらに年を重ね老醜をさらす、と三種類に分類されているが、実際はもっと多様であり、一概に分類できない。

（注七）　斎宮嫥子女王が、伊勢において託宣が下りたという事件が起こっている。（『小右記』長元四年八月四日条参照）なお、詳しくは深沢徹「斎宮の二つの顔　長元四年の「伊勢荒祭神託宣事件」をめぐって」（斎藤英喜編『叢書文化学の越境2　アマテラス神話の変身譜』森話社、一九九六年一〇月）参照。

（注八）　『日本紀略』寛和二年六月十九日条に「密通由風聞」、『本朝世紀』同日条にも「伊勢初斎宮警御。被差遣滝口平到光。密斎女王突せりと云々」と明記されている。

（注九）　当子も娟子も歴史物語の中に記述があり、当子に関しては『御堂関白記』や『小右記』、娟子に関しては『一代要記』に記述がある。共に退下後の話であるが、当子に関しては『栄花物語』において、史実とは違い父三条院の崩御記事と重ねて描かれており、実際には三条院の崩御後に尼となり二十三歳で薨去している。一方、娟子については弟の後三条院が憤怒しているも、結局降嫁となり長命であった。

（注十）　野村育代「女院論」（『シリーズ女性と仏教3信心と供養』平凡社、一九八九年一〇月）

（注十一）　栗山圭子「准母立后制にみる中世前期の王家」（『日本史研究』四六五号、二〇〇一年五月）に詳しい。

（注十二）　新編日本古典文学全集『万葉集』一、一〇五番歌頭注三において「万葉集の題詞・左注でこの字を用いてある場合（九〇左注・一〇九題詞・一一六題詞など）必ず男女の秘事に関する記述が見られる」とある。

（注十三）　『伊勢物語』の古注類では六九段を真実として捉えているし、高階氏系図・本朝後胤紹運録などの系図類に、恬子内親王と業平の子が載せられている。

（注十四）　例えば『我身にたどる姫君』や『風に紅葉』などの斎宮は、自ら男に靡く好色性を持っている。

（注十五）　『狭衣物語』の成立した斎院禖子内親王サロンという環境を考えれば当然のことかもしれない。

（注十六） 次の描写の引用が多く見られる。

『栄花物語』

中宮の若宮、いみじういとうつくしうて走りありかせたまふ。今年は三つにならせたまふ。四月には、殿、一条の御桟敷にて若宮の物御覧ぜさせたまふ。いみじうふくらかに愛敬づき、うつくしうおはしますを、斎院の渡らせたまふ折り、大殿「これは如何」とて、若宮を抱きたてまつりたまひて、御簾をかかげさせたまへれば、斎院の御輿の帷より、御扇をさし出でさせ給へるは、見たてまつりたまふなるべし。かくて暮れぬれば、またの日、斎院より、

光いづる葵のかげを見てしかば年経にけるも嬉しかりけり

御返し、殿の御前

もろかづら二葉ながらも君にかくあふひや神のしるしなりらん

とぞ聞こえさせたまひける。（新編日本古典文学全集『栄花物語』）

（注十七） 斎院は都の内であり訪れやすく、男性の出入りもあったため、その緊張感は斎宮とは比べものにならないだろう。そうした意味で、密通の起こりにくい状況であったと考えられる。また斎宮の場合、伊勢という遠い地であり、見えない・隠された世界であることが都の人々にとって想像力をかき立てる存在であったのだろう。

（注十八） 『有明の別れ』の中務卿宮北の方などがその典型であろう。

（注十九） 本節では総論を試みたわけであるが、今後はこれをふまえ作品ごとの考察が必要であろう。また、后妃や皇女、女院といった問題とも密接に関連している。

第二節　斎宮・斎院・一品宮、そして女院へ

はじめに

ここでは、斎宮・斎院と同様に〈皇女〉でなければなれない「一品宮」について、これまでの考察をふまえつつ、再度確認したい。(注一)「一品」あるいは「二品」の位を授けられた〈皇女〉は物語中に散見されるが、その存在はどのような描かれ方であったのか、物語史の枠組の中で考えていきたい。

特に、物語に描かれる「一品宮」は基本的に一人の天皇に対し一人しか存在しえず、その価値は重要なものである。例えば、『源氏物語』に描かれる「一品宮」は桐壺帝の女一宮と今上帝の女一宮だけである。朱雀帝や冷泉帝には一品宮は存在せず、その理由は后腹の皇女がいないためであった。(朱雀帝に関しては、后そのものがいなかったことも問題である。) 天皇と后の血を受けた皇女という最も高貴な女性を物語はどのように扱ったのか、ここで確認してみたい。

その上で「斎王経験者で一品宮でもある」という〈皇女〉特有の地位を二重に持ち得ている存在に注目してみたい。物語史の中で、このような存在は『狭衣物語』の一条院女一宮と『恋路ゆかしき大将』の一品宮だけである。前者は斎院、後者は斎宮と差異はあるものの「前斎王」という記号が物語の中で強く意識されている。その様相を見ていきたい

一方、平安時代に成立した作品の多くには「女院」という存在は見えないが、しかし、明石中宮のような「大宮」が存在し、その後は「大宮」に代わり「女院」が大きな権力をもつ存在として登場してくる。また、母の女

院と娘の一品宮という母娘関係もある。そうした母娘関係に始まり、『いはでしのぶ』の一品宮のような〈皇女〉から「女院」となった人物まで、物語は幅広く女院像を示している。女院の変遷は「一品宮」の変遷とも関与しており、「天皇家」における女性像のあり方の変遷でもある。そうした女性像の変遷を見た上で第三節以降、「后」の問題に目を向けていきたい。

一 史上の「一品宮」

そもそも、史上の一品宮はどのくらい存在するのであろうか。実は、史上の「一品宮」の数も非常に少ない。(注二) 平安時代から鎌倉時代にかけて、管見の限り十三名が確認できる（次頁参照）。歴史学の成果をもとに、史上の一品昇叙の理由を見ていくと、その出自や政治的配慮に加え、父帝や母后の愛情の過多によるようである。だが、概して、一品宮は后腹の最初の皇女ということになる。

平安時代において、初めて内親王で一品に叙された皇女である儀子内親王の母は文徳帝の后であった藤原明子である。儀子内親王は文徳帝の第一皇女であり、斎院在院中に三品直叙、退下後に一品昇叙となる。これは、明子の父良房とその息子である基経による政治主導が確定した時期のことであり、政治的な状況が一品昇叙に大きく関わっているとされている。儀子については、皇女の持つ神聖さが斎院・一品とより特化された形になっていることは注目すべきことであろう。

次に、一品昇叙された内親王は、村上帝同母妹で中宮穏子の娘である康子内親王である。康子への一品昇叙は儀子以来、六十九年ぶりのことであった。康子の昇叙のタイミングは村上帝の即位時であり、天皇と同母かどうかという点も重要視されていたことがわかる。なお、この康子は後に藤原師輔に降嫁し、藤原公季を生んでいる。

史上の一品宮

皇女	父	母	同母の帝	その他
儀子内親王	文徳	藤原明子（皇太后）	清和	斎院
康子内親王	醍醐	藤原穏子（中宮）	村上	師輔に降嫁
資子内親王	村上	藤原安子（中宮）	円融	
選子内親王	村上	藤原安子（中宮）	円融	斎院
脩子内親王	一条	藤原定子（皇后）	なし	
禎子内親王	三条	藤原妍子（中宮）	なし	後朱雀に入内
章子内親王	後一条	藤原威子（中宮）	なし	後冷泉に入内
良子内親王	後朱雀	禎子内親王（皇后）	後三条	斎宮
娟子内親王	後朱雀	禎子内親王（皇后）	後三条	斎院・源俊房との密通
聡子内親王	後三条	藤原茂子（贈皇太后）	白河	
昇子内親王	後鳥羽	藤原任子（中宮・宜秋門院）	なし	順徳帝准母・皇后宮・春華門院となる
綜子内親王	後嵯峨	藤原姞子（中宮・大宮院）	後深草・亀山	月華門院となる
懽子内親王	後醍醐	藤原禧子（皇后）	なし	光厳に入内・宣政門院となる

次の資子内親王は、后腹（母は皇后藤原安子）としては三番目の皇女（村上帝の皇女の中では女九宮）であった。姉である承子内親王・輔子内親王の死後に昇叙されており、昇叙のときには、事実上后腹の一番目の皇女であった。資子への昇叙は、『大鏡』や『栄花物語』において、兄である円融帝が父村上帝や母后が資子をとても可愛がっていたことと、円融帝が母后思いであったため、その遺言をたがえることがなかったと表現されており、兄円融帝とのかかわりが重要であった。なお、同母の妹である選子内親王も一品に叙されているが、これは五十七年間という長い期間、斎院であった功績を称えられたものと考えられる。

ついで、一条帝代に皇后藤原定子の皇女、脩子内親王が一品に叙されている。これは一条帝の寵愛によると考えられるが、中宮となる藤原彰子は皇女を生んでいないため、もし彰子腹の皇女がいたら、その皇女にも一品になる可能性はあったと思われる。

次の三条帝代には、中宮妍子の生んだ禎子内親王が異例の着袴に際して一品に叙された。藤原道長の孫にあたるこの皇女がその血筋ゆえに優遇されたといえよう。なお、禎子は後朱雀帝に入内して、禎子の生んだ姫宮二人も女一宮になっている。ついで、後一条代には、中宮藤原威子腹の章子内親王が一品になり、後冷泉帝に入内している。

後朱雀帝に入内した禎子内親王が生んだ、良子内親王・娟子内親王の二人が一品に叙されている。(注三)良子は斎宮、娟子は斎院経験者である。后腹の皇女二人が一品宮になっていることになる。次に、後三条帝代になって、藤原茂子（死後、贈位の皇太后となる）腹の聡子内親王が一品に叙されている。この聡子を境にして、一品宮はいったん姿を消す。次の白河帝代になると、「一品」に代わり、「女院」が未婚の皇女にも与えられるようになり、未婚の内親王で「女院」であることが、その帝にとって重要な皇女であると示す要件となる。

その後、後鳥羽帝代になり、中宮藤原任子の皇女、昇子内親王が一品となる。この昇子は順徳帝の准母となり皇后宮に、さらに春華門院という女院となる。昇子以降三人の一品宮がわかるがいずれも「女院」となっている。ついで、後嵯峨帝代に、大宮院腹の皇女綜子内親王が一品になっている。確認できる限り、第一皇女である。綜子はその後、月華門院となっている。そして、後醍醐帝の懽子内親王が一品になっている。懽子は光厳帝に入内、宣政門院となる。

以上、平安時代から鎌倉時代における史上の女一宮の様相を見てきた。ここからわかることは、一品宮の多くが后腹の皇女であり、一品に叙された際には、后腹の皇女中では第一皇女であったことといえよう。その枠組みから外れる場合は、何らかの政治的配慮や、皇女自身の功績、父帝または母后の鍾愛の皇女であったことが一品に叙される理由となっていることがわかる。

また、一品昇叙が平安時代中期に多く見られ、院政期には「女院」にとって代わられることで、一度姿を消すことは興味深い。それでも、なお後鳥羽や後嵯峨、後醍醐などが一品昇叙を行なっていることには、何らかの意味があると思われるが、いずれの天皇も天皇制の危機に際し、新たな王朝を作り上げようとしていたことで共通している。その新たな王朝に「一品宮」を利用した可能性はあるだろう。この「一品宮」から「女院」に変化する様相は実は物語にはあまり見られないのであるが、まずは、史上の「一品宮」の存在と物語の「一品宮」とを比較しておく。

二　物語史上の「一品宮」

物語史における「一品宮」と、史上における「一品宮」には、后腹の皇女であり、第一皇女という原則は共通している。むしろ、現存する物語で一品宮の詳細を描いているものについては、必ず、后腹の第一皇女である。例えば、『いはでしのぶ』の一品宮のように、白河院の女二宮でありながら、女一宮と母が異なり、女二宮の母こそ后であったため、その后の産んだ最初の皇女である女二宮が一品宮になっている。もちろん、そのほかの物語のほとんどが、后腹の第一皇女でもあり女一宮でもある。

そして、この原則は基本的に変わらない。『うつほ物語』の朱雀院女一宮が、どんなに父帝の鍾愛の皇女でもあり、外祖父の正頼が権力を握っていても、四品にしかなれなかった。(注四) また、『源氏物語』の朱雀院女三宮も父帝鍾愛の皇女であり、母は女御ではあったが、先帝の女源氏であった。それでも、女三宮は二品である。なお、物語史で二品を叙されているのは、この女三宮と、『いはでしのぶ』の一品宮の娘である二品宮、『恋路ゆかしき大将』の今上帝の女二宮である。この『恋路ゆかしき大将』の女二宮は物語内における最大の美女であり帝の寵愛を一身に受ける「玉光る」(藤壺女御)の娘であり、恋路が「玉光る」の代わりに手に入れた皇女でもあるのだが、この女二宮にしても二品までである。

このように、物語史上の「一品宮」と「二品宮」の例を見ると、実は物語のほうが歴史上の昇叙よりも厳格なルールに則っているようにも見える。平安時代における藤原氏の摂関政治、特に道長に代表される政治体制は、一品宮を輩出した。道長の叔母や娘、さらには孫娘が産んだ皇女のうち六人までもが一品宮になっていることは、良房・基経が儀子を一品宮にした以上に、藤原氏の血を引く皇女の地位の格上げにも寄与したことになる。こうした平安時代における「一品宮」のあり方は、例えば『源氏物語』や『夜の寝覚』、『狭衣物語』などの平安時代の物語にある程度の影響は与えているだろう。

だが、具体的なモデルとできる皇女はいない。むしろ、物語史における「一品宮」は『源氏物語』に影響されるところが大きい。『源氏物語』以後の物語に『源氏物語』の影響がないといえる作品はあまりないが、特に今上帝女一宮の存在は単に「女一宮」像だけではなく、「一品宮」としての側面も、後世の物語に影響を与えている。その典型例は『我が身にたどる姫君』の我身院一品宮（女一宮）である。この我身院一品宮は、『源氏物語』が母である我身女院が一品昇叙のみならず、自身の皇后宮の位を譲ってまで大切にしていた皇女であった。同母妹の女二宮が母女院の判断で降嫁させられたのと大きく差がある。（注五）しかし、我身院一品宮は『源氏物語』が殊更に強調しながらも、結局は果たされずに終わる今上帝女一宮への密通の可能性を発展させ、実際に密通させてしまう。しかも、その密通の相手が母女院と共にその成長を見守っていた甥にあたる悲恋帝であり、近親婚的なイメージを強く持つ密通となっている。

もちろん、第二章で詳細に検討した『いはでしのぶ』の一品宮も密通から降嫁することになる皇女であったが、『我身にたどる姫君』に見える一品宮の挿話は、『源氏物語』の今上帝女一宮の枠組みにおける描かれなかった一つの可能性を示したものでもあろう。実は、この密通される「一品宮」という構図は、『いはでしのぶ』以降の作品である『風に紅葉』、『恋路ゆかしき大将』にも見える。これまで、この構図は『いはでしのぶ』引用と考えられてきた。（注六）両作品ともに本文中に『いはでしのぶ』の語が見えることから、直接的には『いはでしのぶ』の影響下に出来上がっていることは確かだが、『我身にたどる姫君』同様に『源氏物語』の作り出した「女一宮＝一品宮、女二宮＝降嫁」という構図を利用していることも明らかである。

特に、『恋路ゆかしき大将』の今上帝女一宮は、そうした「一品宮」像のみならず「斎宮」としての側面も持ち、興味深い。次節では、斎王であって、さらに一品宮であるという点に着目し、『恋路ゆかしき大将』の今上帝女一宮について考察してみたい。

三　斎王／一品宮――『狭衣物語』と『恋路ゆかしき大将』から

前節では、物語史上の「一品宮」についてみてきたが、ここでは斎王（斎宮・斎院）経験者であり、「一品宮」でもあるという皇女について見ていきたい〈皇女〉特有の役割であり斎王と、一品という位階を持ち合わせた存在は、史上には四名、物語史上でも二名と、その存在は極めて稀である。だが、これまで確認してきたようなイメージを二つながらに持ち合わせている存在とは一体どのようなものなのか、ここで見ておきたいと思う。

物語史上における二名とは、『狭衣物語』の一条院女一宮と中世王朝物語の一作品である『恋路ゆかしき大将』における今上帝女一宮（一品宮）である。『狭衣物語』の一条院女一宮は、第三章第一節において詳しく確認したので、ここでは特に『恋路ゆかしき大将』の今上帝女一宮について、特に『狭衣物語』の一条院女一宮との影響関係を踏まえながら見ていきたい。

『恋路ゆかしき大将』は『風葉和歌集』にも見えない作品であり、おそらく鎌倉末期から南北朝にかけて成立したと思われる作品である。そうした「王朝」が揺らいだ時期に描かれたとは思われないほど、『恋路ゆかしき大将』の舞台は王朝物語的である。その中に登場する今上帝女一宮は父である今上帝代の斎宮であり、父帝の譲位により帰京するところ（巻二）から登場する。

まことや、皇太后宮の御腹に女一宮と聞こえさせしは、七八の御年、御占に合はせ給ひて、伊勢へ下らせ給ひにしぞかし。類あまたもおはしまさぬが、やんごとなく厳しき御身のほどを、遥かなるほどへ出だしたてきこえさせ給ひし、父帝も母后も御嘆きなりしに、この秋上らせ給ひて、一品宮と申す。御禊の御桟敷にて、この女二宮と御対面ありしよりは、とりわき一つにわたらせ給ふべく、上は思しのたまはすれど、皇太后宮の御心ち、さまでうらなかるべきならで、年返りて朝覲の行幸にぞ、二所ながら御対面あるべしとて、御用意殊に、いみじくしみ深き〔 〕まで過ぎぬ。（巻二・七三）

斎宮として、七～八歳の年に伊勢へ下り、父帝の譲位によって退下し都に戻ってきたのである。この登場の場面に、二重傍線部にあるように母皇太后宮と異母妹である女二宮の母である藤壺女御（玉光る）との確執までが露呈されることに注目しておきたい。また、この伊勢から戻ってきた元斎宮という設定には注意したい。その前斎宮に恋慕するのが、藤壺女御（玉光る）が入内前に戸無瀬入道との間に生んだ息子である端山なのである。

祭りの日、院の御桟敷へ、后たちの行啓もことごとしからむとて、ただ姫宮二所ばかり行かせ給ふべきにてあるにさへ、諫めとどめたてまつるべきならで、入らせ給ふ。一品宮一つ御車にて御桟敷へなるに、大将君さぶらひ給ふが、伊勢〔し〕まをたち離れて都へ上らせ給ふ聞こえのありしより、空に標結ひて、そぞろに心化粧せられ、あやしき御心の中を我だに、思したどる方なきに、いかでかかる旅の御しつらひ、ほど仄かにも見たてまつる玉簾の隙ありしかなと、過ちもしつばかりに御心も身に添はぬに、思ひ初めしも、さるべく逃れぬ御契りの始めにやあらん、人の御心の乱れ初むべきよしなきゆゑも、この世のみならぬ事にや、いづくをも入りたちわがままに思したる御心には、つきづきしき物の隙もむなしからぬ事にて、いとよく見給ひけり。（巻二・七六～七七）

この引用は端山が女一宮を垣間見する場面である。例えば、第一節で見たように、『夜の寝覚』の斎宮が帰京後に「きこえをかす人あまたあれど」と述べられたように、伊勢から戻ってきた斎宮には「密通」や「懸想」の対象であった。また、上京する前斎宮に対して関心を示すのは、『うつほ物語』の兼雅が嵯峨院の皇女であった斎宮の帰京を聞いて、息子である仲忠に、仲忠が朱雀院の女一宮と結婚していなかったら、斎宮を妻にしたらよかったのにと話すのを始発にして、退下後に多くの求婚者がいた『浅茅が露』など、遠く伊勢で神に仕えた神秘の皇女に対する憧れは物語に何度となく描かれてきた。

しかし、この『恋路ゆかしき大将』の端山は「都へ上らせ給ふ聞こえのありしより、空に標結ひて、そぞろに心化粧せられ、あやしき御心の中を我だに思したどる方なきに」（巻二、七六）と、女一宮の姿も見ないうちから恋心を募らせている。

この端山による恋心は、明らかに「斎宮幻想」の中にある。都から遠く離れた伊勢の地ですごした皇女が美しく成長して帰ってくることに対して憧れているのである。しかし、その前斎宮である女一宮は、物語内で最も美しい女性である藤壺女御（玉光る）の生んだ女二宮より劣ることが、続く垣間見の場面で端山の視点から述べられている。

一方、物語は退下後すぐに女一宮を一品宮に押し上げ、恋路の相手であり藤壺女御（玉光る）の生んだ皇女である女二宮との差異化を図っていた。端山にとって女二宮は異父妹になり、自らが藤壺女御（玉光る）の血筋である以上は恋路のように藤壺女御の血を引く女性を求めることはできない。その藤壺女御（玉光る）の血を引くことと等価である「何か」こそ、前斎宮という立場であり、一品という位階であった。

前述のように女一宮は女二宮よりも「はなばなと光殊なる方は、二宮には圧され給へれば、少しは劣りたてまつり給へるにこそあらめと見ゆるれど」（巻二、七七）と、劣った部分がある姫宮であり、『源氏物語』の今上帝女一宮や『狭衣物語』の源氏宮のように絶対的な美を兼ね備えた姫宮ではない。他の姫宮より劣った部分があり、年齢は開示されないが、やや年上のイメージを持つ。（注七）ここには、第一節で詳述した『狭衣物語』の一条院女一宮のようなマイナス面を持つ皇女のイメージが重ねられている。もちろん、この物語の流れから考えれば、藤壺女御（玉光る）の娘である女二宮のほうが女一宮より優っていることが必要とされることは言うまでもない。『恋路ゆかしき大将』の女一宮は、斎宮であり、一品宮であり、〈皇女〉であることが物語内で最も利用された人物だといえよう。そして、その造型にはそれまでの物語で作り上げられた一品宮像が利用され、また斎王像も重ねられている。「玉光る」の血を引く女二宮が、『恋路ゆかしき大将』が創り出した一つの新しい皇女像であるならば、この女一宮は、平安時代から鎌倉時代にかけて王朝物語が引き継いできた皇女像を利用した上で成立した存在といえよう。

女一宮と端山の恋は斎王ゆえに設定できた「都に戻ってきた皇女」が端緒であり、前斎王で一品という最も不可侵の皇女であった。その皇女の密通場面の露見には『源氏物語』の女三宮や『狭衣物語』の女二宮など、皇女の密通の典型例が直接引用されている。このことは、女一宮に物語史の皇女像を利用したという一つの証拠となるだろう。

物語が成立した頃の歴史状況は、もうすでに「王朝」は解体され、意味を持たなくなっていた。その中で、なぜこのような物語が成立したのか。ここでは『恋路ゆかしき大将』の成立を論じる余裕はないが、中世における「王朝」の意味を問うことの重要性、そしてその「王朝」を彩る制度としての「斎王」の重要性を指摘しておきたい。

さて、『狭衣物語』の一条院女一宮と『恋路ゆかしき大将』の女一宮の具体的な類似点は多くはない。そもそも、前者は斎院、後者は斎宮であって、同じ斎王であっても持っているイメージは異なる。しかし、前斎王であり一品に叙された皇女で、臣下に降嫁するという共通項から、『恋路ゆかしき大将』は明らかに『狭衣物語』の一条院女一宮の影響を受けている。（注八）それは、降嫁にいたる状況設定で顕著である。

『狭衣物語』の一条院女一宮の婚姻は、女一宮の母女院の反対と、婚姻を嫌がる狭衣に対し、父堀川の大臣は積極的に働きかけ、降嫁を実現させる。一方、『恋路ゆかしき大将』の女一宮は密通され事が露見したことによるが、女一宮の母である皇太后宮は降嫁に反対し、父ではないが、父とも兄とも慕う恋路の取り成しによって降嫁が実現される。いずれの場合も、女宮は母の意向を気にし、密通の噂が世間に知れ渡ったことを悔やむ。いずれも斎王であった過去を髣髴させるように『狭衣物語』では「紀の神も引きかけて、さださだと明めさせたまはねば」(巻三②八十三)と「紀の神」つまり賀茂明神を引き合いに出し、『恋路ゆかしき大将』では「かく今は濯がん方なく顕れ出でぬるがあさましう口惜しき」(巻三・九十八)と、御裳濯川での禊を想起させる表現が使用され、いずれもすでに斎王を辞した身である以上、自分だけでは自らの潔白を証明できないことを嘆く。

さらに付け加えれば、『狭衣物語』では狭衣の文を女院が、『恋路ゆかしき大将』では端山の文を皇太后宮が見る場面がある。いずれも手引きをした(『狭衣物語』は手引きをしたと思われている)女房(乳母子)の母である乳母経由で、それぞれ女宮の母の手にわたっている。その結果、前者はさらに苦悩を深め、後者は降嫁を許す契機になる。『恋路ゆかしき大将』の女一宮と端山は結局幸せを手に入れることになるため、ここでは物語の枠のみが流用され、違う結末へと導いていることとなる。(注九)

このように、両作品の女一宮に関わる物語には、枠組みの利用や表現の類似が指摘できる。しかし、大きな相違点は、同じ斎王経験者の降嫁であっても、『狭衣物語』の一条院女一宮は狭衣によって密通されたわけではない。狭衣が一条院に忍んでいったのは、娘である飛鳥井の姫君が目当てだったのであり、一条院女一宮は噂によって狭衣に降嫁せざるを得なくなったのであった。それが、『恋路ゆかしき大将』になると、女一宮は端山によって密通され、懐妊してしまう。このように密通が容易に行なわれてしまうのは、中世王朝物語ではよくあることではあるが、しかし、斎王経験者に対しても密通が容易であることは、大きな変化である。もちろん、この密通の問題は『伊勢物語』以来の斎宮の特性としてとらえる必要があるが、「御裳濯川の流れ神さびてもの遠き御習ひ」（巻三・九〇）と斎宮であったことが強調される女一宮が密通されたことは、斎王像の重要な変化であるといえよう。以上、ここでは斎王経験者であり一品宮である、という特性を持つことに注目したが、そうした皇女のあり方について、他の物語を含めもう少し詳細に、総合的に見ていく必要はあるだろう。

さて、物語史の中の一品宮に話をもどしたい、物語史の中で女院の地位に就くものがいる。それが『いはでしのぶ』の一品宮である。皇女で女院となったものは、ほかに『とりかへばや』の女東宮がいるが、女東宮は一品宮ではなかった。次節では、この〈皇女〉と「女院」の関係について考察したい。

四　物語史上の女院（注八）

まず、王朝物語における女院についても、別に表にまとめた（次頁参照）。現存する物語の中で女院が登場するものは十八作品あげられる。『源氏物語』の藤壺の宮については、本文に女院とされないが、「薄雲の女院」として享受されたことは古系図や『風葉和歌集』などを見ても確かであり、後世への影響を考える時には外すわけにはいかないだろう。

その藤壺の宮と、『とりかへばや』、『いはでしのぶ』の女院（一品宮）が皇女から女院になった人物である。藤壺の宮は中宮、『とりかへばや』の女院は元東宮、『いはでしのぶ』の女院は帝の母と、それぞれ女院になる前の状況は異なる。『とりかへばや』の女東宮という存在は物語史において唯一の例であり、東宮を外れたものは「院」となる歴史上の例にならったものとみなせよう。一方、藤壺の宮と『いはでしのぶ』の一品宮については

王朝物語における女院一覧

物語	女院	皇女／后
源氏物語	藤壺の宮	（桐壺帝の中宮）
夜の寝覚	一条院后の宮	后（一条院の皇太后宮）
狭衣物語	一条院后の宮	后（一条院の皇太后宮）
有明の別れ	女院	后（中宮）
堤中納言物語「はなだの女御」	女院（はちすの花）	
浅茅が露	常盤院の女院	后（常盤院の中宮）
石清水物語	女院	后（桂の院の中宮）
いはでしのぶ	白河院一品宮	皇女・今上帝の母
風につれなき	冷泉院の女院	后（冷泉院の太皇太后宮）
	女院	帝の養母
苔の衣	女院	后（三条院中宮）
木幡の時雨	上東門院	后
雫ににごる	女院	后（中宮）
しのびね	女院	后（中宮）
とりかへばや	女一宮	皇女（東宮）

むぐら（の宿）	女院	后（女御）
我身にたどる姫君	尾院女院	后（中宮）
	嵯峨女院	后（皇后）
	我身女院	后（中宮）
風に紅葉	朱雀院の女院	后（中宮）
松陰中納言物語	女院	后（中宮）
以降は散逸した物語		
小倉山尋ぬる	女院	后？
末葉の露	女院	后？
袖ぬらす	朱雀院の女院	后
あたり去らぬ	女院	后
千曲の川	女院	后？
はしたか	女院	后
御垣が原	一条の女院	后
みかはに咲ける	女院	后
吉野	女院	
われ恥づかしき	女院	后

第二章第三節で詳しく述べたので、ここでは省略する。ただし、「一品宮」であったものが女院となる例はこの物語にしか見えず、それを可能にしたのは、史上の白河院以降見られる皇女の女院号によるだろう。白河院皇女の郁芳門院以降、未婚の皇女を幼い帝の准母にするなどして、「女院」と遇する例が見られ、院政期から鎌倉時代後期までの不婚内親王の女院数は膨大である。

それにしてもなぜ、物語には不婚皇女であり女院である人物がいないのであろう。表を見れば明らかであるが、散逸物語であっても女院は后に与えられるものである。『風につれなき』の女院が臣下の女性であり入内もしていないのに女院とされているのも、中宮であった亡き姉の代わりであろうし、たとえ未婚であったとしても、皇女と同列にはできない。物語は徹底的に不婚皇女への女院宣下は避け、「女の栄華」としての「女院」という地位を手放さなかった。

史上の女院は東三条院を初めとして江戸時代まで続く。皇女に与えられる斎宮や斎院、あるいは一品宮といった位置は近世まで続かず、近世では不婚の皇女は尼門跡に入ることが多くなる。結婚できない皇女は一生を尼として暮らすことになるのであって、中世以前にくらべ、より一層手の届かない存在となり、また世間から忘れられる存在となっていくのであろう。そこには、皇女の担っていた聖性も「天皇家」の優位性も感じられず王朝の終焉がみえてくる。

もちろん、尼門跡の歴史は中世以前の皇女に求められていたものとは違う価値があったのだろうし、出家して一生を過ごすことは、平安時代の皇女にも求められていた最も「あらまほしい」姿でもある。おそらくは法親王の歴史と関与し、出家し「天皇家」を支えた親王たちの問題とあわせて考察すべきところであるが、それは今後の課題としたい。

そもそも、女院の制度が近世まで続いたのも、女院となる要件に出自が関係ないことにある。皇女でも摂関家の女でも、本来ならば更衣クラスの女性でも、出自の上下にかかわらず女院となれた。さらには、国母である必要もなく、必ずしも出家する必要もない。反対に女院の創始である東三条院のように出家した後でも女院になれた。女性を待遇したいときに、これほど便利な制度は他にはない。だから、物語も女院制度を取り入れ、多くの物語に女院が登場する。特に、出自の低かったり、後見がなく帝の寵愛のみが後宮での拠り所である場合には、女院という安定した地位に就くことは「栄華」以外の何ものでもない。物語が様々な階層の女性を描き、また、密通や女性を盗み出すといった話型が多用される中に、女院となることが、女性の栄華を示すための物語の必要要件となったといえる。

そして、それは「天皇家」を中心とした物語にも、「摂関家」を中心とした物語にも、どちらにも利用可能である。それが、物語史の中の女院なのであり、その典型例は三人の女院を描く『我身にたどる姫君』であろう。

おわりに

以上、斎王と一品宮、女院の問題を考察してきた。物語史にみえるその姿は、斎宮・斎院や一品宮といった皇女固有の地位に対して、女院を后固有の地位として利用しているものであった。「一品宮」という存在が、徐々に必要とされなくなる一方で、「女院」は徐々に利用されはじめる。『うつほ物語』や『源氏物語』に見えた「大宮」という存在は、女院に変化し、と同時にその物語内への影響力も「大宮」とされた「后」と比較すれば弱くなっていることも事実である。(注九)

単に栄華を手に入れたことを示す記号としての「女院」と、「大宮」と呼ばれ一族の長のような立場で動く

「大宮」の存在とは、当然ながら位相差がある。物語が「大宮」という呼称を使わなくなってしまった点も興味深いが、本節では「皇女」と「女院」の関連や変遷を確認するにとどめ、次節において、「大宮」とは呼ばれないものの、「大宮」的な要素を持ち合わせている『夜の寝覚』の中宮を考察することで、后像の問題点を明らかにしたい。

（注一）助川幸逸郎「一品宮」（神田龍身・西沢正史編『中世王朝物語・御伽草子事典』勉誠出版 二〇〇二年）に物語における「一品宮」の考察がある。
（注二）なお、歴史上の一品に叙された親王・内親王については、安田政彦『平安時代皇親の研究』（吉川弘文館、一九九八年）に詳しい。
（注三）前掲注二安田論文において、娟子についても一品に叙されたとするが、やや史料がはっきりしない点がある。
（注四）『うつほ物語』の女一宮については、第一章第一節で詳述した。
（注五）なお、『源氏物語』の今上帝の皇女は、女一宮（明石中宮腹）が一品宮、女二宮（藤壺女御腹）が薫に降嫁されており、「女一宮＝一品宮、女二宮＝降嫁」という図式そのものが、母の違いはあれど物語に引用されている可能性もある。
（注六）『恋路ゆかしき大将』と『いはでしのぶ』との影響関係を論じるものに、小木喬『鎌倉時代物語の研究』（東宝書房、一九六一年）、辛島正雄「中世物語史私注攷『いはでしのぶ』『恋路ゆかしき大将』『風に紅葉』をめぐって」（『徳島大学教養部紀要（人文・社会）』二一巻、一九八六年三月。後に、同氏『中世王朝物語史論 下巻』笠間書院、二〇〇一年に所収）、助川幸逸郎「『恋路ゆかしき大将』における〈王権物語崩し〉―『いはでしのぶ』との差異が物語るもの」（『国文学研究』百三十六号、二〇〇二年三月）などがある。

（注七）恋路が女二宮あての女一宮の文を見て、「御年のほどといひ」と女二宮との年齢の差を気にすることから、女二宮と比べると女一宮のほうが恋路の年齢（巻二において二十八歳）に近い年齢の姫宮と思われる。

（注八）なお、『恋路ゆかしき大将』の女一宮については、『いはでしのぶ』の白河院一品宮の影響が指摘されている。しかし、そもそも『いはでしのぶ』の白河院一品宮に『狭衣物語』の一条院女一宮の影響が見られること、また『いはでしのぶ』の白河院一品宮は斎王経験者ではないことなどから、『狭衣物語』は『恋路ゆかしき大将』に直接的・間接的に影響を与えていると考える。

（注九）中世王朝物語全集８『恋路ゆかしき大将・山路の露』（笠間書院・二〇〇四年）の『恋路ゆかしき大将』の解題（宮田光氏）において『いはでしのぶ』との比較に「『恋路ゆかしき大将』には、先行物語を安易に模倣せず、基本的な枠組みは継承しても、細部で変化を加え新味を出そうと工夫を凝らした跡を見られる。これは評価すべきだろう。」とある。枠組みの継承及び変化という点では、『狭衣物語』の枠組みの利用も同様であろう。

（注十）物語史における女院については、野村倫子「物語の「女院」、素描　平安鎌倉物語に見える「女院」の系譜」（高橋亨編『源氏物語と帝』森話社、二〇〇四年）と記述が重なる部分も多いが、論者なりに「物語史の女院」について確認しておきたい。

（注十一）土居奈生子氏に「大宮」について一連の論考がある。「『源氏物語』左大臣の妻〈大宮〉について」（高橋亨編『源氏物語と帝』森話社、二〇〇四年）・「源氏物語〈大宮〉考―弘徽殿女御の場合」（『文学・語学』一八一号、二〇〇五年三月）・「源氏物語〈大宮〉考―明石中宮の場合」（『國學院雑誌』一〇六―五、二〇〇五年五月）これらの論で、大宮とは「帝の近親者、同母姉妹、実母、嫡妻（嫡后）、またはこれに准ずる者から選ばれ、その帝の治世が栄え、子女がひろがった時、後見の弱まった子女を養育・庇護する役割を持っていた」とし、「帝の親族集団を支え、集団の子女世代から尊敬され、〈大宮〉と呼ばれる」として、〈大宮〉という語が持つ意味を示す。本稿では、ほとんど述べられなかったが、「天皇家」の問題を考える上で、后や皇女のみならず重要な存在であるといえよう。

第三節　「中宮」という存在㈠――『夜の寝覚』を起点として

はじめに

本節では、〈皇女〉と対峙する存在でもあり、〈皇女〉の母でもある「中宮」という存在について考察していきたい。「中宮」を中心とした「后」たちがどのように〈皇女〉に関わってくるのか、また、〈皇女〉を産む存在でもある「后」たちは、どのように描かれるのか、考えたい。

皇子を産むことが求められる中で〈皇女〉を産むことの意味、さらに、摂関政治の枠組みをどのように物語の中に見るのかなど、論点は多岐に渡るが、后や尚侍など後宮の女性が対立する構図を描き、他の物語にくらべ特異な存在である『夜の寝覚』の中宮を起点として、考察を進めたい。

『無名草子』は『夜の寝覚』について、「寝覚こそ、取り立てていみじきふしもなく、また、さしてめでたしと言ふべき所なけれども、はじめよりただ人ひとりのことにて、散る心もなくしめじめとあはれに、心入りて作り出でけむほど思ひやられて、あはれにありがたきものにて侍れば。(注一)」と評している。一人の女主人公の人生を語ったものとして『夜の寝覚』を位置づけていることになる。この評価は、現在に至るまで『夜の寝覚』の研究の方向を決定しているといえよう。(注二)一人の女主人公の、しかもその心理描写をめぐる研究がこれまでの中心であった。

しかし、『夜の寝覚』は、はたして一人の女主人公の物語なのであろうか。『夜の寝覚』が作り出した「女性」への視点は、他の女性たちにも向けられてはいないだろうか。本論では、そのような問題意識から、女性同士の対立の様相を「后位」とかかわらせながら考察していきたい。

もちろん、女性同士の関係を問題にするといっても、このことは女主人公抜きに考えることはできない。またそれは帝や男君を含む立体的な関係構造として捉えなくてはならないであろう。女性同士の対立という視座の導入により、『夜の寝覚』研究の新たな地平が開示されるのではなかろうか。

一　『夜の寝覚』における后の論理

『夜の寝覚』において后位にあるものは、朱雀院后であり、帝（後の冷泉院）の母である大皇の宮(注三)と、男主人公姉である中宮の二人である。帝には他に少なくとも三人の女御（承香殿女御・宣耀殿女御・梅壺女御）がおり、女主人公寝覚の上(注四)の義理の娘が内侍の督として入内している。

そして、そうした夫人たちの存在ゆえに、寝覚の上の入内ははじめから想定されていない。物語のはじめ、寝覚の上の姉大君の結婚問題に、父大臣（源氏太政大臣）は次のように考える。


「このころ内には、関白したまふ左大臣の御女、春宮の御母にて后に居たまへる、御おぼえのいかめしさに御はらからの式部卿の御女、承香殿の女御ときこえて、私物に心苦しうおぼしとどめられたるすゞゑにて、なにばかりのことあるべきにあらず。春宮は、まだ児にておはします。いかがはすべき」とおぼすに、左大臣の御太郎、かたち、心ばへ、すべて身の才、この世には余るまですぐれて限りなく、世の光と、おほやけ、わたくし思ひあがめられたまふ人あり。年もまだ二十にたらぬほどにて、権中納言にて中将かけたまへる、ものしたまふ。関白のかなし子、后の御兄、春宮の御をぢ、今も行く末も頼もしげにめでたきに、心ばへなどの、さる我がままなる世とても、おごり、人を軽むる心なく、いとありがたくもてをさめたるを、「帝の御母、后に居ざらむ女は、この人の類にてあらむこそめでたからめ」とおぼしえて、殿に御気色たまはらせたまふに、「などてかは。皇女たちよりほかは、この人こそやんごとなかるべきよすがなれ。うしろやすく、目やすかるべき御仲」と、うけひきたまひてければ、御心ざしはこよなくたちまさりたれど、限りあれば、まづ大姫君の御事を、八月一日と取りて、いそぎたまふ。（巻一・二一〜二二）（注五）

父大臣はすでに関白の娘（中宮のこと）が春宮の母として后であることや、承香殿の女御の存在から、娘を入内させずに関白家の権中納言と結婚させようとしている。さらに、「帝の御母、后に居ざらむ女は、この人の類にてあらむこそめでたからめ」という父大臣の考えに対応するかのように、関白側では「皇女たちよりほかは、この人こそやんごとなかるべきよすがなれ」と考えていることにも注目しなければならないだろう。

すでに後宮争いは一段落し、春宮の母として中宮が存在している以上、源氏太政大臣は娘を入内させても意味がないと判断し、「帝の御母、后に居ざらむ女」は次代の摂関候補と結婚するほうが良いとする。（注六）もちろん、このような考え方は摂関政治の論理にのっとったものである。次代の摂関候補との間に娘が生まれ、その娘が将来入内する可能性が考えられているからだ。事実、物語は末尾欠巻部において関白家の娘である石山の姫君を入内させ立后させている。しかし、入内の可能性もなく、姉が摂関候補と結婚したならば、寝覚の上の結婚相手としてふさわしい人物はいったい誰なのか。太政大臣家の鍾愛の姫君にとって、その結婚相手がいない、というところから物語は始まるのである。

一方、この引用文では、今上帝の後宮内の構造が端的に示されている。現関白家のみならず源氏太政大臣の兄弟である式部卿宮など、次代の外戚候補者が何人もいるのである。しかし、肝心の帝の心中はまったく違う。

いみじき一の人の女、春宮の母といふとも、この人を、我、なのめに思はましやは。世の誹り、人の恨みも知らず、上なき位になしあげてまし。（巻三・二五九）

巻三にいたり、帝の寝覚の上への思いを語った箇所である。「いみじき一の人の女、春宮の母」とは中宮のことを指す。どんなに安定した地位にある中宮であっても、寝覚の上に執心している帝にとって、その存在は相対化されてしまう危険性を物語は仄めかす。(注七)『夜の寝覚』には典型的な摂関政治的人間関係が布置されている一方で、寝覚の上は入内せず、この物語では立后争いは描かれていない。(注八)にもかかわらず、物語は入内しなかった寝覚の上に対する帝の恋慕の情を定位させている。そして、この寝覚の上への帝の執着心は、後宮内における女性同士の権力関係を顕在化させてしまうのではないのだろうか。次節において、女性同士の関係構造を見ていきたい。

二　女性たちの対立構造

女性たちの対立の様相は、そのほとんどが寝覚の上を中心として形成されている。もっとも攻撃的な女性といえば大皇の宮であるが、大皇の宮と寝覚の上のかかわりについて、すでにいくつかの先行研究がある。(注九)その中でも、永井和子氏による次のような考察は大皇の宮を考える上で重要であろう。(注十)

大皇宮の積極的な介入なくして、帝の行動は進展し難い。（中略）他の登場人物ならいざ知らず、帝の母后としては極めて特異な人物設定であることだろう。帝はこの計に乗って行動するのであるから、いわば帝は母后と一組になって物語の秩序を壊して行くことになる。帝と母后が両主人公の世界に対し反秩序性を負うということは、物語史のなかで積極的に評価して良い部分ではないだろうか。さてこうして、過保護な母親である大皇宮の必然が重なった形で、帝の垣間見という異常な場面が設定された。

大皇の宮について、例えば『源氏物語』の弘徽殿大后と比較した考察はあっても、その存在意味について論じているものがほとんどない研究状況にあって、「過保護な母親である大皇宮」が「物語の秩序を壊して」いくと述べる永井氏の考察は首肯できるものである。だが、大皇の宮の存在は「物語の秩序」を壊しつつも、一方で、女性たちの対立という関係構造を構築している。以下、物語の本文に沿って、その問題を確認したい。

Ｉ　（大皇の宮は）北の方を、「なほ、きこゆるに従ひて、院にさぶらひたまへ。おのれ心とめてきこえなむことを、つゆにてもおろかにはありなむや」とせちにきこえおもむけさせたまふを、聞くもゆゆしきまでおぼゆれど、おぼつかなからぬほどにうち紛らはしつつ、過ぐしたまふ。「いと心もとなし」とおぼしめしながら、院に帰りまゐらせたまふ。御贈物など、いとめづらしきさまなり。かうぶり賜はりたまふは、新中納言御加階に、譲りたまひつ。（巻三・二三五）

まず、引用Ｉは大皇の宮の寝覚の上懐柔策が示されている箇所である。ここでの大皇の宮は娘女一宮のために、男君と寝覚の上の間を引き裂かんとしている。その方法の一つとして、「院にさぶらひたまへ」というのである。自身の夫である朱雀院のもとに入内させようという論理とはいかなるものか。（注十二）中間欠陥部を経ての巻三である以上、いささか意味がとりにくいが、寝覚の上を自身の権力下に置こうとする意図だけははっきりしている。さらには、位階授与という形でも権力を行使しており、これは明らかに「后」の立場を利用しての行動である。しかし、結局は寝覚の上の入内の話はあっさり流され、老関白長女の内侍督としての入内へと話は進む。しかし、寝覚の上の身代わりともいうべき長女の入内は、女性たちの対立を顕在化させる。

II　まづしきりて三夜は、参上りたまふ。四夜といふ夜、中宮の御方に渡らせたまへるに、「いかが」など、問ひきこえさせたまへれば、「なほ、けはひ、手当たりなど子めいて、人の娘とはおぼゆらむ。らうらうじきかたや、少なからむ。ただ今は、ことごとしく見えむも、うたてぞあるべき。心やすくらうたげにはありぬべかめり。」と、のたまはする御気色、いと浅きとは見えさせたまはず。おはしまし暮らして、その夜も、内侍督参上りたまひぬ。またの夜は、中宮上らせたまひて、やがて上の御局にさぶらひたまへば、他人はえ上らせたまはず。めづらしき人のにくからずおぼしめさるるにつけても、「宮の御心につゆばかりも違ひきこえさせじ」とのみおぼしめすぞ、めでたき人の御おぼえなるや。（巻三・二四三〜二四四）

III　いとよろづのことに、心得重りかに、のどかに、ありがたきところすぐれておはしましして、大皇の宮は、ふさわしからずと、思ひきこえさせたまふほどに、おのづから、いとしも同じ御心ならず。わざとならずおぼしめすことも、中宮の御方ざまのことをば、え消たせたまはずなどあるを、大皇の宮は、「など、さはあべき。限りなくとも、我があらむ世の限りは、中宮のかしこかるべきことか」など、おぼしおとしめ、事にふれて、さてありなむの御もてなし、言葉のいちはやさに、いどましくなど思ひきこえさせたまふべきにはあらねど、心々なるやうに、ひとしからで、かたみに睦びきこえさせたまはずぞありければ、「関白の上を、我がものと靡かし果てむ」の御心どりに、内侍督を、とりわきかたびかせたまふさま、いと頼もしげにて、「いましばしありて、我が位をも譲らむ」などのたまはせて、語らはせたまひつつ、軽らかに登花殿に渡り通ひなどさせたまふ。いとさらでもありぬべき御有様なれど、内にかくておはしますほどは、帝、春宮、日々に渡りて御覧ぜられたまふなどぞ、これより、言ひ知らざらむ御心用ゐも罪あるまじく、契りめでたく見えさせたまひける。

（巻三・二六三〜二六四）

引用Ⅱ・Ⅲは、ともに内侍督入内により、後宮に孕まれていた対立が露わになっている箇所である。引用Ⅱでは、中宮を重んじる帝という後宮内の秩序が明確にされている。さらに引用Ⅲでは、中宮と大皇の宮の対立が明らかにされ、大皇の宮が積極的に内侍督を自身の側にとりこもうとしていることがわかる。「いましばしありて、我が位をも譲らむ」とまでいっており、后位をちらつかせながらの発言である。

だが、この内侍督入内とは、大皇の宮にとっては「譲りのがれにし内侍督の方ざまならでも」（巻三・二五〇）とあるように、もともと寝覚の上が要請されたものである一方、巻四では「我が言出させたまひしことなれば、中宮の御心寄せおろかならず。」（巻四・三六五）とあり、中間欠巻部において中宮が寝覚の上ではなく内侍督に要請していたことがわかる。つまり、中宮と大皇の宮それぞれが寝覚の上の代理としての内侍督を宮中に取り込めようとしているのである。（注十二）中宮と大皇の宮が内侍督を取り合っており、帝に替わって彼女たちが宮中を取り仕切っているのである。そして、内侍督はまさに寝覚の上の身代わりとして宮中入りし、后たちの争いにまきこまれてしまったといえよう。

『夜の寝覚』は、このように摂関政治下における女性たちの問題に焦点をあてている。寝覚の上を入内させないというのがこの物語の絶対原則である。寝覚の上は入内しないところで、自身の人生を切り開いていくことになる。しかし、一方、宮中の女性たちは、そのような寝覚の上を盛んに宮中にとりこめんとしている。かくして内侍督という擬似的な寝覚の上の入内ということになり、その存在をめぐって後宮に孕まれていた女たちの権力関係が浮上するのである。(注十三)

三　寝覚の上恋慕の男性たち

先の引用Ⅲの最後に、「帝、春宮、日々に渡りて御覧ぜられたまふなどぞ、これより、言ひ知らざらむ御心用ゐも罪あるまじく、契りめでたく見えさせたまひける」とあった。女性たちの織りなす葛藤に帝や春宮が巻き込まれているという実態がここにある。ここでは大皇の宮が后という地位を利用することで、帝や春宮の権力さえをもコントロールしていると言えないだろうか。加えて、その様子がいかにも后らしくないところが重要である。「軽らかに」殿舎を行き来し、気軽に内侍督に位を譲ろうとしゃべってしまう。これまでの后像―例えば『源氏物語』の弘徽殿大后や明石中宮など―からは考えられない姿がそこにある。だが、だからこそ帝・東宮はもとより后が宮中に打ち揃い、「契りめでた」い世界が構築されているのだともいえよう。

一方、中宮はそうした権力を表立って行使することはない。

Ⅳ　中宮ばかりぞ、「けにくからず、らうたげにおぼしめいたれど、御気色、いと三千人をきはむるほどにはあらざめるを。このごろ、『あやしう例ならぬは、世の尽きぬるにや』など、心細げにのたまはせつつ、ありしにもあらず、もの嘆かしげに、静心なげなる御気色は、あやしうもあるかな。年ごろ、つゆの隔てなく、まづのたまはせ合はせなどするを、さもあらず、いとらうたげにはもてなさせたまへど、なお御心のうちは、むつかしげなるまでうち嘆きがちにのみおはしますも、あやめたてまつらむも、我も人もうち乱れさせたまへるときこそよけれ、うたてさくじりたるやうなれば、見知らぬ顔なるものから、さすがに結ぼほれたる心地して。昔よりおぼしそめてしことの、目に近うてさぶらふに、御心の乱るるにこそあべかめれ。さて、督の殿がちにおはしますなめり。夜の宿直は、人にすぐるとも見えぬものを」と、心得たまひて、をかしと、おぼしめしけり。（巻三・二六二）

引用IVにおいて中宮は帝の内侍督への寵愛は寝覚の上ゆえであることを見抜き、それを「御気色、いと三千人をきはむるほどにはあらざめるを。」と判断する。そのうえで帝の寝覚の上への思いを「をかし」とみるわけだが、この中宮の造型もまた複雑である。大皇の宮のような攻撃的で短絡的な様子は描かれず、引用IVのように後宮内を俯瞰するような視座に立っている。帝と内侍督の関係のみならず、帝と寝覚の上の関係、さらに次の引用Vによると、大皇の宮による帝闖入事件の画策すらも中宮はなぜか知っている。

V　例の中宮の御方にて、御物語のこまやかなるついでに、愁へきこえたまへば、「げに、今さへ。あいなの御事や。上の、世とともの御嘆かしさに、いとほしげに見えさせたまふ、御返りなど、きこえたまはざめる。『いみじき岩木をつくりたりとも、いかでかくはあらむ。故関白大臣、さばかりいみじきものに、隙なく添ひ居たりけれど、内の大臣の帰り事などは、いとよくしけるものを。これは、「かの大臣の聞くところもあり」と「つゆの言の葉も、うしろめたがらせじ」と、さばかりの女に、いとかばかり思はれたる、げにすぐれたる人がらとはいひながら、大臣の契りさへうらやましく、妬けれ』と御涙をさへ惜しまず、つねにのたまはするものを。今はあいなしとおぼしなるらむな。大皇の宮の御はかりごとこそ。そも聞きしなり。張のうちに上を入れたてまつりてこそ、見せたてまつりたまひけれ」など語らせたまふに、胸のみ静かならず。

（巻四・四二七〜四二八）

傍線部にある「大皇の宮の御はかりごとこそ。そも聞きしなり。」とは、実は引用文より以前に「御心のうちに、恨めしくおぼさるれば、殊に上りなどもしたまはず。」（巻四・三六二）という行動を取った中宮に対し、帝が弁明した中で詳細を暴露したことによる。つまり、中宮は帝という情報源をもっているため、後宮内を俯瞰することが可能なのである。

また、この中宮による情報収集は男君への情報提供につながっている。引用Vの会話内容は寝覚の上のみに執心している男君にとってはあまり政治性を持たない内容ながら、しかし、帝を巻き込んだ後宮内の話である以上、本来は非常に政治色の濃い会話であるはずだ。（注十四）もちろん、政治性を抜きにしても、実はこの中宮こそ、帝と男君と寝覚の上との関係をより複雑にもし、解決にも導く存在なのである。

以上、大皇の宮・中宮・内侍督といった帝をめぐる女性たちの構図とそれに関わる男性たちについてみてきた。攻撃的な大皇の宮から、一見その勢いをかわしているかにみえながらも情報収集に余念のない中宮、そして寝覚の上ゆえに後宮内の対立に巻き込まれていく内侍督。後宮内での女たちの権力闘争が見事に語られているのだ。

その一方で、政治を主導すべき帝や男君は寝覚の上への報われない思いを訴えることしかできない。動くのは女性たちであり、不甲斐無い男たちにかわって寝覚の上を奪いとらんとしている。

寝覚の上自身の人生というものはあるだろうが、物語の論理はもっと複雑である。内侍督を介しての女性たちの寝覚の上争奪戦がまずあり、そこに男たちの恋物語が織り重なっている。そもそも父大臣の娘の結婚処遇を思い返せば、物語は、女性の栄達＝入内・国母、という道を捨てたところでスタートしていた。寝覚の上の次の述懐は、父大臣の先見を肯定するが、一方で后争いを含んだ伝統的な女性の栄達を選ばなかったからこそ、寝覚の上は女性たちの争奪の中心にいて苦悩の世界を見つめなければならなかったともいえる。

入道殿は、『やむごとなき後見なき人は、宮仕へすべきことにもあらず』とのたまひしなりけり。まして、ただ人の、分くかたあらむは、世に見るかひなきわざかな」。片時も隙間なかりし御仲らひにうちおぼしたまひて、

（巻三・二四七）

あったかもしれない后争い。寝覚の上が帝に入内していたならば、源氏対藤原氏の外戚闘争につながる。先行する『源氏物語』が藤原氏を圧倒する源氏の様相を描き、藤壺・秋好と二代にわたる「源氏」の「后」の台頭を喜ばない様子すら語っていた。(注十五)いずれも后争いの結果、源氏側の勝利で終ったわけだが、先述のように『夜の寝覚』では后争いの萌芽を摘み取ったところから物語を始めていた。寝覚の上自身の最初の選択として、帝への入内があったにもかかわらず、物語は他の選択肢を選んだのである。摂関政治の時代にあって別の路線が模索されたといえるのかもしれない。後宮内における「中心の女」となることを拒否し、新たな女性の行き方を示そうと

したともいえるだろう。

だが、だからこそ、かつての「后」候補であった寝覚の上争奪戦を繰り広げる必要があった。大皇の宮の寝覚の上への固執は、確かに愛娘である女一宮の問題もあるが、帝に希望された女性は自身の権力下である宮中に来るべきであり、むしろ、それに反し続けているからこそ、女一宮が不幸になったと思っているとも読める。自身の権力下におきたいほど寝覚の上を渇望し、一方で権力下に来ないからこそ憎く思うのであり、寝覚の上を奸計に陥れながらも、「我が女にして明け暮れみばや」と大皇の宮は寝覚の上に愛憎半ばした心を抱いているのである。

例えば『竹取物語』のかぐや姫や『うつほ物語』のあて宮のように、求婚譚の中心には帝（あるいは春宮）を筆頭にして誰からも望まれる女性がいる。求婚譚の原動力の一つには、王権による権力誇示があるわけだが、しかし、『夜の寝覚』には、その中心となるべき女性がその位置にすわることを拒否している。帝や男君はその寝覚の上を、どうにかして中心に引っ張り込もうとするが、その力学を后である女性たちが演出しているのだ。つまり、寝覚の上争奪戦を彼女を求める男性ではなく、「后」が行うところに、『夜の寝覚』の論理があるといえる。后争いを避け、大皇の宮のような滑稽とも思われる登場人物を配し、あまつさえ男君たちの昇進の記事もほとんどなく、政治とは無関係であるように描く『夜の寝覚』。しかし、女性たちの関係をみていくことで、実は非常に政治的なストーリーを読み解くことができるのである。

おわりに

物語には摂関政治的人間関係が底流しており、寝覚の上も后候補や関白夫人というように、そのような枠組みの中に位置づけられている。彼女の流転の人生が、心内描写を生んだのも事実ではあるが、しかし、その内実はこれまで見てきたように、単に寝覚の上を男性たちが翻弄してきたというわけではない。物語の中にある、これまで見逃されてきた女性たちの権力闘争によって、寝覚の上の深い苦悩が生まれたのである。(注十六)

先行する物語において、女性(后)たちの対立構造はもちろん見受けられる。『うつほ物語』の立坊にまつわる後宮内の対立、『源氏物語』の弘徽殿大后と藤壺の対立などが挙げられよう。しかし、それらはいずれも立坊や立后争いであって、帝や男たちが存在しないかのごとくに後宮の女たちが幅を利かせるという構造は、『夜の寝覚』に特有である。

そして、その争いの内実は自身の権力拡大にも、実家の権力拡大にもつながるものではない。大皇の宮と中宮がどんなに寝覚の上をめぐって争っても、得るものは乏しく、むしろ寝覚の上が思い通りに入内してきたとしたら、前掲の帝の言葉にもあったように自らの立場を危うくしかねない。内侍督入内では揺るがなかった中宮が、内侍督の出産に際しては自身を見つめ直さざるを得なかったことが、それを暗示していよう。

ここに帝という地位をめぐる権力闘争を語る「王権物語」に対して、摂関家の物語がみえてくる。(注十七)『夜の寝覚』が「女性」に焦点をあてたということは、入内する場合もしない場合もふくめて、いずれにしても摂関政治というシステムを女が支えているという認識があったればこそのことである。そのような女性たちの動きをトータルに捉えようとしたのがこの物語なのであった。

では、寝覚の上を取り巻いた「后」たちは、その後どうなるのであろうか。大皇の宮は朱雀院に「いかがはせむ。帝すら大臣のままにおはします。代も去りにたり。逆へ言ふべきかたなきことなり」と諭され、実質的な役割を終える。中宮は自身の地位を危うくさせる内侍督出産に際し、「思ひあなづりしは、悪しかりけりかし」と自省する。女性たちの寝覚の上争奪の対立は、結局それぞれに自閉してしまい、物語はとうとう偽死事件を引き起こす帝自身の登場となっていくのである。それは、摂関政治の枠組みを超え、帝が「院」として登場してくることと不可分である。(注十八)しかし、「院」の登場以前に、〈摂関家の女〉であった女性たちが自ら権力を保持し、「帝の恋」という政治に関与したことが物語に全面に述べられていることの意味は大きいのではないだろうか。

最後に改作本との影響関係を述べておきたい。改作本においては、本論のような后の問題はまったく意味を成さない。なぜなら、寝覚の上の苦悩の原因である大皇の宮による画策がないからだ。女一宮は男君に降嫁せずに斎院となり、大皇の宮の登場を待たずして寝覚の上はハッピーエンドを迎える。改作本からひるがえって考えてみれば、原作『夜の寝覚』における后の問題こそ、后になれなかった寝覚の上の苦悩の主たる要因であったことを示しているのではないだろうか。

以上、『夜の寝覚』における「后」たちの構造を見てきた。『うつほ物語』の立坊争いにも、同じような「后」をはじめとする女性たちの対立や政治的な動きが見えるが、それはあくまでも、「立坊」というそれぞれの出身の家の問題でもあった。だが、この『夜の寝覚』の寝覚の上をめぐる対立は何の政治的利益をもたらさない。どんなに帝に代わって女性たちが立ち回ろうとも、むしろそれは自身の地位を危うくするだけである。しかし、物語は女性たちの対立構造を描いた。そこに「后」とはどのような存在であるのか、『夜の寝覚』なりの答えが示されているのではないだろうか。では、次節において、特に中宮を取り上げて、中宮の担っていた役割を見てみたい。

（注一）『無名草子』の引用は、新潮古典文学集成による。

（注二）『無名草子』の『夜の寝覚』のみならず『狭衣物語』や『浜松中納言物語』といった平安後期物語に対する見解を、助川幸逸郎氏は「『源氏』の不十分な模倣だと〈誤読〉し、その〈誤読〉が現代の研究者にも影響を及ぼしている」（「日本文学」二〇〇八年五月号）と提示されているが、本節も〈誤読〉とまではいかずとも、『無名草子』の見解が現在の研究までも規定してしまっている現状があるとした上で考察を進める。

（注三）なお、「大皇の宮」という呼称について、どのような位を指すのかはっきりしない。だが、『堤中納言物語』「はなだの女御」にも「大皇の宮」という呼称があり、あわせてかんがみると「皇太后」と読んで差し支えないだろう。

（注四）便宜上、女主人公の名称を寝覚の上、男主人公の名称を男君で統一する。ただし、男君については官位表記が必要な場合などは物語現在における官位名で表記をする場合がある。

（注五）『夜の寝覚』の引用は小学館新編日本古典文学全集により、私に表記を改めた箇所がある。

（注六）なお、源氏の女は藤原氏と結婚した方がよいとする思考は、『今鏡』「ふじなみの中」巻「ふぢのはつはな」で「一の人藤氏の御母の多くは源氏のおはします。（中略）藤氏は一の人にて、源氏は御母方やむごとなし。御流れ、かたぐ〵あらまほしくも侍かな」とあるような考えにつながるものかもしれない。

（注七）もちろん寝覚の上をすぐに「上なき位」にあげるということにはならないが、この表現は、最終的には寝覚の上が「准后」となることへの伏線ともよめる。

（注八）今井卓爾『物語文学史の研究　後期物語』（早稲田大学出版部　一九七七年）には、「帝位はある程度優先的にきまってしまうのであるが、后位は、女性であればいちおう可能的希望が持てる地位であるところに特色があるとは言いながら、この物語では立后争いは特に取り上げられてはいない。（一六九頁）」と述べられている。

（注九）藤田徳太郎・増渕恒吉共編『校註夜半の寝覚』（中興館、一九三三年）をはじめとして、森岡常夫『平安朝物語の研究』（風間書房、一九六七年）、永井和子『続寝覚物語の研究』（笠間書院、一九九〇年）、野口元大『夜の寝覚　研究』（笠間書院、一九九〇年）、木村朗子「帝の性—『夜の寝覚』の制度を読む」（『言語情報科学研究』第七号、二〇〇二年五月。後、『恋する物語のホモセクシュアリティ　宮廷社会と権力』青土社、二〇〇八年に所収）などに指摘がある。

（注十）　前掲（注九）永井論文（一八九～一九〇頁）

（注十一）　大皇の宮の寝覚の上入内要請については、前掲（注九）木村論文に指摘がある。木村氏は「大皇の宮は寝覚の上の入内を以って、院の〈性〉関係を、帝への入内と同等の価値に置き、院の〈性〉と権力再生産の一致を図ろうとする。」と指摘し、大皇の宮の院政期的な様相を論じている。本節では、大皇の宮にまつわる権力構造を「院政」とまでは捉えないが、大皇の宮が大きな権限を保持し執行しようとしていた点について論じることは木村氏の論と共通する。

（注十二）　内侍督と寝覚の上については、前掲注九木村論において「形代」関係として捉えられている。

（注十三）　なお、入内の詳細が描かれるのは内侍督だけである。その内侍督の入内には『源氏物語』での玉鬘の内侍督就任や、さらには「竹河」巻の影響を指摘できるが、「竹河」巻における入内の様相とはまったく逆に転換させている。それは、「故殿に親しかりし人も、本意あり、うれしきことに、よろこびてさぶらへば、故殿のおはせましにも劣らず、よそほしくて参りたまひぬ。」（巻三・二四〇）とあるように、入内の様相は故関白の在世時に劣らないとすることからも読み取れ、詳細な入内の有様を描きつつも、摂関政治の枠組みとは逆行する論理を示す。摂関政治の枠組みと逆行してまでも内侍督を入内させたということは、内侍督があくまでも寝覚の上の擬似的な存在であったことを示していよう。

（注十四）　次節において、中宮と男君の関係構造を考察し、中宮は帝や男君の思いを受け止め恋を支える存在であることについて述べている。このような姉弟関係は東三条院藤原詮子と弟藤原道長の関係を髣髴させる。直接的な影響関係をこの一点のみで明らかにすることは難しいが、少なくとも姉弟による帝を巻き込んだ物語の様相は、詮子・道長を代表とする摂関政治的なあり方であることは示していよう。

（注十五）　『源氏物語』少女巻で、「源氏のうちしきり后にゐたまはんこと、世の人ゆるしきこえず」とある。

（注十六）　物語の冒頭、寝覚の上に伝えられた「これ弾きとどめたまひて、国王までに伝へたてまつりたまふばかり」（巻一・一八頁）という天人の予言について、この予言は達成されずに終わるように見える。もちろん、末尾欠巻部における准后の位や石山の姫君の立后と照応する可能性もあるが、父大臣の配慮により后争いがさけられ、そこに呼応する形で天人の予言そのものも排されたと考えることも可能ではないのだろうか。

（注十七）　助川幸逸郎「『恋路ゆかしき大将』における〈王権物語崩し〉―『いはでしのぶ』との差異が物語るもの―」（『国文学研究』第一三六集、二〇〇一年三月）では、『とりかへばや』を転換点にして「わかんどほり」の物語から、摂関家の人々の物語へ、王朝物語のメイン・ストリームが変わり、摂関家の主人公を戴く「摂関家物語」が増加する、とされる。本節では物語史的な展望の中に『夜の寝覚』がどのような位置であったのか、『源氏物語』や『狭衣物語』のような「王権の継承」に焦点を当てた物語とは違う方向性を見出そうとしたものである。その点において、助川氏が述べられるような「王権物語」と対峙しうる「摂関家物語」の可能性の萌芽を『夜の寝覚』にも確認できるのではないだろうか。また、『夜の寝覚』の主人公が本来ならば「王権の継承」に関与すべき〈摂関家の女〉でありながら、関与しえない立場でい続けることの意味は大きいのではないだろうか。

（注十八）　前掲（注九）の木村論文では、帝や大皇の宮にみられるホモセクシュアル関係としての〈性〉のシステムから、「『夜の寝覚』は物語として、摂関期の〈性―権力〉の制度を固守しながら、さまざまに院政期の予兆を胚胎する。」と論じられる。本稿では、むしろ院政的な権力構造になる手前の、女性を媒介とした摂関政治の枠組みに注目したが、摂関政治を動かす男性官人側よりも動かされる側の女性が権力を振るうというところに、摂関政治構造の破綻と院政期的政治状況の予兆を見ることは可能かもしれない。

第四節　「中宮」という存在㈡――『夜の寝覚』の中宮試論

はじめに

㈠では、『夜の寝覚』における后たちの対立構造をみたが、ここではその内の一人である、中宮に焦点を当ててみたい。『夜の寝覚』において、ヒロインである寝覚の上の心中思惟の多さとその自閉的な有様はすでに論じられているが、(注一)思いのたけを訴える男たちに対し、その思いを受け止めるのが男君の姉、(注二)中宮である。寝覚の上や女一宮は沈黙をもって、男君の言葉を聞き、思いを受け止めているようでありながら、実際は思いを受け止めかねているといっても過言ではない。

しかし、中宮は違う。寝覚の上を求める男君と帝の思いをそれぞれ受け止めながら対応していく姿は、それまでの物語の女性像の枠組みからも外れてはこないだろうか。物語の始発、すでに「中宮」という立場で登場し、所生の皇子が東宮という安定した立場は、例えば『源氏物語』の弘徽殿大后のような権力志向とは無縁である。また、巻五で描かれる内侍督の若宮出産に対する中宮の心中の様相も、いわゆる摂関政治的な権力構造を相対化するものでもある。本節では、『夜の寝覚』の中宮に焦点を当てることで、『夜の寝覚』に見える女性の在り方と「天皇家」の問題について考察していきたい。

一　中宮と男君の様相

中宮の登場は巻一の途中、寝覚の上を但馬守の三女と勘違いしたままの男君が、但馬守の娘を中宮のもとに出仕させるべく画策することに始まる。「中宮に申して召し取らせたてまつりて、宮仕へざまにて見む」（巻一・三七）と考える男君は、続く場面で、さっそく中宮にそのことを切り出すことになる。

上帰らせたまふ御送りしおかせたまひて、中宮に「ある山里に、ほのかなるものをこそ見たまへりしか」と申したまへば、「なにぞ」と問はせたまふを、仮の枕をば残しとどめて、琴の音よりうち始め、垣間見せしことを申したまひて、「その品ならず、いといみじく優にうち見えさぶらひしが、さやうの下臈のよろしきがあまたさぶらふこそ、心にくくさぶらへ。召し出でさせたまへ」と申したまへば、「新中将、平少納言などにもまさりしか」とのたまへば、「知らず。さまでくはしくは、いかでか見はべらむ。またなべてにはあらぬ心地ぞしさぶらひし」と申したまへば、「まさりけるなめり。おぼろげにあらじ、さらに人のよし悪しのたまはぬ人の、深く目にとまりたまひけるは。それもがな。さるべきたよりこそなけれ」とのたまはすれば、「兄にこそは召さめ」と申したまへば、「さらば、やがて、君のたまへかし」とのたまへば、「なにがしは申さじ。殿にさぶらふ行明は、それが兄にさぶらふ。『宮よりの仰せ言をのたまはせよ』とあらば。さかしく、人あまたさぶらはせまほしくて、申し出でつるぞや」と、さりげなくきこえなしたまふ。

（巻一・四〇〜四一）

中宮のもとに新しい女房を推薦する、つまり「さやうの下臈のよろしきがあまたさぶらふこそ、心にくくさぶらへ」という男君の姿には、『源氏物語』の匂宮を想起させられるが、しかし、「さやうの下臈のよろしき」とだけしか言わない男君に、中宮は自身が「いとよき人におぼしたる人々」（巻一・四〇）である「新中将」「平少納言」

を引き合いに出し、男君が見初めた女性の美しさを確認する。中宮付きの女房たちについては、前掲引用部の前に、美しく着飾った姿が男君の目にとまっており、中には「いとかたちある名高くののしり」（巻一・四〇）といった、評判の美女さえいた。「新中将」「平少納言」はそのような美しい女房たちであろうが、さらに新しい女房を加えようという話に、積極的に受け答えしている中宮の姿は、例えば『源氏物語』の今上帝女一宮などとは異なる。

この結果、但馬守の娘は中宮から関白へと話が通じ、中宮のもとへと出仕するよう申し付けられることになるのだが、はからずも中宮が「君のたまへかし」と述べているように、直接父関白あるいは但馬守へと話が通じてもよかったはずである。そうした経緯ではなく、中宮と話をし、中宮からの申し出という形がここには要請されているのであろう。

この引用部分をはじめとして、姉中宮と男君との会話は物語中に何度となく見受けられる。ここで注意しておきたいことは、男君の言葉に対し中宮がはっきりと応答していることである。寝覚の上と比較した時、この会話の成立は大きな意味を持ってくると思われる。もちろん、恋愛関係にある男女と姉弟の違いはあるが、弟の気持ちを推し量るよりもまず会話を通したコミュニケーションが可能であることを重視したい。こうしたあり方は帝との対応とも通じていくが、その点に関しては後述する。

このような会話を通したコミュニケーションが何を意味するのか、様々に解釈が可能ではあろうが、ここでは男君と中宮のコミュニケーションが何をもたらしたのか、その点から見ていきたい。中宮の登場は先に見たように、寝覚の上との恋の始発部分である。相手が但馬守の娘だと誤解していた男君が真実を知るようになるのは、中宮へと但馬守の娘を出仕させたことによる。それによって中宮は、男君が但馬守の娘をひそかに思っていると誤解することになるのだが、男君が自身の恋の相手が誰であるのかを特定することに一役かっていることになる。

さらに、男君は真実を中宮に伝えることにもなる。寝覚の上の出産の折り、男君は「心一つには思ひあま」ったために、寝覚の上とのこれまでのいきさつを中宮に語ることになる。その後、寝覚の上が無事女児を出産すると「中宮には、かくと、まづきこえたまひたりければ」(巻二・一五八)と出産の報告をしている。そのため、生まれた女児が関白邸に迎えられる際には、中宮から立派なお祝いの品が贈られることになる。つまり、物語の前半において、中宮と男君との会話がなされる時とは、必ず寝覚の上との恋の難局場面であるといえよう。

相手が特定できない恋の始めから、密かな出産と子供の引き取り。悩み、動き回る男君を影から支える存在として中宮はいる。男君にとって関白夫妻よりも頼りになる存在といえよう。(注三)また、中宮は決して男君を責めるようなことはしない。男君から真実を打ち明けられたとき、中宮は「同じことならば、この君に、さておはすべかりけることかな。いかに女の心地もせむかたなく、わびしからむ」(巻一・九五)と、男君と寝覚の上に非常に同情的である。このような中宮のあり方は、後に挙げる引用Ⅲのような様相を示すものでもあるが、同時に男君を肯定する役目でもある。熱心な聞き役であると同時に、男君の都合の良いように肯定してくれる、それが中宮の持つ意義の一つであるだろう。

それは、物語後半においても同様である。巻四の最後、帝と大皇の宮の画策、寝覚の上の生霊事件を通して再び起こった男君と寝覚の上との窮地に、中宮は登場する。だが、ここでは中宮の持っている帝の情報が男君をさらに苦悩させ、「胸のみ静かならず」(巻四・四二八)という状態に追い込んでしまう。しかし結局は、巻五に至り、寝覚の上の若君出産の慶事を迎え、男君から「申し合はせつつ胸の隙はあけしものを」(巻五・五二六)といわれ、中宮の存在が確認されている。中宮と男君の会話はこれ以降、見られることはないが、それはこの時点で寝覚の上との会話が可能になっているからであろう。

また、中宮と石山の姫君（中宮にその誕生が男君から報告された寝覚の上腹の姫君）とのかかわりにも注意したい。母を秘匿されたままの石山の姫君にとって、誕生時の中宮からの贈り物がどのような意味を持つのか、それは中間欠巻部にあっただろう姫君の袴着の腰結役が中宮だったことと考えあわせると容易に答えは出よう。石山の姫君はいずれ東宮妃として入内することになる。その姫君の後見人としての中宮の姿が透かし見えるのである。(注四)

男君にとって中宮は、自身の恋を肯定し支え、かつ子供達の後見ともなる存在であった。それは男君との会話によるコミュニケーションに裏打ちされることで可能になったことといえるだろう。だが、実はその中宮の実体は希薄なのである。どのような女性であるのか、雰囲気は伝えられても、容姿の描写は一切ない。それが、どのような意味を持つのか、次節で考察していきたい。

二　描写されない容姿

前節では、中宮と男君の様相について考察したが、本節では女性としての中宮の一面に焦点を当てたい。中宮の存在は巻一から確認されるが、中宮がどのような容姿で、どのような衣装を着ているのか、そうした外面的なことにたいする描写はまったくといっていいほどない。わずかに見えるその描写を次に挙げてみる。

I　「いと気高う、にぎははしき御様は限りなけれど、源氏の大殿の中の君の御かたちのなつかしさには、え並ばせたまふまじかめり。あはれ、あたら様を、あさましき夢のうちにも紛れたまふかな」と、心のうちに思

ひ出できこえて　（巻一・六八）

II　中宮の御方に上渡らせたまへるほどなれば、女房たち、つねよりも化粧じ用意して、色々の単衣襲、裳、唐衣、秋の野花を折りつくして、三十人ばかり、えもいはずもてなして、ここかしこにうち群れて居たるを、例はさしも目とまらぬを、今日は心とどめて見渡したまふに、ひとしき際、はた数知らず、うちとけたるほどやいかがあらむ、化粧じいどみたるもてなし用意したるさまどもは、とりわき悪しと見ゆるなく、またいとかたちある名高くののしり、宮、いとよき人におぼしたる人々もあり。　（巻一・三九～四〇）

III　いとよろづのことに、心得重りかに、のどかに、ありがたきところすぐれておはしまして、大皇の宮は、ふさわしからずと、思ひきこえさせたまふほどに、おのづから、いとしも同じ御心ならず。　（巻三・二六三）

引用Iは、出仕したばかりの但馬守の娘、新少将の感想である。しかし、これも中宮のかもし出す雰囲気は伝えても、具体的な身体や衣装の描写はない。引用IIは第一節でも考察している箇所であるが、ここも中宮その人の様子が描かれるのではなく、中宮の周囲の女房たちの華麗な様子が示されるのみである。中宮の様子を直接示す箇所ではないが、中宮の周囲の華やかさは伝わってくる。引用IIIは巻三に入り大皇の宮と中宮のそりが合わないことを述べる箇所で、中宮の気質が優れていることが示されている。だが、中宮の実体像は希薄なままであり、以後、物語に中宮は登場しても、けっしてその具体的な描写はない。

しかし、物語は寝覚の上の描写に対してはフェティッシュなまでに詳細である。

IV　桜襲を、例のさまの同じ色にはあらで、樺桜の、裏一重いと濃きよろしき、いと薄き青きが、また、濃く薄く水色なるを下に重ねて、中に、花桜の、濃く、よきほどに、いと薄きと、みな三重にて、五重づつ三襲に重ねて、紅の打ちたる、葡萄染の織物、五重の袿に、柳の、やがてその枝を二重紋に織り浮かべたる、五重の小袿なめり、夜目にはなにとも見えず、薄様をよく重ねたらむやうに見えて、唐の綾の地摺の裳を、気色ばかり引き掛けたるは、すべて、ここは、かしこはとも、少し世のつねならむが、見ゆべきなり。

（巻三・二五三〜二五四）

Ⅴ　宮も、絵をば御覧じ捨てて、「見るたびごとに、あまりゆゆしうのみなり添ふ人かな。あなゆゆし。内の大殿の、これを宮に見くらべきこえむほどよ」など、おぼし寄るには胸つぶれながら、命延ぶるやうに、見ても見ても飽かず、あはれにまもられたまふ。「まことに、これを、内の大殿に思ひ放ち果てさせて、我が女にして、明け暮れ見ばや。いみじきもてあそび物なりかし」と、うちおぼさる。

（巻三・二五四〜二五五）

これは、大皇の宮の画策により、帝が絵を見る寝覚の上を垣間見している場面である。Ⅳが寝覚の上の衣装描写、ⅤはⅣの場面の後、寝覚の上と共にいる大皇の宮の様子である。

Ⅳは、もはやどのような衣装であるのか、はっきりと区別できようもないほど、詳細な衣装描写である。このような寝覚の上に対する非常に詳細な衣装描写は物語の全体を通して何度となく描かれ、寝覚の上のみならず、姉の大君・石山の姫君・まさこ君・宰相の上なども詳細な衣装描写がなされる。（注五）

一方、中宮をはじめ大皇の宮・女一の宮・内侍督に対しては、このような衣装描写は一切ない。物語の登場人物に対して、衣装をはじめとした描写が必ず必要というわけではないが、しかし、この偏り方は普通ではないだろう。こうした描写のあり方について、一つは視点人物の問題がある。誰が見ているか、何を見ているか、という問題である。それを端的に表しているのがⅣの引用箇所であり、まずはⅣについて考えてみたい。

この引用Ⅳの視点人物は、当然垣間見をしている帝である。大皇の宮により、明かりを近くに寄せられた寝覚の上の姿を帝は「夜目にはなにとも見え」ない中ながら、紋の有無や細かな色の重ね方まで見つめている。もちろん、寝覚の上は扇で顔を隠したままであるから、姿形をして、その美しさを確認していることになる。それは引用部分にもあるように、少し平凡に見える箇所が見えればよいとされるほど、優れていると見られている。もちろん、その他の場面でも男君による視点であったり、寝覚の上の父、広沢の入道による視点であったりと、視点人物は多様である。男が女を見るだけでなく、対の君が寝覚の上を見つめる場面もあるが、そのいずれも寝覚の上の美しさを描写する以外の何ものでもない。妊娠により体調が優れない折も、そのやつれた姿までも美しいとされ、広沢で勤行をしていた際も数珠を打ち隠す姿が目新しく美しいとされてしまう寝覚の上。あくまでも外面の美しさが強調されているといえよう。

それは、外からの視線にさらされるオブジェとして存在する彼女の有り様を示しているといえるだろう。外側を見つめる視線とは結局、彼女の内側までは見ない。衣装描写に固執していることこそ、内側まで見ないことの証明であろう。そして、それは内側ばかりを気にする寝覚の上の姿と対照的である。

また、寝覚の上の姿をじっくり見つめている大皇の宮の対応を示すⅤの引用も、寝覚の上の外側の美しさを問題とする。絵を見ることを止めてしまうほど寝覚の上の美しさに見とれ、果ては「我が女にして、明け暮れ見ばや」と思うほどである。こうした大皇の宮の心中こそ、寝覚の上のあり方を「いみじきもてあそび物」としたい欲望を極端に示しているのであろうが、奇しくも「いみじきもてあそび物」という表現そのものが、寝覚の上をオブジェとして見つめていることを明らかにしてしまっているのである。

だからこそ、寝覚の上の実体はそれとして、彼女の持つ着せ替え人形的な特性が逆に彼女自身が自己の内面を強く映し出していくことになるのであろう。そうした寝覚の上と、実体をまるで描かれない中宮の差は歴然としている。見つめられることが、衣装描写の有無と関係するのであれば、中宮や大皇の宮、内侍督は見つめられない人物、ということになる。

男君と会話し、帝のもとに上ることとも多い中宮と、寝覚の上を男君から離すべく帝と画策する大皇の宮、内侍督として入内する内侍督。帝とのやりとりの中から、あるいは寝覚の上との比較から、どこかで描写がなされても不思議ではない。しかし、実体描写は徹底的に排除され、寝覚の上との差違が強調されるばかりである。

ここで注意すべきは、三人がともに帝にかかわる人物であることだ。特に、帝が自身の寝覚の上思慕を訴える人物であることが重要であろう。大皇の宮との共闘、そして、中宮にも内侍督にも帝は寝覚の上への気持ちを訴えている。

Ⅵ　上には、あさましう、思ひ知る一行の返り事だになくてやみにしより、「かばかりの心にては、さりともと頼みをかけ、後の逢瀬をこがましかりけりかし」と、いみじう悔しう、妬うおぼしめされて、内侍督に「見馴るるほどはなけれど、父大臣などもなく、心細げなめる御有様を、人よりも心苦しうなむ、思ひとどめらるる。(中略) かの人、昔より思ふ心深かりしかど、口惜しくてなむ、やみにし。『まかでなむ』とのみなむあめるを、なほしばし慕ひとどめて、忍びやかに思ふこと言ひ聞かすばかり、おぼしめぐらせ」など、つゆまどろまず、語らひ明かさせたまひける。(巻四・三二三〜三二四)

Ⅶ　内の上は、かばかり書き尽くさせたまふ御返りさへ、あと絶え果て、「めづらかに、あ　まり憂き、人の心ばへかな。内の大臣は、一つ心に、とりもあへず、急ぎ出でにし姑さ」など、類なくのみおぼしめさるるに、(中略)他事は御心にもとまらぬまで、嘆かしうおぼしめし沈むめるを、人は、ただ、「御心地の例ならずおはします」とのみ、見たてまつるを、宮は、御心のうちに、恨めしくおぼさるれば、殊に上りなどもしたまはず。我も、心々なる心地のみせられたまひて、ありしやうに、かたみうらなくもおぼしめされたらぬも、さすがにいと苦しく、「かばかりつらき人は、思ふかた異に、言ふかひあべうもあらぬものから、この御心におぼし恨みらるるもあいなし」とおぼしなられつつ、渡らせたまひて、のどやかなる御物語のついでに、「昔よりゆかしと思ひし人なるを、かかる折だにいかで、と思ひて(中略)」など、くはしく語り出でさせたまひて

(巻四・三六一~三六二)

Ⅵが内侍督への訴え、Ⅶが中宮への弁明である。どちらも寝覚の上からの返事が来ないことに起因しているのも興味深いが、同時に、内侍督にとっては義理の母、中宮にとっては弟の思い人である寝覚の上への思慕が帝の口から語られることとの異常さである。もちろん、(一)で見たように、中宮に向けて男君は寝覚の上への思いを訴えていた。そうした、男君の姿が透けて見えるような帝の姿ではあるが、ここでは、帝の訴えを受け止める女性としての中宮・内侍督の姿を指摘しておきたい。特に中宮に対しては、中宮の不興をかってしまった弁明の形で帝との会話がなされている。この点から、会話、あるいはコミュニケーションという観点からすると、コミュニケーションの可否が実体描写の有無にかかわっていることが見えてくる。

つまり、オブジェとして見つめる寝覚の上とは、そもそもコミュニケーションの可能性は薄く、一方、衣装描写のない三人はその実態が希薄であっても、会話=言葉によって存在が確認されることになるのである。では、

男君とも帝とも会話が可能となる中宮は、一体、何ものなのか。「天皇家」という枠組みとともに次節で考察していきたい。

三 「中宮」としての地位

現存する物語の最後、巻五に至り、中宮の具体的な心中思惟が語られる。これまでも、中宮の心中が語られることはあっても、はっきりとした心中思惟という形で示されることはほとんどなかった。それは、中宮の登場の多くが男君や帝との会話だからであろうが、中宮の最後の登場は、そうした男たちから離れた自己の世界の表出となっている。

（督の君の皇子出産を）中宮も聞かせたまひて、「我にも劣るまじかりける人の有様を、『立ち並びては、おのづからなめげなることもありなむ』と、故大臣のかしこまり憚りて、大殿にあながちに心ざしたまひしを、我が心と許して参らせ、殿の上ばかりを頼む陰にて、我が下方と思ひなすに、かかるをうち聞きては、など か我も、かかる人をいま一人な。いますこし世にもおどろかれ、我が心地もいかばかりうれしからまし」と、かかるにつけて御心動かぬやうもなかりけるを、「まいて、故大臣の世に、我がやうにて后に居など、ただ広ごらましかば、げに立ち並びにくくもあるべかりけるかな。その折は、『あまりの心にもあるかな。何事にかは、我が身には心動くばかりのことのあらむ』と、思ひあなづりしは、悪しかりけりかし」と、あはれにありがたくおぼし出でらるるにぞ、せめて我が御心をも鎮め、聞き過ぐしがたくて、御消息などありける。

（巻五・五三五～五三六）

内侍督の皇子出産は、帝にとっても中宮にとっても驚きの事態であったが、中宮にとっては東宮である皇子ただ一人という状況下において、右のような述懐が生まれたのである。帝には、梅壺の女御・承香殿・宣耀殿の女御がおり、女宮が三人いたことが確認できるが、皇子は東宮ただ一人、そういった状況に督の君が皇子を出産した。朱雀院の喪中における出産に加え、寝覚の上の若君出産と重なるなど、内侍督の出産それ自体がやや問題をはらんでいるが、しかし、この出産を機に中宮が自身のこれまでの有様を振り返る必要があるのだろうか。

帝は、「中宮の御方ざまのことをば、え消たせたまはずなどある」（巻三・二六三）と中宮に重きを置いて接しており、それが大皇の宮の痛に障るほどである。男君からは、「中宮におきたてまつりては、春宮おはしませば、申すべきにあらず。」（巻五・五三三）と、関白家の未来は安定しているのである。つまり中宮は、春宮の母として「中宮」として、誰もがその存在を認め、それ以上の高望みをしないところにいるのである。それは物語の初めから「中宮」として存在し、それにふさわしい態度で男君と帝に対していたことと一致してこよう。しかし、そのような彼女が、内侍督の出産でわずかに動揺する。

これは一瞬だけ見せた中宮の心の揺らぎだったのではないだろうか。内面描写の多さは『夜の寝覚』の特徴ではあるが、最後の最後にいたって中宮までも内面の揺らぎに対応せざるを得なくなったともいえる。だが、その揺らぎが「中宮」という位に関わることは興味深い。あったかもしれない立后争い。「我が心と許して」・「我が下方」とみなしていた内侍督の出産は、可能性としての立后争いを現前させつつも、それが故大臣の配慮によって回避されたことを実感させている。引用文に付した傍線部に見えるように、ここでは「我が」という語句が多出する。これまで、男君の恋に同情し、寝覚の上の苦悩を心配し、帝の執念をも受け止めた中宮が、自分と誰か

―他者とを自覚的に比較したのが、この場面といえよう。

そして、これは摂関政治の枠組みを相対化していく。この物語において、政治的な問題は表に出てこない。あの大皇の宮でさえ、表面上は権力志向とは言い切れない。だが、だからこそ、このような中宮の造型が可能だったのかもしれない。中宮と春宮、内侍督といずれ東宮となるだろう皇子。もちろん、東宮も生まれた皇子も、結果的には男君の手によって摂関政治的枠組みの中に回収されるのであろうが、中宮の揺らぎの末に贈られた内侍督への御消息は、女性同士の一つの融和の形として読み取ることは可能であろう。

おわりに

『夜の寝覚』の中宮、それは男たちと対話し、思いを受け止め、その恋を支える役割を担っていた。それは、「中宮」という位に落着いていたからこそ、「心得重りかに、のどかに」対応することができたのであろう。また、男たちの内面を受け止め得たのは、実体の希薄な不明瞭な存在だからとも言える。容姿が先行し、それゆえに自身は内面に向かってしまう寝覚の上と、実体は不明瞭ながら、他者の内面を受け止めることで存在が確立する中宮。本論では、二人の明確な比較は出来なかったが、最後に中宮が見せた内面の揺らぎは、寝覚の上につながる部分でもある。

中宮が男君や帝との会話を通して、何を物語にもたらしたのか。答えの一つとして、寝覚の上という一人の女主人公をめぐる男たちの思いを整理することがある。弟の恋の難局を助け、帝の執念を少しでも晴らそうとする中宮。はからずも男君が寝覚の上に向けて言った「心一つに思ひわびて、申し合はせつつ胸の隙はあけしものを」（巻五・五二六）は、中宮のそうした有り様を示している。寝覚の上の知らないところで、中宮は男たちの

「胸の隙」を開け続けたのである。

寝覚の上と中宮、あるいは、中宮や大皇の宮、内侍督が作り上げる女性たちの関係構造の中における寝覚の上についてなど、問題点はまだ残る。『夜の寝覚』が描き出した「源氏の女」としての寝覚の上と「后」とのかかわりについては後日を期し、まずは中宮像の問題提起として本論としたい。

(注一) 神田龍身「『夜の寝覚』論—自閉者のモノローグ—」(『文芸と批評』五—七、一九八二年)

(注二) 本節では、『夜の寝覚』の男主人公を男君として統一する。物語の始発、関白左大臣家の権中納言として登場するが、以後官職に移動があるため、呼称は男君とし、必要に応じて官職を表記する。なお、中の君については、呼称は寝覚の上に統一する。また、中宮については、「中宮」とする場合は位としての中宮を示し、呼称としては中宮で統一する。

(注三) 『夜の寝覚』において、男君の両親の存在は薄い。もちろん、石山の姫君養育には関白夫妻は関与し、特に石山の姫君を引き取る際には母親にその旨を伝えてはいるが、実際の相談役ということにはならず、むしろその役は中宮にあるといえよう。

(注四) 巻五における若君の出産時には中宮が七日の産養を行っている。関白家の子供に叔母に当たる中宮が産養を行うのは、珍しいことではないが、男君が晴れて寝覚の上との子供を披露する場に、これまでのいきさつを全て知る中宮が産養をすることの意味は大きいだろう。

(注五) 『夜の寝覚』の衣装描写の中で、但馬守の三女の出仕場面の衣装が、作者とされる菅原孝標女の初出仕の時の衣装として『更級日記』に描かれている衣装が酷似しており、作者説の問題として議論がある。この点も考慮したうえで、

『夜の寝覚』における衣装描写のあり方を考察していく必要があると思われるが、本論では中宮における描写の意味についてのみ考察の対象とする。

第四章

王朝物語享受の一端

――『源氏物語』「梅枝」巻から

第四章以降では、これまで論じてきたような王朝物語がどのように享受されたのか、その一端を考えてみたい。斎院サロンや内親王家サロンといった皇女文化圏と、物語の関わりについてすでに論じられているが、例えば『紫式部日記』に見えるような草子作りを彰子サロンの文学的成果とするならば、そこから、「物語」はどのように享受し生成されていったのだろうか。

第一節では、『源氏物語』「梅枝」巻を起点として、『源氏物語』が造り出したともいえる文化の諸相をみていく。「物語」が実際の歴史とかかわり、新たな文化を作り出すことは、例えば源氏絵などの展開を見れば明らかな通りである。しかし、もうすこし踏み込んで考えると、『源氏物語』以前からあるとされていた文化事象も実は『源氏物語』が造り出した可能性は未だあるように思われる。「梅枝」巻に見える「薫物」と「書」を取り上げ、王朝物語享受の一つの可能性を示したい。

次いで第二節では、『源氏物語』の物語引用に着目し、『源氏物語』そのものが物語内で、「物語内の過去」を引用していく意味を問う。「幻」巻における、「梅枝」巻をはじめとする「物語内の過去」は、物語がその享受者たちと共有している「記憶」でもある。共有された「記憶」という意味から享受の側面を論じた。

第一節　物語享受の影響――『源氏物語』梅枝巻の文化構造

はじめに――問題提起

本節では、『源氏物語』梅枝巻を一例として、物語が享受される過程において、どのような影響を与えたのかを考察していく。梅枝巻に述べられる薫物の有様は、その後の薫物文化へ多大な影響を与えている。それが、どのような意味を持つのか考えていきたい。

『源氏物語』第二部若菜上下巻に入ると、光源氏の過去が再三にわたり振り返られていることが論じられている。（注一）それは先行する梅枝・藤裏葉両巻においても同様であることもすでにいわれている。（注二）確かに梅枝・藤裏葉両巻においては、物語の「歴史」ともいうべき過去を想起させる記述が多くみられる。梅枝巻における「薫物」も「書」についての言及もその一つと思われるが、問題は過去の想起とは何かという点にある。

一方、梅枝巻における「薫物」と「書」には歴史的事象が付随し、古注、特に『河海抄』を中心として、その典拠となるべき事象が取り沙汰されてきた。しかし、そうしたいわゆる準拠論の、なぜ物語が歴史を取り込むのかという問題意識では、『源氏物語』第二部以降は解決できないのではないだろうか。物語そのものが過去（歴史）をはらんでいる以上、本論では準拠論的な考察ではなく、むしろ物語が「歴史」を作り出す方法に注目したい。そもそも物語の外部にあるといわれる歴史事象なるものにしても、これまた一つのテクストでしかないことをあらためて確認しておく必要もあろう。

明石姫君の入内準備にあたり、なぜ「薫物」と「書」が取り上げられているのか。これについて多くの先行研究があるとはいえ、その意味はいまだ明らかでない。(注三)六条院の人々のみならず、系譜不明の人物までも登場させて、光源氏が調香と手本の蒐集とを大々的に行う意味とはなにか。それは単に明石姫君の入内に色を添えるためのものではない。ここでは、この「薫物」や「書」という風流韻事に焦点をあてることで、『源氏物語』の方法の一端を明らかにすることを目的とする。

一 「薫物」と歴史概念

梅枝巻の明石姫君入内準備にみる風流韻事に、政治性を読みこむ論は多い。確かに太政大臣鍾愛の娘の入内ともなれば、政治と関わらざるを得ない。だが、それにしてもなぜ風流韻事が政治となり得るのか。源氏が創出した文化と政治の関係力学こそ、梅枝巻の問題点なのではなかろうか。まずは薫物について考察し、その答えの一端を探ってみたい。

　御裳着のこと、思しいそぐ御心おきて、世の常ならず。春宮も同じ二月に、御かうぶりのことあるべければ、やがて御参りもうち続くべきにや。正月の晦日なれば、公私のどやかなるころほひに、薫物合はせたまふ。大弐の奉れる香ども御覧ずるに、「なほ、いにしへのには劣りてやあらむ」と思して、二条院の御倉開けさせたまひて、唐の物ども取り渡させたまひて、御覧じ比ぶるに、「錦、綾なども、なほ古きものこそなつかしうこまやかにはありけれ」とて、近き御しつらひの、物の覆ひ、敷物、茵などの端どもに、故院の御世の初めつ方、高麗人のたてまつれりける綾、緋金錦どもなど、今の世のものに似ず、なほさまざま御覧じあてつつせさせたまひて、このたびの綾、羅などは、人びとに賜はす。香どもは、昔今の、取り並べさせたまひて、御方々に配りたてまつらせたまふ。「二種づつ合はせさせたまへ」と、聞こえさせたまへり。贈り物、上達部の禄など、世になきさまに、内にも外にも、ことしげくいとなみたまふに添へて、方々に選りととのへて、鉄臼の音耳かしかましきころなり。

（梅枝③四〇三〜四〇四）

梅枝巻の薫物とは、明石姫君の入内準備のために調進されたものである。薫物の製作にあたっては、二条院の蔵まで開けて新旧の香木が用意され、六条院内外の女性にその調合が依頼されている。

そして、その調合法には歴史上の事象が確認される。梅枝巻の薫物の実態について考証した論文はこれまでもあり（注四）、また、薫物とそれを調じた人物との関係を述べた論もある（注五）。しかし、薫物の実態をいくら追究しても、源氏がなぜ明石姫君の入内に際して薫物を問題にしたのかの説明にはならないだろう。まずは、入内準備の品の中で薫物が特化された理由を考察していきたい。

入内の際に薫物が準備されるのは、その限りで珍しいことではない。例えば、『うつほ物語』のあて宮の入内の際には仲忠が、「薫物の箱、白銀の御箱に唐の合はせ薫物入れて、沈の御膳に白銀の箸、火取、匙、沈の灰入れて、黒方を薫物の炭のやうにして、白銀の炭取りの小さきに入れなどして」（「あて宮」②一一八頁）（注六）とあるように薫物を献上しており、また『源氏物語』でも秋好中宮の入内時に、朱雀院から「くさぐさの御薫物ども薫衣香またなきさまに、百歩の外を多く過ぎ匂ふまで、心ことにととのへさせたまへり。」（「絵合」②三六九〜三七〇頁）

と薫衣香が贈られている。

しかし、梅枝巻で注目したいのは、薫物に対して歴史性が付与されていることの意味である。「二条院の御倉開けさせたまひて」というように二条院の蔵から香木が取り出され、「昔今の取り並べさせ」て、薫物の作成が試みられている。この点については既に、「新旧の美学の止揚」（注七）、あるいは「尚古趣味」（注八）と論じられ、また「故院の御世のはじめつ方、高麗人の奉れる…」とあることから、桐壺巻との対応関係も指摘されている。（注九）薫物の材料として、大宰大弐が献上した香木のみならず、二条院の蔵に納められていた古《いにしえ》の香木が割り当てられることで、はるか聖代の桐壺帝時代が喚起されることとなり、明石姫君の入内に桐壺帝時代から連綿と続く物語内の歴史性が付与されるのである。

だが、それ以上に問題なのは、そうした香木を使用したうえで、古《いにしえ》の、しかも秘法でもあった調合法が示されるという形で、歴史性が付与されている点である。

Ⅰ　大臣は、寝殿に離れおはしまして、承和の御いましめの二つの方を、いかでか御耳には伝へたまひけむ、心にしめて合はせたまふ。上は、東の中の放出に、御しつらひことに深うしなさせたまひて、八条の式部卿の御方を伝へて、かたみに挑み合はせたまふほど、いみじう秘したまへば、「匂ひの深さ浅さも、勝ち負けの定めあるべし」と大臣のたまふ。人の御親げなき御あらそひ心なり。（「梅枝」③四〇四～四〇五）

Ⅱ　冬の御方にも、時々によれる匂ひの定まれるに消たれむもあいなしと思して、薫衣香の方のすぐれたるは、前の朱雀院のをうつさせたまひて、公忠朝臣の、ことに選び仕うまつれりし百歩の方など思ひ得て、世に似ずなまめかしさを取り集めたる、心おきてすぐれたりと（「梅枝」③四〇九）

引用Ⅰ・Ⅱにあげたように、源氏は、「承和の御いましめの二つの方」、紫の上が「八条式部卿の御方」、明石の御方は「前の朱雀院のをうつさせたまひて、公忠朝臣の、ことに選び仕うまつれりし百歩の方」をもって薫物を作成している。なかでも源氏の用いた「承和の御いましめの二つの方」は、すでに古注の指摘があるように、男性には伝えない法であり、またそのことは薫物の指南書である『薫集類抄』の記すところでもある。(注十)

では、物語はなぜこのように調合法の相伝を記すのだろうか。仁明天皇（承和）は文化事業に熱心であり、八条式部卿宮と公忠は、『薫集類抄』によるならば薫物合せの名人として名高く、ここに名前が登場しても不自然ではない。しかし、このような調合法とその調合者の名前とを明記しているのは、『源氏物語』が最初である。『源氏物語』以外で、調合法が記された最も古いテクストは先述の『薫集類抄』であり、その成立は平安時代末期と推定される。(注十一)この『薫集類抄』には、様々な薫物の調合法が記されているが、『源氏物語』はこうした書物の先駆けとしてあった。『うつほ物語』が時代に先駆けて、秘琴伝授の家の物語を語ったように、『源氏物語』は現実の歴史に先行して、薫物の相承譜を創出しようとしているのではないのか。(注十二)このように相承血脈を以て文化を構築するという方法は、院政期や中世に特徴的な世界認識の方法であるが、それをいちはやく示したのが『源氏物語』というテクストだったのであり、また先掲の『薫集類抄』にしても、『源氏物語』の方法を学んだとするのが文献的にも妥当な解釈と判断される。(注十三)

つまり、『源氏物語』は本来歴史性とは無縁な「香り」を、文化なるものに昇格させんとしているのである。薫物とは入内準備の品であり、それは本来実用的なものである。仲忠や朱雀院の贈物にしても、その趣向の凝らし方や、「心ことに」調進する様が珍しいのであり、薫物そのものが文化的なものというわけでない。(注十四)八条式部卿宮や公忠が薫物と関わりのあった人物であることは何らかの形で伝承されていたとしても、それを物語文学という書記テクストの中に定着させ、そうすることでその歴史化を試みているのであった。さらに『薫集類抄』等の多くの薫物文献を生みだし、薫物文化なるものまでを立ち上げたのも、その淵源はすべて『源氏物語』にあったことになる。しかし、それにしても薫物に歴史性を付与することの意味とは何なのであろうか。

そもそも香りとは、「今・ここ」における一回的現前を特性とするものである。初音巻において、紫の上の春の大殿では梅の香と御簾内の薫物の香りとが混交して、「生ける仏の御国」と思われるほどであり、また一方、明石の御方不在の部屋には、侍従の香にえひ香が混じった匂いが漂い、優艶な世界を作り上げていた。逆に、鈴虫巻での女三宮の持仏開眼供養の折には、女三宮の女房によって過剰に焚かれた薫物が、源氏の用意した持仏堂の名香《みようごう》の香りを圧倒していた。しかし、薫物はこのようにそれを準備する人の個性を表現しつつも、永続的に香るわけでは決してない。『古今和歌集』春歌上四六番歌「梅が香を袖に移してとどめてば春はすぐともかたみならまし」（読人しらず）が端的に意味するように、「香」は長く留めおくことが不可能なものである。また『源氏物語』第三部において匂宮が薫の香に対抗しようと必死に香を焚き染め続けるのも、この永続しない香の特性を表している。

だからこそ、薫物にあえて歴史性が付与されたのである。ここで、『古今和歌集』の有名な歌「五月まつ花橘の香をかげば昔の人の袖の香ぞする」（夏歌一三九番　読人しらず）が既にして一つのヒントを与えてくれる。花橘の香が昔の人の袖の香を想起させるとあるが、実感としてこのような体験がはたして可能か否かという問題があるのではないだろうか。香りはその場で儚く薫るものでしかないからこそ、あえてそれは過去を想起させるものとされたのではないのか。「今・ここ」で現前するものでしかないからこそ、現場性を越える媒体として位置づけられたのである。つまり、そこにある香りとは実際の香りというより、観念としての香りということにもなる。ある特定の場と時において現象する香り、だからこそ歴史性が刻印され、また文化へと格上げされる。香木そのものの孕む歴史性と、調合法の歴史、この二つに加え、調合する人物の持ち味が薫物に付与され、かくしてそれが明石姫君へと継承されていくのである。(注十五)明石姫君が薫物を焚くことで作りだした世界は、彼女の個性のみならず、仁明天皇・本康親王・朱雀天皇・源公忠といった過去の時空をも彷彿させ、(注十六)また物語内の過去である桐壺帝の時間をもこの場に招来する。そして、薫物を調合した人物たちの過去をも呼び寄せることとなる。

薫物が多くの女性から届けられたことも、こうした歴史の問題と無縁ではない。薫物の調合を依頼された「御方々」は、源氏と関わりのあった女性たちであり、源氏との恋愛という個人史もまた薫物に刷り込まれることになる。しかもそれは朝顔斎院からの薫物が物語るように、六条院の女性にとどまらない。斎院が突如登場してきたことは、六条院外の女性たちとの協力をも源氏がとりつけていたことを意味する。それは「六条院が手づまりで、追い詰められた証拠」(注十七)などではなく、「六条院の過去性の補塡」(注十八)でもない。源氏の個人史そのものがここでは問われており、朝顔斎院はその問題を端的に示す存在といえよう。源氏自身の歩んできた歴史が明石姫君に薫物という形で贈与されるのであり、このことは、入内して春宮の寵を競わなくてはならない明石姫君にとって大きな力となるに相違なかろう。

二　「書」と文化認識

では、もう一つ「書」の問題をどう考えればよいのか。(注十九)明石姫君用の手本を用意すべく手本執筆の依頼があり、さらに人々の筆跡評が展開されるが、それにしてもなぜ「書」なのであろうか。

まず、筆跡評は源氏と関わった女性たちの書の批評からはじまり、手本執筆を依頼した男性貴族たちの手跡、さらに蛍兵部卿宮から贈られた嵯峨帝の『古万葉集』と延喜帝の『古今和歌集』へと話題は続く。女性の仮名については、六条御息所・秋好中宮・藤壺の宮・朧月夜・朝顔斎院・紫の上について、それぞれの美点と欠点とが指摘されている。源氏がこれらの女性たちの筆跡を評すことで、おのずと源氏の過去の恋愛遍歴が髣髴することになる。河添房江氏は、「高貴な女性たちとの交流の半生が、今また文化の脈絡で捉え返され、再定位される」(注二十)と言われるが、それというのも、書とは紙上の存在であるがゆえに、その反故をめぐって源氏自身の歴史やその記憶が確認されるからである。

そして源氏は筆や紙を選りすぐり、多くの人々に手本の執筆を依頼する。それは「例の所どころ」をはじめとして、男性では蛍兵部卿宮・左衛門督・宰相中将(夕霧)・式部卿宮の兵衛督・内の大殿の頭中将(柏木)などである。また、源氏自身も、「草《そう》のもただのも、女手も、いみじう書きつく」し、あれこれと蒐集したうえで、さらに「世の中に手書くとおぼえたる上中下の人々にも、さるべきものども思しはからひて、尋ねて書かせ」(梅枝③四二二)たのである。一方、依頼された男性たちの人選をみると、彼らのほとんどが玉鬘への求婚に失敗したものたちであることがわかる。玉鬘求婚譚で挫折した者たちを再び六条院世界へと吸引するための執筆依頼であることは、先学の指摘(注二十一)がある。

しかし、それだけでは解決できない問題もある。人脈の結び直しだけならば、求婚譚の敗者のみを登場させればよい。だが、ここにはこの場面だけに登場する系図不明の左衛門督がいる。蛍兵部卿宮とともに能筆の一人として登場するが、しかし、「ことごとしうかしこげなる筋をのみ好みて書きたれど、筆のおきて澄まぬ心地して」(梅枝③四二〇)と源氏からたいした評価は得られない。それでもなお左衛門督が登場してくるのは、玉鬘への求婚者のみならず、源氏がそれ以外の貴族たちとも広く関係を取り結んでいることを意味しよう。また彼の系図が不明で、特定の家に属さないのも、六条院を越えた光源氏の広い人脈をうかがわせる。このように、六条院世界に留まらない、「上中下」すべてのものたちの協力体制により手本は漸次と整えられているのである。

また料紙についても細かな描写があることも重要である。「唐の紙のいとすくみたるに、草」、「高麗の紙の、膚こまかに和うなつかしきが、色などはなやかならで、なまめきたるに、おほどかなる女手」、「ここの紙屋の色紙の色あひはなやかなるに、乱れたる草の歌」（梅枝③四一九〜四二〇）とあるように、唐・高麗・日本の紙が用意され、加えていかなる書法で書かれたかが明示されている。この点について、文化的ジェンダーの枠組みからの考察がある(注二十二)が、ここではこれらの料紙の孕んでいる時空性を重視したい。国産の料紙だけでなく、わざわざ唐や高麗の料紙が招来されることで、世界の時空間までもがここに掌握されるにいたっている。

こうみてくると、「薫物」と「書」の関係がようやく明らかになってきたのではなかろうか。『うつほ物語』が学問という書物の論理を以てして、現実の歴史に先駆けて音楽の家なるものを構築したように、「薫物」は「書」の論理により根拠づけられ、はじめて公の文化としての体裁を獲得し得たのである。つまり、「薫物」と「書」は単に入内の品の中から適当に選択されたものではなく、「書」の持つ時空間の掌握という特性を「薫物」に応用することで、新しい文化を作り出したのである。かつて村井順氏は薫物合せと書の蒐集について、「この二つの事件は、構想があまりに似すぎてゐる。」とし、それが梅枝巻を害していると述べられたが(注二十三)、はからずもこの指摘が二つの行事の相補関係を物語っている。「薫物」と「書」、この二つが単に似ているから取り上げられたのではなく、むしろ似ているように描き強調することで、「薫物」が「書」に匹敵する文化として創造的に定位されているのである。

「書」には、嵯峨帝の『古万葉集』や延喜帝の『古今和歌集』というように、歴史や記憶といった問題が元来刻みこまれている。しかし、源氏がはからずも「よろづのこと、昔には劣りざまに、浅くなりゆく世の末なれど、仮名のみなん今の世はいと際なくなりたる。古き跡は、定まれるやうにはあれど、ひろき心ゆたかならず、一筋に通ひてなんありける。」（梅枝③四一五）と述べているように、王羲之《おうぎし》以来の唐風書法を否定し、「今・ここ」における仮名文化を表彰することは薫物文化の構造とパラレルな関係にある。もちろん、この書なる文化の生成過程も実は自明なものではない。消息や草子といった私的なものでしかないものが、なぜ一つの文化たり得たのか。おそらく漢籍の論理を仮名文に応用するという論理操作がここにあるらしいのだが、その点については後日を期したい。

三　『源氏物語』の文化戦略

以上のように、源氏は、「書」の論理により「薫物」を根拠づけ、香木や調合法に歴史性を付与することで新たな文化を創造した。これがまさに梅枝巻における『源氏物語』の文化戦略なのである。「薫物」や「書」に政治性をみるだけでは、摂関政治の枠組みを確認するに過ぎない。藤原道長が一条帝を彰子の許に呼びよせるために書物や絵画を蒐集したことと、(注二十四)源氏の薫物合せ・草子蒐集は同一レベルではないはずだ。新たに構築せられた文化の精華を担って、明石姫君は他の誰とも競合することなく、源氏の栄華を現実化させていくのである。そこには、須磨の絵日記に象徴されるような源氏個人の歩んできた歴史が深く関与していた。「薫物」にも「書」にも、源氏と関わった女性との経験が刻みこまれており、女たちとの恋という個人史が公の歴史へと還元されたともいえる。

実はこのような源氏の有様は、少女巻においてもその一端が見受けられる。夕霧の大学入学、それにともなう学問の興隆である。夕霧の大学入学とは権門の子息としては異例の事態であった。源氏は夕霧を「四位になしてん」（少女巻・③二〇）と思いながらも、六位にとどめ「大学の道にしばし習はさむの本意」を通す。二世の源氏である夕霧を「四位」とすることも、実は史実に例のないことではあるが、その「四位」の可能性は否定され夕霧は大学寮に入ることとなる。しかし、この結果は、次の引用のようになる。

昔おぼえて大学の栄ゆるころなれば、上中下の人、我も我もとこの道に心ざし集まれば、いよいよ世の中に、才ありはかばかしき人多くなんありける。（中略）殿にも文作りしげく、博士、才人どもところえたり。すべて何ごとにつけても、道々の人の才のほど現るる世になむありける。（少女巻③三〇）

夕霧の大学入学が学問の振興に寄与し、学問芸道の盛業を創り出したのである。[注二十五] 作文会での数々の漢詩が、「唐土にも持て渡り伝へまほしげなる世の文どももなりとなむ、そのころ世にめでゆすりける」（少女③二十六〜二十七）とあるように、本場のそれをも凌ぐほどのものであったという。さらに、ここで注目したいのが「上中下の人」という表現である。身分を問わず人が集まったことをさすが、実は梅枝巻にも「上中下の人々」という表現がある。前述のように、書を多くの人々に書かせた意味で使われた言葉であるが、「上中下」という語句は『源氏物語』中、この二例のみである。先行する物語でも、『伊勢物語』一例、『うつほ物語』三例と少なく、そのほとんどが宴席の際に使われる言葉である。ここに、源氏の芸道・文化振興が「上中下」を巻きこんだ大掛かりなものであることに注意すべきではないだろうか。

源氏の芸道を含む文化政策は、諸人を巻き込みながら大々的に繰り広げられ、そして子供たちにも継承されていく。少女巻にはじまる文化政策の萌芽は、玉鬘十帖を経て梅枝巻において十全に開花したことになろう。夕霧の作る漢詩から、数々の風流事を介して明石姫君への薫物と書に結実する。それは規範である唐の文化をも凌駕しつつ新たな文化として定位されたのである。

もちろん、玉鬘十帖で描かれる風流韻事と少女巻・梅枝巻のそれは少し位相を異にする。玉鬘十帖に見える様々な行事や文化的営為は季節の流れに沿い、六条院を一回的に彩るものであった。しかし、少女巻の学問興隆や梅枝巻の薫物・書は六条院を越えたグローバルな文化創出なのである。例えば蛍巻の蛍火で玉鬘を見せる場面でも、源氏の薫物の香りがその場を彩っていたが、それはまさしく「今・ここ」にある美しさが誇示されたものである。梅枝巻においてはそうした薫物の有様を利用し逆転させたといえよう。(注二十六)

話を「薫物」と「書」に戻そう。先学において、「承和の方」や「嵯峨帝・延喜帝真筆の書」という聖帝の雅事が源氏によって継承され、源氏を権威付けた、とされる。(注二十七)しかし、問題の本質はまったく逆ではないか。源氏が「承和の方」を持ち出し薫物の相伝を作り上げ、嵯峨帝や延喜帝の書を珍重することで、はじめて聖帝の文化たらしめたのである。奇しくも現在でさえ、平安の薫物を説明しようとすれば、『源氏物語』が筆頭にあげられることが、それを証明していよう。『薫集類抄』、さらには『河海抄』等を利用し、すべてを歴史的実態に還元する読み方こそが、むしろ問題である。(注二十八)それは『源氏物語』の創出した巧みな文化戦略に乗せられてしまっていることを意味するだろう。『河海抄』などが取り上げる歴史事象は、確かに物語の読解に有益なこともある。しかし、物語が歴史を取り込むことと、物語を読むために歴史を援用することとは位相が異なるはずである。薫物の調合法の解釈において、『河海抄』が持ち出した「合香秘方」の「秘方」とは、まさしく梅枝巻で光源氏や紫の上がしようとしたことの反復、確認にすぎない。紫の上の「対の上」呼称も、様々に解釈されているが、光源氏の調香と張り合うべく、対に籠ってまでして秘法を試みたことを強調する呼称とみることもできよう。薫物を特化し文化に仕立て上げる『源氏物語』の方法をみることで、『河海抄』的な歴史読みは相対化されることになろう。

以上、梅枝巻を中心として『源氏物語』の文化戦略の実態をみてきた。書記テクストである『源氏物語』は、物語の進行とともに歴史性を内包していく。そして、その書くことの論理は、書の論理を援用しながら、もっとも歴史性とは無縁と思われる薫物までをも文化の範疇にとりこむに成功しているのであった。そして、かくして創出された文化なるものが、いずれ現実の歴史をも規定し、それに影響を与えていくであろうことはいうまでもない。また、それについては近年多くの議論がなされてもいる。しかし、そうした議論のまえに物語がいかに歴史を創出せんとしたかの検証が必要なのではなかろうか。

最後に、すべては協調と融和の精神によりおしすすめられている点もみておきたい。薫物も書も依頼された各人は、確かに互いに張り合ってはいた。だが、蛍兵部卿宮の判詞による薫物合せの勝敗は、「心ぎたなき判者なめり」と言われるほど、優劣はつけられない。また、源氏のもとに集められた多くの書は源氏以外に開示されることがない。この序列化や差異化を隠す構造は、明石姫君入内が他家の姫君の入内を遠慮させてしまったことに関係している。源氏は、「宮仕への筋は、あまたある中に、すこしのけぢめをいどまむこそ本意ならめ」（梅枝③四一四）というように、明石姫君の入内を延期してまで他家の姫君の入内を促していた。すでに政治的権力の揺ぎ無い光源氏のもとでは、たとえいかなる競い合いがあろうとも、最後は協調融和の雰囲気でまとめられていくのである。

おわりに

だが、それにしても、なぜ薫物文化なるものが創造されるにいたったのか。おそらくそれは、『源氏物語』が書かれたテクストとしてあり、源氏自身が物語の時間進行とともに、歴史性を孕む存在と化したことと関係があろう。源氏世界を彩る物も、源氏の老いと対応すべく歴史性を内包するようになったということである。夕霧や明石姫君の結婚問題が述べられることもまた、源氏自身の歴史と関わるだろう。梅枝巻において、夕霧の恋の行方が叙述されるのも、「薫物」や「書」にまつわる女たちとの恋のみならず、その結果としての子供という存在もまた自身の歴史の一部として表されているのである。

そして、「薫物」以外の文化創造をもう一例あげれば、源氏は柏木の蹴鞠技をして、「太政大臣の、よろづのことにたち並びて勝負の定めしたまひし中に、鞠なむえ及ばずなりにし。はかなきことは、伝へあるまじけれど、ものの筋はなほこよなかりけり。」（若菜上④一四四）と評していた。蹴鞠を致仕太政大臣家のお家芸であるとまずは認定している。そしてその上で、「何ごとも人に異なるけぢめをば記し伝ふべきなり。家の伝へなどに書きとどめ入れたらむこそ、興はあらめ」（若菜上④一四四）とまでいう。若者たちの一回的な蹴鞠技でしかないものを、記録にとどめよと言う源氏がここにいる。言うまでもなく、現実の歴史において、蹴鞠の家が成立したのは平安時代末期のことなのである。

なお、本節で論じた「梅枝」巻を『源氏物語』自体が「幻」巻において利用し引用する。その様相を次節で示しておく。

（注一）　清水好子「源氏物語の主題と方法―若菜上・下巻について―」（『源氏物語研究と資料―古代文学論叢第一輯』武蔵野書院、一九六九年。後『源氏物語の文体と方法』東京大学出版会、一九八〇年に所収。）

（注二）　鷲山茂雄『源氏物語主題論―宇治十帖の世界』（塙書房・一九八五年）。鷲山氏は梅枝・藤裏葉両巻の過去の出来事が想起される記事について「今現在の光源氏がこうした過去と深くかかわりながら存在し、特に彼の栄華はそれらをふまえ獲得されてきたものであったと思い至らせる」と述べる。本論では、そうした源氏の過去が、源氏自ら利用し新たな文化生成を行うことを論じるものである。

（注三）　加納重文「薫物と手本」（『講座　源氏物語の世界　第六集』有斐閣、一九八一年）に代表される。

（注四）　例えば、宮川葉子「源氏物語「梅枝巻」の薫物について」（『青山語文』第十三号、一九八三年三月）では、「香道」に関する資料を使い考察している。

（注五）　藤河家利昭「八条の式部卿について」（『広島女学院大学国語国文学誌』二十七号、一九九七年十二月）・「梅枝の巻の「前の朱雀院」について―史実と物語との関係」（『広島女学院大学大学院言語文化論叢』三号、二〇〇〇年三月）

（注六）　『うつほ物語』の引用は新編日本古典文学全集（小学館）により、巻名・巻数・頁数を付記した。

（注七）　河添房江「梅枝巻と唐物」（『源氏物語の鑑賞と基礎知識三十一　梅枝・藤裏葉』至文堂、二〇〇三年。後、『源氏物語時空論』東京大学出版会、二〇〇五年に所収）において、「梅枝」巻では「いにしへの」「ゆゑある」美意識と「いまめかし」の美意識の二つの美学が混在した様相がみえることが指摘されている。

（注八）　森野正弘「源氏物語の薫物合せにおける季節と時間」（『山口国文』第二十六号、二〇〇三年三月）では、入内準備に尚古趣味が加えられ、それを六条院における過去性の補塡として捉えられている。

（注九）　吉野誠「実名表記―歴史を喚ぶ物語」（『源氏物語の鑑賞と基礎知識三十一　梅枝・藤裏葉』至文堂、二〇〇三年）

（注十）　例えば『河海抄』では、「合香秘方」を引いて、「此両種方不伝男耳是承和仰事也」

と記している。

（注十一）『群書類従』第十九輯（遊戯部一、巻第三五八）所収。作者は藤原範兼（一一〇七〜一一六五）とされる。これ以前に書かれた調合法の指南書が存在していた可能性は否定しない。だが、『源氏物語』での記述は明らかにその伝承経路を問題としており、このように文化を伝統や血脈で保証していこうとするのは、平安時代末期から院政期・中世にかけて著しい傾向である。例えば、箏の琴の血脈として『秦箏相承血脈』（『群書類従』第十九輯・管弦部九、巻第三四九）がある。

（注十二）「うつほ物語」における秘琴伝授の家の物語については、神田龍身氏が「物語は音楽をめぐる現実の表現史の展開を先取りしてしまったということが一つある。音楽の家とか系譜という観念、秘琴や秘曲、さらには様々な楽書の成立、このような諸々の現象は平安末期から中世にかけてのものであり、この物語にそれらが認められるのは不審という意見を聞くが、この物語は音楽とエクリチュールとの関係を問うことで、己一人で現実の歴史に先行してすべての問題をたたきだすに成功したのである。」（「エクリチュールとしての〈音楽〉―『宇津保物語』論序説―」『源氏研究』第八号、二〇〇三年）と述べておられ、また「今・ここ」でしか現前しない音楽に対して、その音楽の家を定位するために学問の家の書物が要請されたとする。本論での「薫物」と「書」の構造について、多くの示唆を得た。

（注十三）このように考えていくと、「承和の御いましめの二つの方を、いかでか御耳には伝へたまひけむ」を、「男性に伝えてはいけない」と理解することの危険性が浮上する。「承和の御いましめ」とは本当に「男性に伝えてはいけない」ものであったのか、さらには「承和の御いましめ」とは現実にあったのかが問題となる。むしろ『源氏物語』の中で、源氏が聞き及んでいることが不審だったからこそ、「承和の御いましめ」は「男性に伝えてはいけない」という解釈を成立させてしまったと考えられる。

（注十四）朱雀院の贈物にいつでも使える薫衣香が選ばれているということからもわかる。

（注十五）注八森野論文において、調合法というマニュアルに則って営まれた薫物の調合に求められているのは、光源氏などの独創性ではなく仁明天皇などの典拠にいかに準拠していくのかという模倣性であると論じられているが、例えば紫の上の調合した「梅花」が「すこしはやき心しらひを添へて」とあるように、調合者の個性そのものも薫物では重要視されていると考えられる。
（注十六）明石の御方が調合した薫衣香の伝承者である「前の朱雀院」について、宇多院ととるか朱雀院ととるか説が別れ、また物語内の朱雀院とのかかわりが問題視されている。この問題に関して、早く石田穣二氏が「朱雀院のことと準拠のこと―源氏物語の世界―」（『学苑』二三八号、一九六〇年一月。後、『源氏物語論集』桜楓社、一九七一年に所収）で準拠の問題と共に考察されている。
（注十七）（注七）に同じ。
（注十八）（注八）に同じ。
（注十九）梅枝巻の「書」についても、多数の論がある。前掲（注三）加納論文、前掲注八河添論文のもととなった、同氏「梅枝巻の手本蒐集」（『中古文学』第四十七号、一九九一年二月）や、宮川葉子「『源氏物語』における「手」―梅枝巻を中心として―」（『青山語文』第十七号、一九八七年三月）などがある。また、嘉陽安之「「梅枝」巻における紫の上の位置」（『日本文学論究』第六十二冊、二〇〇三年三月）では、「梅枝」巻の筆跡批評を取り上げている。本稿では、個々の筆跡評の持つ意味の重要性もさることながら、筆跡の残された「書」の持つ歴史性を重要視したい。
（注二十）（注七）に同じ。
（注二十一）（注七）河添論文では、「草子蒐集は、玉鬘をうしない軋みを生じた六条院が、その行き詰まりを打開し、復権へむけていくかけがえのない営為であった」とし、手本の依頼を「人脈の結び直し」と位置づけている。
（注二十二）河添房江「唐物と文化的ジェンダー―和と漢のはざまで―」（『国文学』一九九九年四月。後、『源氏物語時空論』東京大学出版会、二〇〇五年に所収）
（注二十三）村井順『源氏物語論』下　中部日本教育文化会　昭和四十年
（注二十四）伊井春樹「物語絵考―源氏物語における絵合の意義―」（『国語と国文学』一九九〇年七月）に指摘がある。伊井氏も挙げておられるが、『栄花物語』巻第六「かかやく藤壺」には、「明けたてばまづ渡らせたまひて、御厨子など御覧ずるに、いづれか御目とどまらぬ物のあらん、弘高が歌絵かきたる冊子に、行成君の歌書きたるなど、いみじう御覧ぜらる」とある。また、『紫式部日記』では、寛弘五年十一月十七日、宮中へ還啓する彰子に対し、行成らに書かせた『古今集』『後撰集』『拾遺抄』や私家集が贈られている。

（注二十五）鈴木一雄「『源氏物語』に描かれた大学寮」（『平安貴族の環境』至文堂、一九九一年）・塚原明弘「『天の下の有職』夕霧―大学入学と文章経国をめぐって―」（『王朝文学史稿』第二十一号、一九九六年）・松岡智之「冷泉朝の光源氏―秋好立后と夕霧大学寮入学―」（『むらさき』第三十四輯、一九九七年）

（注二十六）玉鬘十帖と梅枝巻との位相の差については、別稿の用意がある。

（注二十七）（注七）に同じ。

（注二十八）『河海抄』それ自体の読みは吉森佳奈子氏が指摘するように（『『河海抄』の『源氏物語』』和泉書院、二〇〇三年）「『源氏物語』のありようが享受者を引きつけ、現実を動かすことになったということであ」り、「『源氏物語』を歴史的先例空間の中に捉えるような感覚を『河海抄』も持っていたのではないか。」とする考えに賛同する。私が問題としたいのは無自覚に『河海抄』を利用しすべて準拠や歴史にあてはめる読み方である。

第二節　「梅枝」巻の物語引用——物語引用の諸相

一　「梅枝」巻の記憶と「春」の訪れ

紫の上亡き後の光源氏の姿を描写する幻巻。そこには一年をかけて紫の上を亡くした悲しみを癒し、出家あるいは自己の死へ向けた光源氏の姿がある。年中行事をふまえて描かれるこの巻の問題はこれまでも論じられてきたが、そこにはまだ、物語内の過去をふまえた考察が抜け落ちているのではないだろうか。本論では梅枝巻の記述を一つの物語内過去として捉え、それを考察の端緒として、幻巻の問題を見ていこうと思う。

幻巻の冒頭、「春の上」を亡くした源氏のもとにも「春」は訪れる。

春の光を見たまふにつけても、いとどくれ惑ひたるやうにのみ、御心ひとつは、悲しさの改まるべくもあらぬに、外には、例のやうに人びと参りたまひなどすれど、御心地悩ましきさまにもてなしたまひて、御簾の内にのみおはします。兵部卿宮渡りたまへるにぞ、ただうちとけたる方にて対面したまはむとて、御消息聞こえたまふ。

「わが宿は花もてはやす人もなし何にか春のたづね来つらむ」

宮、うち涙ぐみたまひて、

「香をとめて来つるかひなくおほかたの花のたよりと言ひやなすべき」

紅梅の下に歩み出でたまへる御さまの、いとなつかしきにぞ、これより他に見はやすべき人なくや、と見たまへる。花はほのかに開けさしつつ、をかしきほどの匂ひなり。御遊びもなく、例に変りたること多かり。（幻④五二一～五二二）

ここでの「春の光」とは、源氏が紫の上を回想する契機であり、共に愛でてきた「春」を表すものである。その「光」と「くれまどひ」が対照的に述べられていることは、すでに指摘されている通りだろう。（注二一）この「春の光」とともに、春を愛でる人物である蛍兵部卿宮が源氏を訪れる。紅梅の咲き匂う中に蛍宮の登場。ここではおのずと梅枝巻の薫物合せの場面が思い浮かぼう。（注二二）

二月の十日、雨すこし降りて、御前近き紅梅盛りに、色も香も似るものなきほどに、兵部卿宮渡りたまへり。御いそぎの今日明日になりにけることども、訪らひきこえたまふ。昔より取り分きたる御仲なれば、隔てなく、そのことかのこと、と聞こえあはせたまひて、花をめでつつおはするほどに、前斎院よりとて、散り過ぎたる梅の枝につけたる御文持て参れり。（梅枝③四〇五）

このように、梅枝巻では、やはり紅梅の盛りに蛍宮が登場したのであった。そして、宮の訪問に加え朝顔斎院からの薫物が届けられたことにより、薫物の試みが行われることになる。この梅枝巻での源氏と紫の上は、愛娘の入内準備はさることながら「人の御親げなき御争ひ心なり」（梅枝③四〇五）とされるほどの熱中ぶりである。こうした遊びが許されるほど、六条院世界は完成し揺ぎ無いものであったといえようか。いずれにしても、梅枝巻は、娘を入内させ、再び源氏と紫の上、二人だけの時間が始まるはずの巻であった。しかし、若菜上巻による女三宮の降嫁による六条院の混乱と崩壊を、幻巻の源氏も、そして物語の享受者も知っている。幻巻から振り返ってみれば、紫の上との平穏な日常こそ梅枝巻が最後であった。

そして、幻巻にも、その梅枝巻と同じ春が蛍宮と共に訪れる。そもそも、梅枝巻での蛍宮の薫物への判は、源氏から「心きたなき判者なめり」（梅枝③四一〇）と言われながらも、紫の上の「梅花」に対し「対の上の御は、三種ある中に、梅花はなやかにいまめかしう、すこしはやき心しらひを添へて、めづらしき薫り加はれり。」（梅枝③四〇九）と、春の紅梅の盛り、前掲の引用部にもあるように「色も香も似るものなき」状態で、「梅花」を賞賛していた。季節的な背景を鑑みたとき、明らかに紫の上の「梅花」こそ、この場において最も優れたものとして判断されてはいなかったか。蛍宮が春・紅梅と共に訪れることは、幻巻までの物語の記憶を持つ者、つまり光源氏や物語の享受者にとって、紫の上を美的に回想しようとする有り様が見られるのである。

もちろん、幻巻冒頭の表現は、直接に梅枝巻を指し示すことはない。しかし、「花もてはやす人」であった紫の上がいない今、蛍宮以外に紅梅を「見はやすべき人なくや」と源氏が見つめているのは、梅枝巻において、紅梅と紫の上の「梅花」を賞賛した蛍宮だからこそである。幻巻の冒頭、それは物語内の過去をベースにして、紫の上の記憶を共有できる蛍宮が登場することで、よりいっそう源氏の悲嘆を明確なものにしているのではないだろうか。〈記憶の共有〉が、ここでは不在の紫の上をいっそう際立たせるのである。

二　季節の変化と「物語」のゆくえ

幻巻の時間の流れについて、例えば小町谷照彦氏は、物語は御法巻で歩みを止めると指摘されたうえで、「「幻」は光源氏の時間との格闘の場なのである。「幻」の一年は、光源氏がその最後を全うする為に必要であった」（注三）とし、また、後藤祥子氏は、「紫の上亡きあと、源氏が心静かな出家の時を迎える準備期間として、なんら物語の進展すべくもない、ただ時間の支配に任せた一年を叙すべく設けられた巻だということができる。」と述べられる。（注四）実際、幻巻にはこれといって大きな出来事があるわけでもない。ただ時間の流れにそった、紫の上を亡くした源氏の日常が綴られるだけである。そこには、稲賀敬二氏が指摘したように、これまで「時間」を生み出してきた「光源氏が、今静かに「時間」の流れの中に身をゆだねて、一生を回想している。はじめてここに一個の人間光源氏がいる」のであろう。（注五）幻巻の「時間」は、源氏の管理下を離れ、外側を流れているのである。

その源氏の生活を、紫の上の服喪の期間と捉えるのか、あるいは出家までの時間と取るか、さらには思い出に浸った生活と取るか、これまで多くの解釈がとられてきた。（注六）そして、その特異な表現を支えるために、年中行事的な、あるいは歌日記的な文体が要請されてきたとされる。（注七）これまで述べられてきた幻巻についての論考は、ひとえに源氏の「死」あるいは「出家」に向けた生活が、一年の叙述を通して紫の上への哀傷と懐旧に彩られているとする。

しかし、そうした生活を物語が叙述する意味とは何か。物語は懐旧を述べていきたかったのだろうか。本章では、この源氏の一年は、紫の上を〈忘れる〉ための一年と捉えたい。つまり、忘却に向けての営みを幻巻は綴るのである。記憶から忘却へ、紫の上亡き今、源氏にとって出家の絆となるような存在はいない。ただ、自身の紫の上に対する思いこそ、大きな絆なのだ。季節の循環と共に、源氏は紫の上を忘れようとする。その過程として様々な行事が利用されているのではないだろうか。まずは春を背景にした周囲と源氏とのかかわりを〈記憶の共有〉と「物語」という二つの点からみていきたい。

前節で見たように、新春、蛍宮の来訪は、二人の共有する紫の上の記憶をまざまざと思い出させる。そして、周囲に仕える女房たちと「つれづれなるままに、いにしへの物語」は、かつて紫の上を嘆かせた過去であり、同時に「そのをりの事の心をも知り、今も近う仕うまつる人々は、ほのぼの聞こえ出づるもあり。」（幻④五二三）と、紫の上の記憶を共有する人々との「物語」であった。この状況では、源氏は紫の上の過去を共有する人物との対話が可能なのである。それは続く、中納言の君、中将の君たちとの「御物語」も同様であろう。なかでも中将の君については、源氏は紫の上の「御形見の筋」として捉えており、こうした形見の人々との「物語」が、新春の源氏を支えているといってもいいだろう。

その「物語」が再び述べられるのは、明石の御方を訪ねた折である。「こなたにては、のどやかに昔物語などしたまふ。」（幻④五三三）と、直前に訪ねた女三宮のもととは打って変わり、明石の御方とは「物語」が可能なのである。ここにも〈記憶の共有〉が問題とはならないだろうか。直前の場面で、御簾越しながらも対面した夕霧や、紅梅や桜を愛でる匂宮の存在は、紫の上との過去あるいは紫の上の記憶を共有していた。しかし、女三宮とは、そうした共有できる過去はない。女三宮の存在は紫の上を思い出させる媒体にしかならず、対話の可能性はまったくない。それが、明石の御方のもとに行くと、一転して「物語」が浮上する。

明石の御方との「物語」は、「昔物語」から「昔今の御物語」に発展し、それは「かくても明かしつべき夜を」と思うほどである。しかしながら、源氏は明石の御方のもとから帰る。源氏と明石の御方との二人の間には、確かに紫の上の記憶が共有されており、それは「昔物語」として対話できるものであった。しかし、それは「昔今」の物語まで連綿と続いていく。夜が明けるまで「物語」を続けたら、そこには、もはや紫の上の姿はないだろう。だからこそ源氏は、明石の御方のもとから自室にもどるのである。

蛍宮・匂宮・女三宮・明石の御方・女房たちと、紫の上の記憶を共有した人々との「物語」が述べられてきた。

そこには、「物語」によって紫の上を回想し、あるいは「物語」の不可能性によって紫の上を回想する源氏の姿があった。背景の季節は春、春の上とも称された紫の上が思い出されるにふさわしい季節であった。しかし、幻巻における「物語」という単語はここで消える。幻巻の時間は、おだやかな「物語」と回想の時間を越え、この後、スピードを上げて行事と源氏の歌を綴ることとなる。

三　文の焼却と煙

衣更《ころもがえ》・葵祭・七夕を過ごし、八月には紫の上の一周忌の法要、そして、重陽の節句、神無月の時雨を経て、五節が述べられた後、源氏は紫の上の文を処分する。

落ちとまりてかたはなるべき人の御文ども、「破れば惜し」と思されけるにや、すこしづつ残したまへりけるを、もののついでに御覧じつけて、破らせたまひなどするに、かの須磨のころほひ、所どころより奉りたまひけるもある中に、かの御手なるは、ことに結ひあはせてぞありける。みづからしおきたまひけることなれど、久しうなりける世のことと思すに、ただ今のやうなる墨つきなど、げに千年の形見にしつべかりけるを、見ずなりぬべきよと思せば、かひなくて、疎からぬ人々二三人ばかり、御前にて破らせたまふ。いと、かからぬほどのことにてだに、過ぎにし人の跡と見るはあはれなるを、ましていとどかきくらし、それとも見分かれぬまで降りおつる御涙の水茎に流れそふを、人もあまり心弱しと見たてまつるべきがかたはらいたうはしたなければ、おしやりたまひて、

死出の山越えにし人をしたふとて跡を見つつもなほまどふかな

さぶらふ人々も、まほにはえひきひろげねど、それとほのぼの見ゆるに、心まどひどもおろかならず。この世ながら遠からぬ御別れのほどを、いみじと思しけるままに書いたまへる言の葉、げにその折よりもせきあへぬ悲しさやらんかたなし。いとうたて、今一際の御心まどひも、女々しく人わるくなりぬべければ、よくも見たまはで、こまやかに書きたまへるかたはらに、

　かきつめて見るもかひなし藻塩草おなじ雲居の煙とをなれ

と書きつけて、皆焼かせたまふ。（幻④五四六～五四八）

この処分について、基本的には出家に至る身辺整理の一環と捉えられる。しかし、この文の処分は、幻巻の中でも大きな転換点である。伊井春樹氏によれば、この場面は、光源氏の「自らの情念との決別」の場であり、[注八]松木典子氏によれば、「当該場面は紫の上追憶の日々の分岐点ないし終着点と見なすことができ、筆者は光源氏の追憶の日々を相対化したものと位置づけている」ものである。[注九]また、一方で『竹取物語』との関連が指摘されており、[注十]富士の山頂で不死の薬と手紙を焼かせた帝と、紫の上の手紙に自身の歌を書きつけ焼いた光源氏の姿が重なる。

源氏の何事も起こらない日常を描いた幻巻において、この紫の上の文焼却は、源氏が唯一能動的に動いた事柄であるといえるだろう。紫の上の一周忌の法要さえ夕霧に任せ、その記述は七夕と重陽の節句にはさまれ、過ぎる季節の一情景であった。しかし、ここでの文焼却は、源氏の出家の覚悟とともに述べられる。出家してしまえば、現世での文は、どんなに形見にしたくとも「見ずなりぬべき」ものである。そうした文を、源氏はまず「破らせ」、そして「みな焼かせ」てしまうのである。確かに、ここには「自らの情念と決別」した源氏の姿があろ

う。しかし、この文焼却はもう少し重い意味があるのではないだろうか。

源氏の二首目「かきつめて見るもかひなし藻塩草おなじ雲居の煙とをなれ」は、もはや紫の上を回想する手段の不必要性を示す。どんなに、回想し、追憶し、哀悼にふけろうとも、紫の上はもはや戻らない。そうした諦念がここには見られる。この源氏の歌は、その直前の和歌と間に、「非常に大きな飛躍がある」（注十一）と指摘されている。確かに歌を挟み、紫の上の文に対し、悲しみに惑い涙を流す源氏と、その文を焼き捨ててしまう源氏では、大きな変化があろう。

ここまで、源氏は様々な人やものを通して紫の上を思い出してきた。涙にくれては、「何ごとにつけても、紛れずのみ月日にそへて思さる」（幻④五四五）状態であった源氏が、なぜここで急に紫の上の思い出と決別してしまうのか。すでに年末をひかえ、出家の準備が必要ではあった。また、『竹取物語』の帝のように、かぐや姫＝紫の上宛の手紙を焼くことで、相手との交信をはかる行いであったのかもしれない。だが、ここでの文焼却は、源氏にとっての紫の上葬送の場面であったと捉えたい。（注十二）

もちろん御法巻において、紫の上の葬送は描かれていた。

やがて、その日、とかくおさめたてまつる。限りありけることなれば、骸を見つつもえ過ぐしたまふまじかりけるぞ、心憂き世の中なりける。はるばると広き野の所もなく立ち込みて、限りなくいかめしき作法なれど、いとはかなき煙にてはかなく昇りたまひぬるも、例のことなれど、あへなくいみじ。空を歩む心地して、人にかかりてぞおはしましけるを、見たてまつる人も、さばかりいつかしき御身をと、ものの心知らぬ下衆さへ泣かぬなかりけり。御送りの女房は、まして夢路に惑ふ心地して、車よりもまろび落ちぬべきをぞ、も

てあつかひける。（御法④五一〇～五一一）

だが、その葬送の煙は「いとはかなき煙にてはかなく昇りたまひぬる」ものであり、また、源氏は「空を歩む心地して、人にかかりてぞおはしましける」様子であった。源氏にとって、紫の上の葬送は葵の上の時とは異なり、「くれまどひたま」うものであった。その源氏が、「幻」巻にいたりようやく正気を取り戻し、紫の上の文を焼く。「はかなき煙」であり「あへなくいみじ」かった紫の上は、源氏の中に一年燻りつづけ、そして再び文の中に「ただ今のやうなる墨つき」として現れる。自身の回想の中の紫の上ではなく、かつての紫の上が今書いたような文を目の前にして、源氏は最後の惑いに暮れる。その惑いの果てに、文の中に現れた紫の上は焼かれることになる。それは、言い換えれば源氏の中の紫の上の記憶を焼却したことになる。ここでは、文を焼いた煙がどのようなものであったか、その記述はない。しかし、この手紙を焼くことによって、源氏は紫の上を忘却することが可能になるのではないだろうか。

四　〈記憶の共有〉と「物語」

そもそも、物語の中の「記憶」とはいったい何であるのだろうか。幻巻の中で、源氏は様々な過去を回想する。女三宮降嫁の折りの紫の上の様子、自身の人生の述懐、あるいは明石の御方に藤壺の宮との死別を語ってもいる。その回想された過去こそ源氏の「記憶」なのだろうか。確かに、幻巻そのものが光源氏の生きてきた人生を回顧する物語だったと言えるかもしれない。(注十三)人生を回顧すること、それは自身の「記憶」を掘り起こすことにつながる。しかし、掘り起こされた記憶ゆえに、喪失がまざまざと感じられることとなる。その記憶による喪失の大きさの確認を、この幻巻は語ってきたといえるのではないだろうか。

一で述べたように、源氏と蛍宮の〈記憶の共有〉が、紫の上喪失を際立たせていた。その〈記憶の共有〉から始まった幻巻の一年は、源氏と記憶を共有している人物と、そうでない人物を配置することによって、源氏にとって紫の上の記憶がどれほど大きなものかを示してきた。しかし、〈記憶の共有〉はありし日の紫の上を回顧し、共有する人物との「物語」を可能にしても、自身の悲しみを癒すことにはならない。まして、それぞれの「記憶」は、源氏の記憶と同じベクトルを指すものではない。それを端的に示しているのが、女三宮との対面であろう。源氏にとっては、女三宮と紫の上の記憶を共有する可能性があった。しかし、女三宮の記憶は紫の上に向かうことはなく、何心もない様子は、むしろ悲嘆ゆえの出家を厭う源氏にとって理想の姿でもある。だからこそ、現世を「忘却」した女三宮との対話は不可能だったのである。そして、明石の御方、夕霧と、紫の上の〈記憶を共有〉した人々と源氏は語り、歌を詠み交わす。

だが、そうした〈記憶の共有〉もまた限界を迎える。季節の推移に任せ、源氏は一人紫の上の記憶と向き合うことしかできない。その向き合った先にあったもの、それが紫の上の文であった。しかも、その文は「かの須磨のころほひ、所どころより奉りたまひけるもある中に、かの御手なるは、ことに結ひあはせてぞありける。」という、源氏と紫の上の苦難の日々の頃のものであった。この「須磨のころほひ」こそ、源氏と紫の上が、まるで死に別れたかのように引き離された時期である。


もてならしたまひし御調度ども、弾きならしたまひし御琴、脱ぎ捨てたまへる御衣の匂ひなどにつけても、今はと世になからむ人のやうにのみ思したれば、かつはゆゆしうて、少納言は、僧都に御祈りのことなど聞

こゆ。　（須磨②一九〇）

このように、紫の上にとって源氏は「今はと世になからむ人のやうにのみ思した」るような状況であった。擬似的な生死の別れがここには見える。焼却される紫の上の文が、なぜ「須磨のころほひ」のものであったのか。それは、源氏にとっても、紫の上にとっても、これ以上もないほど辛い別れであったことと無関係ではないだろう。幻巻の源氏にとって、須磨以上に辛い別れがそこにはある。それと対応するかのように、紫の上にとって辛い別れの時代が選ばれたと考えられるだろう。

もちろん、源氏のもとで成長した紫の上にとって、源氏と積極的に文のやり取りをしたのが須磨巻であったという理由もあるだろう。だが、「二条院の姫君は、ほど経るままに、思し慰む折なし。」とされた紫の上の悲しみがここで想起されることによって、源氏の悲しみは増大すると同時に相対化されよう。紫の上の悲しみ、その悲しみが文によって「今」現前する。その悲しみこそ源氏にとって知られざる紫の上の記憶である。今の源氏と同等に、あるいはそれ以上に悲しみを訴える紫の上の文だからこそ、源氏はそれを焼却する。紫の上の悲しみごと、文を葬送の煙に転化することで、源氏は自身の「記憶」と決着をつけたといえるのではないだろうか。

五　光源氏の「記憶」

幻巻の冒頭、梅枝巻の穏やかで華やかな二人の生活が思い起こされ、そして、物語も終わり近く、須磨巻の別れの苦難が呼び起こされる。源氏にとっての紫の上は、確かに一年の行事を通じて回想されるものであった。しかし、この対比的な物語内の記憶が、源氏の悲しみをより際立たせる。だが、文を焼却してしまうことで、その記憶は証拠を伴うものではなくなる。それは、二条院の紅梅と桜が、もはや紫の上のものではなく、匂宮のものであることとも重なる。（注十四）光源氏の「記憶」とそれを引き出す媒体。その媒体を自身の手から離すことで、源氏の記憶は忘却へと向かうのであろう。

御仏名の日、源氏の心中に過去はない。あるのは来るべき新年と自身の出家の行く先である。紫の上の文焼却により、源氏は過去と決別した。文の焼却。それは書かれたものの否定でもある。

『源氏物語』中において、文の存在や筆跡について述べる箇所は多い。梅枝巻において、藤壺の宮や六条御息所などは、死してなおその筆跡が源氏によって賞賛され、書かれたものを未来に残すことこそ求められていた。しかし、光源氏の物語の最後に至り、書かれたものは否定される。物語はなぜ、書かれたものを拒否するのだろうか。一つの答えとして、『源氏物語』の筆跡評がそれぞれの人物を表しているように、書かれたものの中には、まさしくその人の面影と過去が内在するからに他ならない。書かれたものを拒否することで、決別へとつながるのであろう。

この決別は紫の上の忘却でもある。紫の上を忘れるためには、紫の上がすでにこの世の人ではないことを認識しなければならない。源氏による文焼却を紫の上の二度目の葬送と捉えることで、源氏は自らの情念をかきたてる記憶とも決別すると考えられるのではないだろうか。

（注一）　例えば、新編全集では「「光」と「くれまどひ」が対照的。春に象徴される紫の上を喪った源氏は、春の陽光の中で暗く惑うばかりである。」とする。

（注二）幻巻冒頭と、梅枝巻との照応については、すでに様々に考察されている。その中でも、紅梅との関わりについて述べたものとして以下のものがあげられる。三田村雅子「梅花の美―回想の香―」（『源氏物語　感覚の論理』有精堂、一九九六年）・倉田実「二条院の紅梅―紫の上の最期をめぐって―」（『源氏物語鑑賞と基礎知識　御法・幻』至文堂、二〇〇一年）・高橋汐子「幻巻における紅梅」（『フェリス女学院大学　日文大学院紀要』第十号、二〇〇三年三月）

（注三）小町谷照彦「『幻』の方法についての試論―和歌による作品論へのアプローチ」（『源氏物語の歌ことば表現』所収・東京大学出版会、一九八四年）

（注四）後藤祥子「哀傷の四季」（『講座源氏物語の世界』第七集、有斐閣、一九八二年）

（注五）稲賀敬二「幻〔雲隠六帖〕」（『源氏物語講座』第四巻、有精堂、一九七一年）

（注六）幻巻については多くの考察がある。前掲（注三）小町谷氏や注四後藤氏をはじめとして、阿部秋生「今年をばかくて忍び過ぐしつれば」（『中古文学論考』有精堂、一九八二年）、鈴木日出男「光源氏の最晩年―源氏物語の方法についての断章―」（『学芸国語国文学』八、一九七三年六月）、神野藤昭夫「源氏物語の時間表現―幻巻のことなど」（『国文学』一九七七年一月）、益田勝実「光源氏の退場―「幻」前後―」（『文学』一九八二年十一月）、高橋文二「『源氏物語』「幻」巻の意義―鎮魂と「わたくし」の視座から」（『論集　平安文学』第四号、勉誠社、一九九七年）などがあげられる。

（注七）前掲（注三）小町谷論・藤井貞和「光源氏物語主題論」（『源氏物語の始原と現在　定本』冬樹社、一九八〇年）

（注八）伊井春樹「紫の上の悔恨と死―二条院から六条院へ、そして二条院へ―」（王朝物語研究会編『研究講座源氏物語の視界3　光源氏と女君たち』新典社、一九九六年）

（注九）松木典子「『源氏物語』紫の上追憶攷―幻巻・文焼却の検討を通して―」（『中古文学論考』第十八号、一九九七年十二月）

（注十）『竹取物語』との関連については、早く村井順氏が『源氏物語論　上』（中部日本教育文化会、一九六二年）で構想上の類似を指摘し、その後、高橋亨氏が「闇と光の変相」（『源氏物語の対位法』東京大学出版会、一九八二年）で帝との関係を考察し、河添房江氏の「源氏物語の内なる竹取物語―御法・幻を起点として―」（『源氏物語の喩と王権』有精堂、一九九二年）にいたり、『竹取物語』引用を視座に、紫の上哀悼の物語が読み解かれている。

（注十一）（注三）に同じ。

（注十二）源氏の文焼却については、福田敬「いまはと世をさり給ふべきほどちかく―『源氏物語』「幻巻」小論―」（『国文』第七十八号、一九九二年八月）で、「これはみずからの葬りを行うことではなかろうか。「いとはかなき煙にて、はかなくものぼ」ってしまった紫の上をもう一度、みずからの全身全霊とともに火葬に付することである。」と述べられている。紫の上の二度目の火葬という点では本論と重なるが、本論では、「記憶」の問題とかかわらせており、その点が相違する。また、前掲注九松木論文では、経供養の発想と関わらせて論じられており、経供養の問題については、辛島正雄「「幻」巻異聞―『無名草子』の評言から―」（『徳島大学教養部紀要』一九八九年三月）が、『無名草子』の「また、御ふみどもやりたまひて、経にすかすとて」の言葉から、経への漉き返しについて述べられている。

（注十三）光源氏の述懐については、阿部秋生「六条院の述懐」（『光源氏論―発心と出家』東京大学出版会、一九八九年）に詳しい。また、鈴木日出男「光源氏の道心―光源氏論５」（『講座源氏物語の世界』第七集、有斐閣、一九八二年）

（注十四）幻巻の紅梅と桜をめぐって、源氏の居所が二条院か六条院か古来説が分かれている。詳細な検討をする余裕はないが、以下にあげる論考を参考にし、本論では一貫して二条院が舞台であったと考えている。待井新一「源氏物語幻の巻の解釈―二条院か六条院か―」（『国語と国文学』一九六二年十二月）は、幻巻の舞台がどこであるのか研究史を整理し、二条院を主居として時々六条院にわたっていたと結論付けている。また、近年では、藤本勝義「幻巻の舞台をめぐって―喪家・二条院―」（『源氏物語鑑賞と基礎知識　御法・幻』至文堂、二〇〇一年）が、喪家という観点から二条院説を論じている。

終章

〈皇女〉のあり方と「天皇家」

第一章より、物語史における〈皇女〉の様相を「女一宮」「一品宮」または「斎宮」「斎院」という〈皇女〉特有の問題から考察してきた。ここで、全体をまとめ、今後の課題を提示することで、終章としたい。

第一章では、平安時代の王朝物語における〈皇女〉のうち「女一宮」を中心として考察した。第一節で考察したのは『うつほ物語』における「女一宮」で正頼の妻である嵯峨院女一宮の大宮と、仲忠の妻である朱雀院女一宮である。大宮が物語史では珍しい后腹第一皇女の降嫁であったのに対し、朱雀院女一宮は父帝鍾愛の皇女であることが重要視された。いずれも臣下に降嫁し、摂関政治的な物語内の政治体制の中に組み込まれていく。大宮が多くの子女をもうけ、朱雀院・今上帝の二人に娘を入内させたのに対し、女一宮はいぬ宮一人が多くの美質を荷って、おそらくは藤壺腹の東宮への入内につながる。

二人の政治的な意味合いでの差異はほとんどなく、女一宮の后腹ではないという負の面は、父帝鍾愛であるということで彼女に別の価値が見出されていると考えられ、父帝鍾愛という構図は後続の物語に引き継がれていく。

そして、朱雀院女一宮の最大の意義はいぬ宮という存在を生んだということであり、物語に登場するおよそ全ての血筋を引き継いだいぬ宮の入内は、「天皇家」における血統の統合につながる。物語はそこまでを描きえず、「楼の上・下」巻で終了するわけだが、そこでも、女一宮の存在は無視されていない。『うつほ物語』において〈皇女〉が物語の初めから終わりまで必要とされていることはいえるのではないだろうか。

また、〈皇女〉の降嫁が多く描かれているが、『うつほ物語』の主要な〈皇女〉、二人の女一宮の降嫁は父帝の裁可の上で成立しており、『うつほ物語』は歴史上の降嫁の例に対抗した形で成立している。『うつほ物語』の大宮と女一宮の降嫁は「婿取る」と表され、それは「天皇家」によって婿として待遇されることを意味しよう。そこには兼雅の妻である嵯峨院の女三宮をはじめとする、その他大勢の源氏や皇女の降嫁とは位相を異にする。二人の女一宮は父帝が降嫁を決めるということで意味を持ち、自身の夫や子女たちが「天皇家」にとって必要な価値あるものであることを示した。

そして、その後の物語に大きく影響を与える『源氏物語』の今上帝女一宮を第二節で考察した。正編における皇女は常に密通の危機にさらされていたが、続編の〈皇女〉、特に女一宮はそうした密通の可能性が薫の垣間見（蜻蛉巻）や匂宮との対話（総角巻）など、ことさらに述べられながらも、結局は密通されることがない。薫にとっても匂宮にとっても「女一宮」は得難い存在であり、だからこそ、その思慕を明確にする場面が用意され、もし正編世界であったなら、二人のうちのどちらかに密通されてもおかしくない状況を物語は用意している。しかし、薫に対しては道心を、匂宮に対しては近親恋愛のタブーをもって、密通の可能性は閉じられていく。

正編世界においても続編世界においても、〈皇女〉は常に尊貴であるがゆえに思慕の対象であったが、続編においてこそ后腹の第一皇女が具体的に登場し、正編世界同様に密通への期待が膨らみ、一方では、先行する『うつほ物語』の「女一宮」のように降嫁し幸福な人生を送ることも想定されえた。しかし、密通も降嫁も描かれない。『うつほ物語』で示された父帝裁可の皇女降嫁は、女一宮ではなく、今上帝女二宮にずらされることとなる。ここにおいて、后腹の第一皇女が不婚であり、思慕の対象となるも密通の危険は回避されるという、〈皇女〉としてあるべき姿が提示される。そして、薫や匂宮が求めても手に入れられないことや、宇治の姫君たちと比較されることから、さらにその存在の尊貴さと美しさが強調されたのである。

今上帝女一宮が崇められることで、正編世界の女三宮や落葉の宮において、降嫁する〈皇女〉を否定してきた論調と重なり、〈皇女〉は結婚しないほうが良いという認識を確定させるに至ったのではないか。今上帝女二宮が、『うつほ物語』で重要視された父帝鍾愛の皇女であり父帝裁可の降嫁であっても、その存在は女一宮にかなわない。そのように女一宮と女二宮を対比的に描くことで、降嫁していない〈皇女〉こそ重要であると規定された。

つまり『源氏物語』はそれまで流動的であった〈皇女〉の婚姻の問題について、不婚であることがよいと明確化したのである。第二節ではこのように、皇女不婚の原則が物語内で自明のこととしてあるのではなく、『源氏物語』が皇女不婚の原則を明確にしてしまったことを述べた。

第三節では、平安後期物語（『夜の寝覚』・『狭衣物語』）における「女一宮」について考察し、二つの作品が『うつほ物語』や『源氏物語』というプレテクストを利用し、『夜の寝覚』は降嫁を、『狭衣物語』は密通を描いたことを確認した。そして、その結果がいずれも不幸な形に終わったことが、ひるがえって『源氏物語』の「皇女不婚」の原則を強化させたともいえるのではないか、ということを考察し、今上帝女一宮にまつわる世界が作り出した「女一宮」像と、その反発としての造型がこの二つの物語に表れていることを述べた。

もちろん、「女一宮」のあり方はそれぞれの物語の要請によって変容も受ける。その変容の最たるものが『狭衣物語』の一条院女一宮の造型である。若くもなく容貌も衰え、狭衣をかたくなに拒む一条院女一宮は、『源氏物語』における女一宮像と対極にあるがゆえに、これもまた一つの「女一宮」幻想となるのである。

以上のような考察をふまえ、第二章では、中世王朝物語における一作品『いはでしのぶ』における〈皇女〉の様相を、一条院女一宮と前斎院に限り考察した。第一節では、一条院女一宮（一品宮）が降嫁するも息子の即位によって女院となる過程を物語史における「一品宮」の変遷とともに考察した。物語史的に築き上げられてきた「一品宮」とは、皇統を象徴する姫宮と神聖不可侵な皇女という意識が強く、『いはでしのぶ』の一品宮が、飽かず宮中を思い、父帝・母后を思慕し続けるのは、神聖不可侵な皇女から転がり落ちた自分の身を嘆くことに他ならない。物語前半、「一品宮」として降嫁した彼女は、皇統の対立の狭間に身をおかざるを得ず、降嫁しても「白河院の一品宮」としての矜持を持ちつづけたことを確認した。

第二節では、第一節で確認した一品宮の造型をもとに、一品宮がなぜ、天皇の后でも、未婚の皇女でもないのに女院となるのか、皇女の枠組みが大きく変化した鎌倉時代を背景に、なぜ、一品宮が女院という位へと移行したのか、物語にそって考察した。また、史上の女院や物語史における女院を確認することで、一品宮への女院宣下は自身の子どもの即位により、そこには「国母」として待遇したい所を、すでに出家しているため「女院」とした、という「国母優待」の論理の上に成り立っていることを指摘した。

次に第三節では、もう一人の皇女である前斎院について、物語成立時には斎院制度が滅んでいたのにもかかわらず、「斎院」を登場させる意味と、皇女の密通について考察した。『狭衣物語』の一条院女一宮と同じような境遇として設定されながら、前斎院を「あえかになまめかしい」姫宮とすることで、物語は斎院のイメージを塗りかえる。そして、大君や中の君といった若い姫君たちと同等に位置づけられながらも、その優位性を保つことは「斎院」という付加価値ゆえであった。密通、出産、そして死と、悲劇的な最期を迎える前斎院であるが、本来ならば不婚を通すべき姫宮であったからこそ、その悲劇性は必然と高まる。そして、その悲劇の皇女の死は、奇しくも中将が嘆いたように一条院皇統という悲劇の皇統の短命さの証ともなっているのである。

第一章、第二章を通して、平安時代から鎌倉時代にかけての王朝物語における〈皇女〉のあり方を見てきた。そこには、『うつほ物語』や『源氏物語』が規定した〈皇女〉のイメージを利用しながら、一方で〈皇女〉の持つ意味を少しずつずらしていく変遷を確認できたと思われる。

次に、第三章では、「天皇家」における女性の役割を考えるため、斎王と后を取り上げた。特に、第一節では、物語史における斎宮・斎院の変遷を指摘し、同じ斎王であっても斎宮と斎院にはまったく異なるイメージが付与され、それぞれ実際の制度が衰退しあるいは無くなってしまった後も、王朝物語には斎王が必要な存在であったことを指摘した。

また、斎王が必要とされる理由としては、王朝物語において皇統や禁忌というものが不可欠であったからではないだろうかと考えた。たとえ物語の本筋ではなくとも、斎宮や斎院という聖なる女性との禁忌の恋を描くことに物語は挑戦しているのである。聖なる女性―皇女として本来不婚であるべきなのに加えて、神に仕えた聖性がその禁忌を重層化された斎王。二重のタブーを破ることになる女性像は、他に造型されにくい。そうした聖性が、斎王に至高性とその半面である猥雑性を表現しているのであろう。そして、もう一つ『伊勢物語』引用が示すように、男たちの業平幻想を描くことに意義があり、業平・源氏・狭衣、后妃や斎宮・斎院との恋愛を描かれた男君の系譜に乗るためには、斎宮・斎院の存在が必要だったのである。

第二節では、斎王だけではなく〈皇女〉固有の立場である一品宮について、史上の一品宮との比較を試み、一品宮が女院として遇される展開を確認した。その一方、物語史においては、史上に見られるような不婚皇女がまったく見えず、皇女から女院となった『とりかへばや』の女東宮と『いはでしのぶ』の一品宮も不婚皇女の論理の上にはないことを確認した上で、物語史における女院について考察した。物語も女院制度を取り入れ、多くの物語が様々な階層の女性を描き、また、密通や女性を盗み出すといった話型が多用される中で、女院となることが、女性の栄華を示すための物語の必要要件となったことを述べた。

第三節・第四節では、物語史の中でも特色のある『夜の寝覚』を取り上げ、物語の中にみえる、后たちの対立構造とその対立を構成する后たちのうち、特に中宮に焦点をしぼり王朝物語における「后」に何が求められていたのか考察した。

『夜の寝覚』には、「源氏の女」である寝覚の上を取り巻いて、帝や男君ではなく後宮の女性たちが対立する構造が見られる。『うつほ物語』の立坊争いにも、同じような「后」をはじめとする女性たちの対立や政治的な動きが見えるが、それはあくまでも、「立坊」というそれぞれの出身の家の問題でもあった。だが、この『夜の寝覚』の寝覚の上をめぐる対立は何の政治的利益をもたらさない。どんなに帝に代わって女性たちが立ち回ろうとも、むしろそれは自身の地位を危うくするだけである。しかし、物語は女性たちの対立構造を描いた。そこに「后」とはどのような存在であるのか、『夜の寝覚』なりの答えが示されているのではないだろうか。つまり、『夜の寝覚』が「女性」に焦点をあてたということは、入内する場合もしない場合もふくめて、いずれにしても摂関政治というシステムを女が支えているという認識を持っていたことになる。そのような女性たちの動きをトータルに捉えようとしたのがこの物語なのであったことを示した。その上で、『夜の寝覚』の中宮とは、帝や男君といった男たちと対話し、その思いを受け止め、その恋を支える役割を担っていたことを論じた。そうした役割が果たせたのも「中宮」という位に落着いていたからこそである。

以上、第三章までは王朝物語における〈皇女〉の位相と、同じ後宮で意味を持つ「后」について考察してきた。当然のことながら、考察すべき作品は未だ多く、課題は多い。だが、〈皇女〉や〈后〉に対する、ある一定の問題意識の一端は解き明かすことができたのではないだろうか。今後は、今回考察の対象にできなかった作品や、部分的に考察した作品を取り上げ、王朝物語全体の問題を見ていくことが必要である。

次に、第四章であるが、こちらは第三章までと少し考察の方向を異にする。第一部で取り上げてきたような王朝物語がどのように享受され、伝承されてきたのか、『源氏物語』に見える文化事象を取り上げ考察した。

第一節では、『源氏物語』梅枝巻を起点として、『源氏物語』が造り出したともいえる文化の諸相について述べた。「物語」が実際の歴史とかかわり、新たな文化を作り出すことは、すでに指摘されている。だが、もうすこし踏み込んで考えると、『源氏物語』以前からあるとされていた文化事象も実は『源氏物語』が造り出した可能性はあるのではないか。書記テクストである『源氏物語』は、物語の進行とともに歴史性を内包し、その書くとの論理は、書の論理を援用しながら、もっとも歴史性とは無縁と思われる薫物までをも文化の範疇にとりこむに成功しているのであった。そして、かくして創出された文化なるものが、いずれ現実の歴史をも規定し、それに影響を与えていくであろうことはいうまでもない。梅枝巻に見える「薫物」と「書」の論理とは、物語が作り上げた王朝物語享受の一つの可能性である。

次いで第二節では、『源氏物語』の物語引用に着目し、『源氏物語』そのものが物語内で、「物語内の過去」を引用していく意味を問う。幻巻における、梅枝巻をはじめとする「物語内の過去」は、物語がその享受者たちと共有している「記憶」でもある。共有された「記憶」という意味から享受の側面を論じた。梅枝巻では「書かれた」ことを全面的に利用して文化の構築が成されていたのにもかかわらず、『源氏物語』の正編世界の最後には、「書かれた」こと・ものは否定された。その意味を文の焼却という点から考察した。

以上、本書では王朝物語という多くの作品にみえる、「天皇家」の問題やそれが他氏とどのように関わるのか、あるいは女性たちが婚姻によって作り上げる様相を系図的な意識のもと、考察してきた。そして、その「書かれた」物語が後の時代に何をもたらすのか、そもそも「書記する」ということはどういうことなのかを問題にしてきた。論者が一貫して問題にしたかったことは、物語が描く世界は、史実と比較することはできても、そのまま援用されたと考えられるものではないということだった。事実、歴史とされてきたものが、実は物語というフィクションが作り上げた観念である可能性を、特に第四章の第一節では述べた。

準拠論や古注に見られる歴史意識を物語の読解に利用することはあっても、物語と歴史をつなげて読むこととは違う。物語独自の意識とは何か、そして物語史が作り上げてきた世界は何だったのか、という疑問に対して、〈皇女〉を中心にして考えてきたのが、第三章までの一連の論考である。そして、第四章では、そもそも物語が「書記テクスト」であったことに注目し、物語が創り出したあらたな〈歴史〉を問うものである。

今後は、物語史が作り出した様々な女性たちの様相を考察するとともに、「書かれた」物語が後の世界に何をもたらしたのか考察していきたいと思う。まだまだ課題は多く残されており、対象とすべき物語も多い。だが、平安から続く王朝物語生成の意味を今後も問い続けていきたい。

初出一覧

※書き下ろし以外の各章ともに旧稿に加筆・訂正を施してあるが、論旨は変えていない。

序章　王朝物語とは何か——王朝物語及び〈皇女〉の定義、〈皇女〉を研究する意図……書き下ろし

第一章　平安王朝文学における〈皇女〉……書き下ろし

第二章　中世王朝物語における〈皇女〉——『いはでしのぶ』を中心にして

第一節　『いはでしのぶ』における一品宮

・原題『いはでしのぶ』の一品宮——「一品宮」の降嫁（『学習院大学日本語日本文学』創刊号、二〇〇五年三月）

第二節　『いはでしのぶ』における女院

・原題『いはでしのぶ』の一品宮——皇女から女院へ（『学習院大学国語国文学会誌』第四十九号、二〇〇六年三月）

第三節　『いはでしのぶ』における前斎院

・原題『いはでしのぶ』の前斎院考（『学習院大学日本語日本文学』第二号、二〇〇六年三月）
補論　「いはでしのぶ」恋と〈皇女〉
・原題『いはでしのぶ』試論――「しのぶ」ことの多義性から（『物語研究』第四号、二〇〇四年）
第三章　〈天皇家〉における女性の役割――〈斎王〉と〈后〉
第一節　物語史における斎宮と斎院の変貌
・原題　物語史における斎宮・斎院の変貌（『古代中世文学論考』第十三集　新典社、二〇〇四年）
第二節　斎宮・斎院・一品宮、そして女院へ……書き下ろし
第三節　「中宮」という存在(一)――『夜の寝覚』を起点として
・原題（口頭発表）『夜の寝覚』の「后」（日本文学協会　第二十七回研究発表大会　於中京大学、二〇〇七年）
第四節　「中宮」という存在(二)――『夜の寝覚』の中宮試論
・原題『夜の寝覚』の中宮試論――胸の隙はあけしものを（『学習院大学国語国文学会誌』第五十号、二〇〇七年三月）
第四章　王朝物語享受の一端――『源氏物語』「梅枝」巻から
第一節　物語享受の影響――『源氏物語』梅枝巻の文化構造
・原題『源氏物語』「梅枝」巻の文化戦略（『日本文学』五十七―六、二〇〇八年六月）

第二節　「梅枝」巻の物語引用――物語引用の諸相

・原題『源氏物語』「幻」巻――物語の記憶から忘却へ（『学習院大学　人文科学論集』十五、二〇〇六年十月）

終章　〈皇女〉のあり方と「天皇家」……書き下ろし

あとがき

本書は、平成二十年九月に学習院大学大学院人文科学研究科に提出した博士論文「王朝物語における〈皇女〉の位相」(平成二十一年三月同大学より博士(日本語日本文学)授与)を、その後の若干の成果を加えまとめ直したものである。主査の労をお取り下さった神田龍身先生をはじめ、審査にあたってくださった兵藤裕己先生、高橋亨先生には心より御礼申し上げる。

私が王朝物語(より正確にいえば源氏物語)の面白さに触れたのは、大学一年生の大教室での講義だった。フランス文学を学ぶべく大学に進学した私が、何を間違ったか日本の、しかも古典文学に傾倒していく端緒であったように思う。あれから十年以上が経ち、迷路よろしく、『源氏物語』→『いはでしのぶ』・中世王朝物語→平安後期物語→『源氏物語』と行ったり来たりの研究であるが、いまだ古典文学の楽しくも苦しい迷路の中にいるのは、自分自身のことでありながら何とも不思議である。

本書の元となっている博士論文を提出したのは平成二十年。『源氏物語』千年紀として多くの行事が行われている中であった。その中で、十二月に行われた学習院大学史料館主催の「源氏物語千年紀記念シンポジウム」に司会として参加させていただいたことは私の大きな糧となった。魅力的な御講演に千名を越える御来場。古典はまだ生き続けることができるのではないかと、古典を研究する意味を新たにととらえ直した瞬間であった。また、同じ千年紀つながりであるが平成二十年十一月から宝塚大劇場で公演された宝塚歌劇月組の源氏物語千年紀頌

『夢の浮橋』は私の研究のポイントの一つである「女一宮」を考える上で、大きな示唆を与えてくれた。二次創作というべき作品ではあるが、匂宮を主人公に、今上帝女一宮を主要な人物として取り上げた作品であり、女一宮に迫る匂宮と拒絶する女一宮の姿に、新たな解釈と享受の可能性を見た。古典作品の中で、皇女という存在がどのように描写されているのか、そしてどのように変遷し享受されていくのか、答えはこの一冊では出ていない。博士論文をもとにまとめ直したとはいえ、雑駁な論がただ羅列しているように感じられるのは、私の気の多さと、それをフォローしえない研究の浅さのせいであろう。平安時代から鎌倉時代まで、数百年の物語史を相手に奮闘した成果と言えば成果であるが、これからの課題のほうが山積みとなっているのが現状である。しかし、一つの成果は成果としてここに提示し、今後も対象とする作品や時代を広げながら、より一層の深化をはかっていきたいと思う。

本書が形になったのも、学習院大学大学院の神田ゼミでの研究会での成果があったからである。適当な思いつきから徐々に議論を深めていく中で、自身の考えがまとまっていくことが多かった。神田先生をはじめとして先輩・同期生・後輩と共有した時間の長さと濃さは計り知れない。そして何より、拙いながらも博士論文をまとめることができたことは神田先生の寛大な指導に支えられてきたからである。時に感情的な論に流れる私の考察に論理性を与えてくださった。改めて深謝申し上げたい。また、お一人お一人のお名前を挙げきれないが、他にも多くの先生、先輩にご指導いただいてきた。これまでにご指導ご助言を賜った全ての方に、心からの感謝をささげたい。また、博士論文の作成から本書の刊行まで、何よりも一番迷惑をかけたのは、現職で一緒に働いてくれた歴代の副手さんたちである。仕事と仕事の間に原稿を書く私を、そっと支えてくださった皆さんのお蔭である。本当にありがとう。

また、本書の刊行をお引き受けくださった笠間書院の池田つや子社長、橋本孝編集長、編集の実務をお執りくださった相川晋氏に心より御礼申し上げる。

なお、本書の刊行は、平成二十一年度学習院大学研究成果刊行助成金の交付を受けた。ここに記して謝意を表する。

最後に、常に私を励まし、支えてくれている両親に感謝したい。

平成二十一年十二月

勝亦志織

索　引

○書名、人名、用語を採録した。
○書名は『　』で括り表示した。

【あ行】

【か行】

【さ行】

【た行】

【な行】

【は行】

【ま行】

【や行】

【ら・わ行】

著者略歴

勝亦　志織（かつまた　しおり）

1978年　静岡県生まれ
2001年　静岡大学人文学部卒業
2008年　学習院大学大学院人文科学研究科博士後期課程修了
　　　　博士（日本語日本文学）
現在、学習院大学文学部日本語日本文学科助教。

物語の〈皇女〉——もうひとつの王朝物語史——

2010年2月25日　初版第1刷発行

著　者　勝亦　志織

装　幀　椿屋事務所

発行者　池田つや子

発行所　有限会社　**笠間書院**

〒101-0064　東京都千代田区猿楽町2-2-3

☎03-3295-1331㈹　FAX03-3294-0996

NDC分類：910.2　振替00110-1-56002

ISBN978-4-305-70505-1　　シナノ印刷

落丁・乱丁本はお取りかえいたします。　（本文用紙：中性紙使用）

出版目録は上記住所までご請求下さい。

http://kasamashoin.jp